ISBN 978-0-266-15880-6
PIBN 10383023

This book is a reproduction of an important historical work. Forgotten Books uses
state-of-the-art technology to digitally reconstruct the work, preserving the original format
whilst repairing imperfections present in the aged copy. In rare cases, an imperfection in
the original, such as a blemish or missing page, may be replicated in our edition. We do,
however, repair the vast majority of imperfections successfully; any imperfections that
remain are intentionally left to preserve the state of such historical works.

1 MONTH OF
FREE
READING

at

www.ForgottenBooks.com

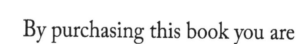

By purchasing this book you are eligible for one month membership to ForgottenBooks.com, giving you unlimited access to our entire collection of over 1,000,000 titles via our web site and mobile apps.

To claim your free month visit:

www.forgottenbooks.com/free383023

English
Français
Deutsche
Italiano
Español
Português

www.forgottenbooks.com

Mythology Photography **Fiction**
Fishing Christianity **Art** Cooking
Essays Buddhism Freemasonry
Medicine **Biology** Music **Ancient
Egypt** Evolution Carpentry Physics
Dance Geology **Mathematics** Fitness
Shakespeare **Folklore** Yoga Marketing
Confidence Immortality Biographies
Poetry **Psychology** Witchcraft
Electronics Chemistry History **Law**
Accounting **Philosophy** Anthropology
Alchemy Drama Quantum Mechanics
Atheism Sexual Health **Ancient History**
Entrepreneurship Languages Sport
Paleontology Needlework Islam
Metaphysics Investment Archaeology
Parenting Statistics Criminology
Motivational

LA
AMILLE GOGO

PAR

Ch. Paul de Kock.

TOME I.

Bruxelles et Leipzig.
MELINE, CANS ET COMPAGNIE.
LIBRAIRIE, IMPRIMERIE ET FONDERIE.

1844

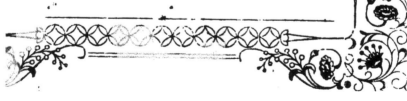

LA.

FAMILLE GOGO.

l
l

FAMILIE GOGO.

LA
FAMILLE GOGO

PAR

Ch. Paul de Kock, 1794-1871

TOME I.

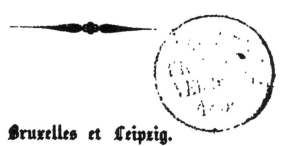

Bruxelles et Leipzig.
MELINE, CANS ET COMPAGNIE.
LIBRAIRIE, IMPRIMERIE ET FONDERIE.

1844

LA

FAMILLE GOGO

par

Ch. Paul de Kock, etc.

TOME I

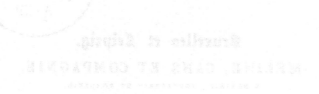

Bruxelles et Leipzig,

MELINE, CANS ET COMPAGNIE

1844

Connaissez - vous la forêt de Fontainebleau? C'est probable, surtout si vous êtes
de Paris. Les Français, et surtout les Parisiens, qui en général ne sont pas de grands
touristes (peut-être parce qu'ils pensent avec
raison qu'ils ne trouveront jamais autant de
plaisir ailleurs que chez eux), les Parisiéns

347405

voyagent peu ; ils n'éprouvent pas, comme
les Anglais et les Allemands, le besoin de
faire le tour du monde, pour étudier l'esprit
et les mœurs des nations civilisées; ils ne
désirent point, comme les Espagnols, découvrir de nouvelles contrées, de nouveaux
peuples ; ils n'ont pas, comme les Russes,
l'habitude de faire pendant des années de
longs séjours à l'étranger; enfin ils trouvent
leur pays assez beau, leur sol assez bon,
leurs femmes assez jolies, et leur cuisine
assez bonne pour s'en contenter. Il est bien
avéré qu'ils ont raison, puisqu'on vient bien
plus chez eux qu'ils ne vont chez les autres.

Cependant il y a deux choses que les Parisiens tiennent à avoir vues, sans quoi ils
se regardent comme par trop ignorants. Ces
deux choses sont : la mer, et la forêt de Fontainebleau.

La mer d'abord ; il faut se donner ce spectacle magnifique; il faut pouvoir, le soir,

dans une réunion d'amis, ou avec ses voisins, ou dans son arrière-boutique, ou devant son feu en se grillant les mollets (quand
on en a), il faut, dis-je, être en état de causer
de l'effet produit par la vue de l'Océan; il
faut avoir vu les vagues, la marée haute, la
marée basse; s'être promené sur la côte,
avoir marché sur les galets (ce qui fait très-
mal aux pieds quand on n'en a pas l'habitude), et avoir ramassé par ci par là quelques
coquillages, souvent fort laids, que l'on a
rapportés, et que l'on montre avec fierté,
en disant : « Je les ai ramassés moi-même
sur le bord de la mer. » Puis si l'on a vu
une tempête, si l'on a été témoin de ce tableau plein d'horreurs et de beautés que
vous donnent les vagues en furie, on en a
bien plus à raconter, et enfin, si l'on a eu
l'avantage de se trouver en mer par un gros
temps; si en faisant, dans un canot, une
petite promenade le long des côtes, on s'est

senti ballotté, enlevé et caressé par les vagues, oh! alors, on devient un personnage
important; les voisins et connaissances vous
écoutent d'un air respectueux pendant que
vous leur faites la description de vos maux
de cœur, et de ce qui s'en est suivi. Vous
êtes pour eux un Cook, un Lapérouse, un
Christophe Colomb. Il y en a même qui ne
veulent plus manger d'huîtres sans vous
consulter... Voyez comme c'est heureux !

Ensuite, il faut connaître une forêt; une
véritable forêt; profonde, vaste, épaisse,
sombre; enfin de ces forêts dans lesquelles
on puisse avoir peur de se perdre. Si vous
n'avez pas peur de vous perdre, vous ne
savez pas ce que c'est qu'une forêt. Or,
comme la forêt de Fontainebleau est incon-
testablement une des plus belles qui soient à
la portée des Parisiens, c'est encore le point
de mire des habitants de la capitale; c'est
le petit voyage que l'on veut faire ou avoir

fait. Le Havre, et la forêt de Fontainebleau !
quand ils ont été jusque-là, les habitants
de Paris trouvent qu'ils ont bien assez
voyagé, et ils se demandent ce qu'ils pourraient voir de plus beau et de plus curieux
que la mer, et une forêt sombre avec ses
arbres séculaires ; une forêt enfin, dans
laquelle il y a des rochers, de véritables
rochers bien noirs, bien escarpés, bien menaçants ; des plantes rares, sauvages, touffues, médicinales et mortelles ; enfin jusqu'à
des serpents d'une dimension très-honnête
et dont la morsure est quelquefois fort dangereuse. Vous voyez que la forêt de Fontainebleau est pourvue de tous ces petits agré-
ments que peut désirer un voyageur.

Je ne vous parle pas des voleurs, on en
trouve partout, et, de ce côté, Paris n'a rien
à envier aux étrangers.

Or, si le voyage du Havre, si celui de
Fontainebleau étaient autrefois les excur-

1.

sions lointaines que se permettaient les habitants de Paris qui voulaient passer pour
touristes, jugez s'ils réalisent ce désir, de
voir ces deux choses indispensables : la mer
et une forêt, maintenant qu'ils ont des chemins de fer ; maintenant qu'en quelques
heures on peut se transporter d'un endroit
à un autre ; que l'on peut, après avoir dé-
jeuné chez soi, près de son foyer domestique,
être en quatre heures à Rouen, d'où l'on ne
tardera pas, grâce à la vapeur, à se rendre
au Havre; puis, revenant par les mêmes
véhicules, se trouver à Paris, chez soi, le
soir, devant ce même foyer que l'on a quitté
le matin. Et pour aller à Fontainebleau il
faut moins de temps, quoique le chemin de
fer ne vous mène pas encore jusqu'à la forêt.

Tout cela est admirable, c'est presque
magique ; et celui qui eût accompli en quelques heures ces voyages, il y a un ou deux
siècles, aurait à coup sûr été regardé comme

un magicien de première classe ; on l'aurait peut-être dénoncé, arrêté, jugé et brûlé, comme on fit de la maréchale d'Ancre, de Gaufridi, curé à Marseille, de Jeanne d'Arc et de tant d'autres qui avaient eu seulement le malheur d'arriver trop tôt, et de devancer l'esprit et les facultés de leurs contemporains.

Celui qui le premier comprit tout ce que l'on pouvait faire de la vapeur, le malheureux Fulton, fut aussi bien mal récompensé de sa découverte. En toutes choses, nous voyons que ce ne sont pas les inventeurs qui profitent : *sic vos non vobis...* Virgile a toujours raison.

Ainsi, vous connaissez la forêt de Fontainebleau, il n'y a pas à en douter. Mais l'avez-vous parcourue pendant le mois de juillet, pendant ces jours longs et chauds que vous offre l'été dans toute sa vigueur, dans tout son éclat ?

Les uns préfèrent le printemps, avec sa verdure fraîche et son soleil dont on n'est pas encore fatigué; beaucoup d'autres, les peintres surtout, n'admirent une forêt qu'en automne, parce qu'alors les feuillages sont plus variés, parce que des teintes jaunes, rougeâtres, se mêlent au vert foncé des chênes, à l'aspect noir et sévère des sapins. Que chacun suive son goût! moi j'admire la nature dans toute sa force ; je ne veux trouver dans le feuillage, ni la mesquinerie du printemps, ni les dégradations de l'automne; j'aime cette verdure fraîche, ces feuilles larges et belles, ces branches touffues, cette mousse qui ne crie pas encore sous les pieds qui la foulent. Eh! que m'importe l'ardeur du soleil!... il ne fait jamais trop chaud dans les bois.

Ah! qu'elles sont belles alors ces allées à perte de vue que l'on a ouvertes dans cette superbe forêt pour les promeneurs qui n'osent point s'engager dans les taillis ! Avec quel plaisir l'œil se repose sur ces arbres majestueux dont le tronc est tapissé d'une mousse épaisse. De tous côtés des branches qui forment des berceaux ; un gazon qui vous invite à vous asseoir ; des cabinets de verdure qui vous promettent le secret et le mystère. Il est impossible que l'aspect de cette nature vigoureuse n'échauffe pas votre imagination.

Pour les Parisiens qui viennent se promener sous cet épais feuillage, la forêt offre mille charmes : l'un y aperçoit un endroit ravissant pour lire, pour méditer, pour travailler ; celui-ci y voit des places très-bonnes pour manger et boire sans être dérangé ; celui-là se dit que l'on y dormirait délicieusement ; beaucoup d'autres trouvent que c'est un séjour qui invite à l'amour !... chacun pense et voit selon ce qu'il éprouve ; il en est toujours ainsi dans la vie : les objets ne sont pas jugés par nous ce qu'ils sont réellement, mais suivant ce que nos passions, notre âge, notre position nous font voir, comprendre et sentir.

Une société vient de déboucher par un chemin qui conduit à Moret, et elle se dirige vers une route qui la ramène à Fontainebleau. Cette société se compose de cinq personnes, deux dames et trois hommes. Les dames sont juchées chacune sur un âne, et les hommes sont à pied. Pour un œil un peu expérimenté il est bien facile de reconnaître sur-le-champ que ce sont des habitants de Paris qui viennent visiter la forêt de Fontainebleau.

L'une des dames, qui semble avoir vingt-sept ou vingt-huit ans, est grande et bien faite. Sa tournure, à laquelle on pourrait reprocher un peu trop d'abandon et de laisser aller, ne manque cependant ni de charme, ni de grâce : d'ailleurs cette dame est jolie ; c'est une blonde pur sang, ou si vous aimez mieux, c'est une femme dont la couleur ne saurait être équivoque ; car vous voyez beaucoup de personnes que l'on trouve blondes, et dont les cheveux approchent du rouge ou du roux, ou qui ont un reflet puce ou jaune ; puis enfin de ces teintes châtain clair que l'on classe encore quelquefois parmi les blondes ; mais la personne dont nous faisons le portrait, a de ces beaux cheveux dont la couleur pure et bien tranchée n'emprunte rien à toutes celles que nous venons de nommer.

Ordinairement une femme véritablement blonde a la peau fort blanche, les yeux d'un bleu clair, le teint pâle ou rosé, les sourcils légèrement dessinés, et l'expression de son regard, comme de son sourire, est douce et tendre. Madame Mondigo avait tout cela, et de plus de fort belles dents que sa bouche un peu grande laissait voir très-fréquem-

ment. C'était donc une très-jolie femme,
et voilà pourquoi on trouvait encore du
charme à la nonchalance de sa démarche,
tandis que si elle eût été laide, on n'eût pas
manqué de dire qu'elle se tenait horriblement mal, et qu'elle ne savait pas marcher.

L'autre dame était à peu près du même âge
que la grande blonde ; mais c'était un tout
autre genre de femme : celle-ci était jolie ,
ou plutôt agréable. C'était une petite personne pourvue d'un embonpoint modéré ,
ce qui ne faisait que donner plus de relief
à sa taille, qui n'était pas positivement de
celles qui tiennent dans les deux mains
(avantage que les hommes prisent beaucoup
moins que les dames ne le pensent) ; mais
qui était suffisamment marquée pour faire
apprécier toutes les formes environnantes.
Par exemple, en valsant avec cette dame,
un monsieur n'aurait pas eu peur de la
casser, de la voir se briser entre ses mains ;

il n'aurait pas gémi tout bas sur les souffrances qu'elle devait éprouver pour respirer ; et c'est ce qui arrive lorsqu'on se trouve enlacer, enlever, ou faire galoper une de ces dames ou demoiselles, dont la taille est quelquefois moins forte que celle d'une poupée. Au lieu d'admirer le merveilleux de leur corps, on a pitié des tourments qu'elles doivent endurer dans leur corset ; et il y a une vieille chanson qui dit :

« La pitié n'est pas de l'amour. »

Cette dame n'avait donc pas l'air d'être gênée dans son corset, et sa tournure s'en ressentait. Elle était leste, vive, dégagée, sautillante, et répondait parfaitement à l'expression rieuse et maligne de sa physionomie, qui se composait d'un front un peu bombé, de deux yeux bruns pas bien grands, d'un petit nez d'un genre indéter-

1.   2

miné, d'une bouche fraîche et toujours
riante, de cheveux châtain foncé; et enfin
d'un air de gaieté et de vivacité, qui donnait
de l'attrait à tout cela.

Telle était madame Marmodin, qui ne
pouvait se tenir un instant tranquille sur
son âne, et à tout instant le frappait, le pi-
quait, le harcelait, ce qui mettait quelquefois le pauvre animal de mauvaise humeur ;
alors il se permettait des ruades, des gam-
bades, ou il faisait mine de vouloir se coucher, et la petite dame mêlait de grands
cris à ses éclats de rire, ce qui achevait
d'étourdir l'âne et d'effrayer la société.

M. Marmodin, le mari de la petite dame,
était un homme de quarante-cinq ans bien
sonnés. Il était grand, jaune et fort maigre ;
sa figure était anguleuse, son nez formait
trois courbes très-prononcées : il s'ensui-
vait naturellement que la pointe revenait
en dessous, ce qui donnait à ce personnage

une extrême ressemblance avec un oiseau de proie, ou tout au moins avec celui qu'on appelle le gros-bec, et qui est fort commun dans les environs de Paris. Des yeux ronds et verts ombragés d'épais sourcils, des lèvres minces, une bouche rentrée et des pommettes fort saillantes, achevaient de faire de M. Marmodin un homme parfaitement laid. Par exemple, on ne pouvait lui refuser un air assez distingué, car sa laideur était poussée à un point qui n'était pas commun.

M. Mondigo, le mari de la jolie blonde, était de ces hommes dont on ne dit rien. Il avait trente-neuf ans et commençait à prendre du ventre, ce qui le contrariait beaucoup. Il avait été assez bien à vingt ans, et n'était pas encore mal, autant que l'on pouvait juger de sa figure enfouie sous une barbe, des favoris, des moustaches et une chevelure naturelle qui ressemblait à

une perruque à la Louis XIV. Cherchez donc
des traits sous tout cela ; on n'apercevait de
toutes parts que des poils menaçants, que
des boucles voltigeantes ; heureusement ce
bel homme à tous crins était blond, ce qui
adoucissait ce que son aspect capillaire aurait eu de trop sévère.

Un troisième monsieur complétait la société de cinq personnes qui se promenait
alors dans la forêt de Fontainebleau ; c'était
un de ces hommes que l'on veut bien trouver
entre deux âges, ce qui signifie qu'ils sont
plutôt vieux que jeunes. C'était un personnage de petite taille, dont la figure mou-
tonne aurait pu paraître agréable, si ses
yeux avaient voulu être d'accord entre eux,
mais c'est ce qui ne leur arrivait jamais ;
lorsque l'un regardait à droite, l'autre
s'obstinait à fixer à gauche ; quand d'un côté
il examinait le ciel, de l'autre il avait l'air
de chercher quelque chose à terre. Enfin,

M. Roquet louchait de la façon la plus franche qu'il soit permis à quelqu'un de le faire ; vainement, pour masquer cette divagation de son regard, ce monsieur portait continuellement des besicles ; sous le verre, ses yeux se livraient aux mêmes écarts.

Tout cela n'empêchait pas M. Roquet d'être très-content de sa personne et de se croire capable de faire des passions ; à son parler lent et mielleux, à la manière dont il s'écoutait chercher ses phrases, il était facile de reconnaître dans ce personnage un grand fonds de prétentions et un vif désir de faire des conquêtes. Sa mise était toujours soignée, il affectait de suivre les modes les plus nouvelles et même de les exagérer, de crainte peut-être qu'on ne s'aperçût point qu'il les portait ; mais sa toilette moderne, ses bottes vernies et ses gants toujours bien frais, n'empêchaient point M. Roquet d'avoir l'air lourd, empesé

2.

et gauche ; si bien que l'on se moquait fort souvent dans le monde de ce monsieur, et pour son infirmité visuelle, et pour sa mise, et pour ses prétentions.

Promenons-nous maintenant avec cette société, afin d'achever de faire connaissance avec les cinq personnages qui la composent.

Un cri vient de partir ; M. Roquet, qui était un peu en avant, a fait un mouvement d'effroi, puis il s'est retourné en balbutiant :

— Qu'est-ce qu'il y a ?

De bruyants éclats de rire qui ne tardent pas à suivre le cri, lui apprennent qu'il aurait tort de s'alarmer.

En effet, c'est l'âne de madame Marmodin qui vient encore de faire mine de vouloir se coucher, et la petite femme, suivant son habitude, a commencé par s'effrayer, puis a fini par rire.

— Mon Dieu, Francine, que vous êtes cruelle avec vos cris ! dit en s'approchant de sa femme le monsieur qui ressemble à un gros-bec. Je vous croyais plus brave que cela!... vous me demandez fort souvent à aller à cheval, et vous ne savez pas vous tenir sur un âne...

— Je ne sais pas me tenir est fort joli!... je voudrais vous y voir, vous, monsieur, sur ce vilain têtu qui ne veut pas m'obéir... qui rue... qui s'arrête quand je veux avancer... tourne à droite quand je voudrais aller à gauche... Et tenez, regardez-le en ce moment... qu'est-ce qu'il cherche par terre... ne dirait-on pas qu'il veut ramasser une épingle avec ses dents... Oui, je le répète, un cheval est beaucoup plus facile à mener...

— Voyez madame Mondigo! comme elle conduit bien le sien, comme il est docile avec elle...

— Il est certain, dit le monsieur aux longs cheveux, que ma femme a presque l'air

sur son âne d'une écuyère de Franconi...
elle se penche... elle se couche dessus
comme si elle était dans une chauffeuse...
Dis donc, Clémence, il paraît que tu te trouves bien sur ton âne?

La dame blonde se retourne à demi et
répond en souriant :

— Mais oui... pas mal... il est fort doux
cet animal... il a l'air très-bon enfant!

— Oh! madame Mondigo est heureuse!
reprend la petite femme d'un ton moqueur.
Il semble qu'on lui fasse toujours des bêtes
exprès pour elle. C'est comme l'autre jour,
quand nous sommes allés à Montmorency...
mon cheval s'est abattu deux fois en galo-
pant... et le sien n'a pas buté une seule
fois... à la vérité elle n'allait qu'au pas et
moi j'aime à aller vite... Allons, bourriquet,
allons, mon ami, un peu d'ardeur... voilà
cependant un bien joli chemin pour trotter
ou galoper... oh! tu as beau regimber... je

vais jouer de l'épingle, je t'en avertis... et je t'attaquerai dans un endroit très-sensible!... ah! ah! ah!... Bon, voilà qu'il me mène dans le fourré à présent !

— Belle forêt!... superbe forêt!... dit M. Mondigo en regardant autour de lui. Si je demeurais à Fontainebleau, je viendrais souvent travailler par ici!...

— Ah! vous autres auteurs... hommes de lettres!... vous pouvez travailler partout, dit M. Marmodin ; avec un cahier de papier et une écritoire dans votre poche, vous vous installez où cela vous plaît... le gazon, la mousse, les bords d'un ruisseau deviennent votre bureau... c'est fort commode. Moi qui m'occupe d'ouvrages scientifiques... et qui ai souvent besoin de consulter un tas de volumes, comme je ne pourrais pas emporter ma bibliothèque avec moi, je ne puis travailler que dans mon cabinet.

Le monsieur à la longue crinière, après avoir laissé échapper un sourire équivoque lorsque M. Marmodin a dit qu'il s'occupait d'ouvrages scientifiques, répond d'un air content de lui :

— Oui, j'ai fait deux de mes drames à Saint-Cloud, dans le parc, sur l'herbe ; nous avions alors loué un petit pied-à-terre à Bellevue.

— Comment vous placez-vous pour écrire à terre? demande M. Roquet qui vient de se rapprocher de l'homme de lettres. Il me semble à moi que ce doit être difficile.

— Mais non, je me couche tout de mon long sur le ventre, je m'appuie sur mes coudes, mon papier sous mes yeux, et je vous assure qu'on est fort bien comme cela pour écrire et composer.

— Ah bah!... sur le ventre... ah c'est fort drôle... et vous avez fait plusieurs pièces sur le ventre? et cela vous inspire?

— Je ne vous dis pas que ce soit précisèment cette position-là qui m'inspire, mais je vous dis que je me trouve très-bien pour écrire dans la campagne...

— Diable, et vous n'étendez rien sur l'herbe pour vous asseoir?...

— Ma foi, non.

M. Marmodin, après s'être mouché et avoir aspiré une prise de tabac, dit du ton d'un professeur qui fait sa classe :

— Les Romains n'avaient pas, je crois, pour coutume d'écrire étendus sur le ventre, quoiqu'ils se tinssent presque couchés pour prendre leurs repas... mais s'ils l'eussent fait, je pense qu'ils auraient étendu à terre leur *pallium,* long manteau semblable à ceux des Grecs et que portait particulièrement le philosophe... Le *palliolum,* beaucoup plus petit, ressemblait à ce que nos dames appellent maintenant des crispins... les Romaines portaient le *palla,* man-

teau fort court imité des Gaulois. Il y avait
ensuite la *tarentina* qui venait...

— Ah! de grâce, mon cher ami, n'allez
pas plus avant! dit madame Marmodin en
essayant de faire reculer son âne. Si vous
allez vous mettre dans vos Romains, vous
n'en sortirez pas!... je vous connais!... mais
nous avons dit que nous voulions nous amuser et votre science m'effraye; c'est beaucoup trop sérieux pour moi.

— Cependant, Francine, je parlais des
costumes que portaient les Romains, et je
croyais que tout ce qui touche à la toilette
intéressait les dames.

— La toilette moderne, les modes nouvelles, à la bonne heure; mais qu'est-ce que
cela me fait à moi que vos Romains aient
porté des manteaux longs ou courts? Comme
c'est ridicule à M. Frédéric de ne pas être
venu nous retrouver ainsi qu'il l'avait promis... mais il nous cherche peut-être dans

une autre partie de la forêt, tandis que nous sommes par ici.

Madame Mondigo, qui vient d'arrêter son âne, dit à son tour :

— C'est vrai, Frédéric avait promis d'être ce matin à Fontainebleau de très-bonne heure... il devait même venir avec M. Dernesty; c'était convenu.

—Ah, parbleu! madame, reprend l'homme de lettres, si vous comptez sur ce que disent ces messieurs, vous êtes bien bonne. D'abord mon neveu a toujours tant de choses à faire, tant de parties de plaisir en train, qu'il ne doit jamais savoir au juste la veille ce qu'il fera le lendemain !... Frédéric est l'être le plus étourdi qui soit au monde... il vous promet quelque chose, mais l'instant d'après, demandez-lui ce qu'il vous a dit, il sera bien embarrassé pour vous répondre.

— S'il est comme cela en tout! s'écrie madame Marmodin , cela ne doit pas être rassurant pour les femmes auxquelles il fait des serments d'amour.

Le monsieur au nez crochu fait une grimace fort prononcée en écoutant cette réflexion de son épouse. L'homme de lettres continue :

— Quant à M. Dernesty, quoiqu'il soit plus âgé que mon neveu, je ne le crois pas plus raisonnable. C'est encore un coureur, un joueur, un viveur déterminé.

— Ah ah! M. Mondigo, comme vous arrangez ces pauvres jeunes gens! reprend la petite dame en riant. Allons, bourriquet, tiens-toi tranquille... le voilà qui veut marcher à présent, parce que je veux qu'il s'arrête. Clémence, voulez-vous changer d'âne avec moi?

La belle blonde se tourne en souriant vers la petite femme, et après avoir jeté autour d'elle un regard qui enveloppait beaucoup de monde, répond :

— Oh! ce n'est pas la peine! je crois que nous ferons aussi bien de rester comme nous sommes.

— Restons-y donc! répond la vive Francine en poussant un soupir d'un sérieux comique.

— Mesdames, reprend M. Mondigo, je vous assure que je n'ai nullement l'intention de blâmer la conduite de mon neveu et de son ami... Eh! mon Dieu, ils s'amusent... c'est de leur âge... c'est même de tous les âges!... et je crois seulement que lorsqu'on ne le fait plus, c'est beaucoup moins par sagesse que par cause de santé... Voilà des rochers, mesdames... voilà de fort beaux rochers... c'est de là que Paris tire une partie de ses pavés; on assure que cette forêt en fournit tous les ans huit cent mille environ...

— Si nous montions par là... si nous gravissions ces rocs escarpés? dit la vive Fran-

cine en retenant son âne par une oreille.
Voyons, M. Roquet, que pensez-vous de
ma proposition... êtes-vous d'avis de grimper là-haut ?

M. Roquet regarde en même temps les
rochers et madame Marmodin en répondant :

— Ce matin, en allant à Moret, nous avons
déjà gravi beaucoup de choses... je ne vois
pas trop la nécessité de nous fatiguer encore... et puis tout cela nous retardera...
nous voulons cependant dîner à Fontainebleau avant de remonter dans ces espèces
d'omnibus qui vous ramènent à Corbeil.

— Ah! c'est cela! vous pensez à dîner !
Que les hommes sont gourmands... ils ne
songent qu'à la table !

— Près de vous, belle dame, je vous assure que je songe à autre chose encore !...

M. Roquet a prononcé ces derniers mots
à demi-voix, afin de ne pas être entendu

par M. Marmodin, car le mari de Francine est connu pour être extrêmement jaloux.

La petite femme n'a pas eu l'air d'entendre ce que vient de dire M. Roquet ; elle reprend :

— Ah ! si M. Frédéric était avec nous, je suis sûre qu'il serait déjà au sommet de ces rochers... Je lui aurais dit : Je veux une de ces petites fleurs jaunâtres que je vois là-haut sur ces buissons... et il aurait couru m'en chercher... mais vous, messieurs, ah ! vous n'êtes pas galants du tout !...

— Ma chère amie, dit M. Marmodin, pour monter là-haut, il faudrait avoir une chaussure faite exprès... les Romains avaient des chaussures particulières qui distinguaient leur rang, leur état, leur position dans le monde ; nous autres Français, nous ne connaissons que les souliers et les bottes ; nous ne nous servons pas de la *caliga*, de la *crepida*, de la *gallica*, de la *baxea* ; nous met-

3.

tons le *calceus* et quelquefois le *soccus*, mais...

— Oh ! assez !... assez, monsieur, je vous en supplie... je ne monterai pas sur ces rochers, à la bonne heure... mais ce n'est pas une raison pour m'assommer de vos Romains pendant une heure... Ah ! c'est égal !... c'eût été bien gentil de faire grimper mon âne sur tout cela !...

Et la petite femme tâche de rapprocher son âne de celui de la jolie blonde, et elle reprend, en parlant de manière à n'être entendue que de celle-ci :

— Dites donc, Clémence, est-ce que vous appelez cela une partie de plaisir, vous ? de suivre des allées bien droites de peur de se perdre; de ne s'arrêter que quand cela plaît à ces messieurs; de ne point courir, sauter, faire des folies?... Il me semblait, à moi, que quand on venait à la campagne, ce n'était que pour cela !... Nos maris sont étonnants;

parce que ça leur convient de cheminer
gravement, il faut que nous en fassions autant, et que cela nous amuse!... Ah! que
les hommes sont despotes!... Du reste, si
monsieur votre neveu et son ami étaient venus avec nous, comme ils l'avaient promis,
c'eût été beaucoup plus gai... Est-ce que
vous n'êtes pas de mon avis?

—Mais sans doute... C'est la faute de mon
mari. Il n'a dit qu'hier à son neveu que nous
voulions aller en chemin de fer à Corbeil,
et de là à Fontainebleau.

.   — Ah! comme c'est adroit! dire cela aux
personnes le jour même où l'on fait la partie!

— Frédéric a dit : Je ne puis vous accompagner maintenant, mais demain matin, de bonne heure, je partirai avec Dernesty. Si vous êtes dans la forêt, dites
seulement, à l'endroit où l'on descend de
voiture, quelle route vous suivrez, et nous
vous rejoindrons.

— Quand on fait une partie et que l'on ne part pas tous ensemble, on ne se rejoint jamais!... Ces messieurs n'auront pas pu venir, peut-être, et nous avons pour nous divertir M. Roquet... l'homme le plus ennuyeux de Paris!... et qui se permet de venir soupirer près de moi en louchant!...

— C'est peut-être pour votre âne qu'il soupire.

—Oh! si je savais cela, je le laisserais bien vite monter dessus, parce que j'aurais le plaisir de le voir bientôt par terre.

— Que vous êtes mauvaise!...

— C'est qu'il est stupide, cet homme... Et puis, il vous regarde toujours dans deux endroits à la fois, c'est indécent!... Ah!... si nos jeunes gens étaient venus!... je vous assure que j'aurais couru et ri avec eux sans écouter mon mari.

—M. Marmodin est cependant fort jaloux, à ce qu'on dit?

— Ça m'est bien égal... Au contraire, c'est une raison de plus pour que je le fasse endêver... Vous êtes bien heureuse, vous, M. Mondingo n'est pas jaloux!...

—Oh! il n'y songe pas!... Il est vrai que je ne lui ai jamais donné lieu de l'être.

— Vraiment! je trouve votre réflexion charmante; vous pensez donc que je me conduis, moi, de façon à rendre mon mari jaloux?

— Mon Dieu! mais je n'ai pas eu l'intention de dire cela! Seulement, comme vous êtes très-rieuse... quelquefois il y a des personnes qui pourraient penser que cela vous plaît quand... quand on vous fait la cour...

— Ces personnes-là auraient raison, j'aime beaucoup à être courtisée... je voudrais que tous les hommes fussent amoureux de moi... Oh! cela m'amuserait infiniment! et d'autant plus que cela ferait

enrager tant d'autres femmes... Allons,
bourriquet, veux-tu bien relever la tête !...
Est-ce que tu cherches encore des simples?... Ah! mon pauvre âne, tu n'as pas besoin de flairer si bas pour en trouver.

— Cette forêt est immense ! dit M. Roquet en regardant d'un air effaré autour de
lui ; savez-vous que l'on pourrait s'y égarer...

—On est libre de s'égarer, s'écrie madame
Marmodin en riant.

— C'était anciennement la forêt de Bière,
dit le monsieur au nez crochu ; elle a près
de trente-trois mille arpents... Les Romains,
quand ils visitaient les forêts sacrées, se
mettaient sur la tête...

— Ah ! mon bon ami ! vous m'aviez tant
promis que vous me feriez grâce des Romains dans cette partie de campagne...
Tâchez donc d'être gentil, une fois par hasard !... Savez-vous, messieurs, à quoi cette

belle forêt me fait penser?... A Robin des
Bois... Ah!... il me semble que ce serait
bien ici qu'il devrait se montrer!...

— Comment!... le grand chasseur? dit
M. Roquet en souriant d'une manière assez
triste, et en jetant des regards croisés sur la
profondeur de la forêt. Ah! quelle idée...
Ce chemin me semble bien long... j'ai
peur que nous ne nous soyons trompés de
route.. Nous n'aurons pas le temps de
dîner.

— Ah! madame Marmodin, vous voudriez voir le *grand veneur!* dit M. Mondigo
en s'approchant de la petite dame. Eh!
mais, vous croyez plaisanter, et je vous
certifie qu'il n'y a pas longtemps encore que
les habitants de Fontainebleau croyaient à
la chasse du grand veneur, qui était soi-
disant un grand fantôme noir. Lorsqu'il
chassait dans la forêt, il y faisait un bruit
épouvantable; on l'entendait souvent, mais

on ne le voyait jamais. Au reste, voulez-
vous que je vous raconte ce que dit là-des-
sus un vieil historien , *Pierre Mathieu?*

— Oui ! oui , racontez ! répond Francine
en retenant son âne , les histoires qui font
peur, c'est si amusant !... Et dans une forêt
on s'effraye si facilement !...

M. Roquet murmure entre ses dents :

— Au lieu de raconter des histoires ridicules... nous devrions nous orienter...
ça ne serait pas du tout amusant de s'éloigner du dîner au lieu de s'en rapprocher.

L'homme de lettres appuie une de ses
mains sur la croupe de l'âne rétif et commence son récit :

— Vous saurez donc, belle dame , que
le roi Henri IV chassant un jour dans la
forêt de Fontainebleau , entendit le son du
cor, les cris des chasseurs, les jappements
des chiens; ce bruit, qui d'abord était assez éloigné, ne tarda pas à se rapprocher

et à devenir très-distinct. Le roi, désirant en connaître la cause, pria le comte de Soissons, qui l'accompagnait, d'aller à la découverte. Celui-ci parcourut quelque temps la forêt, et, ne voyant rien, allait retourner près du roi, lorsqu'un grand homme noir, se présentant tout à coup dans l'épaisseur des broussailles, lui cria : *M'entendez-vous ?* et disparut. Saisi de frayeur, le comte s'enfuit, et les pâtres des environs ne manquèrent pas de dire que c'était la chasse de saint Hubert ou du roi Arthur qui venait de traverser la forêt.

— Oh ! c'est bien amusant, votre récit... car cela fait peur... Allons, bourriquet, en avant... Oh ! je vais te piquer ferme, car il me semble que le grand homme noir me poursuit.

Madame Marmodin se remet à piquer sa monture, et, cette fois, elle le fait avec tant de vigueur, que son âne se décide à prendre le galop, et il emporte sa cavalière, qui pousse d'abord des cris de joie , mais qui bientôt s'effraye de se voir emporter si vite, et, ne pouvant plus arrêter son âne, craint de tomber ; et , tout en se tenant d'une main à la crinière de l'animal et de l'autre à sa queue, appelle à son aide les personnes qu'elle a laissées derrière elle.

Madame Mondigo pousse aussi sa monture pour tâcher de rejoindre son amie. Les deux maris se mettent à courir pour rattraper leurs femmes ; et M. Roquet, qui justement s'était arrêté contre un arbre pour une cause très-naturelle, demeure tout saisi lorsqu'en se retournant il n'aperçoit plus personne au bout du sentier, qui se terminait alors à une espèce de carrefour où plusieurs routes se croisaient.

II

— Comment, je suis seul!... Ils m'ont abandonné dans la forêt!... se dit M. Roquet en marchant à pas précipités et en regardant de plusieurs côtés en même temps, avantage qu'il avait sur beaucoup de gens, et qu'il prisait fort en ce moment.

J'ai beau regarder... je ne les aperçois

pas... Hohé!... les autres!... Mondigo!...
M. Marmodin!... Si c'est une plaisanterie,
je la trouve très-mauvaise... Ce n'est pas
que je sois effrayé de me trouver seul dans
cette forêt... il ne fait pas nuit!... et je
rencontrerai du monde pour me mettre dans
mon chemin. Mais c'est égal... c'est fort
bête!... Quand on va ensemble, ce n'est pas
pour se perdre. Quand ils m'y reprendront,
de faire des parties de campagne avec
eux!... Hohé!... Mondigo!... Avec ça que
ce n'est pas déjà si amusant!... L'un se croit
un homme de lettres, un auteur célèbre,
parce qu'il a fait quelques pièces qui ont
passé... dans la foule... Quand je dis la
foule, il n'y a jamais personne quand on les
joue... L'autre se croit un savant parce
qu'il a été à Rome... il parle des Romains
à tout propos!... Pauvre Marmodin, au lieu
de s'occuper de ce que faisaient ces fiers
républicains, il ferait beaucoup mieux de

tâcher que sa femme n'ajoute rien à sa coiffure, à lui... Elle est bien gaie... bien coquette, la petite femme !... Mon Dieu, que c'est bête de m'avoir perdu... comme le *Petit-Poucet!*... Voilà plusieurs sentiers devant moi... lequel prendre?... Hohé!... les autres... Bon! voilà que je m'enroue, à présent, à force de crier... Si la nuit me surprenait ici... Voyons l'heure... Pas encore deux heures, et nous sommes au mois de juillet, où les jours sont longs; j'ai du temps devant moi, heureusement!... Je suis très-las... j'ai faim!... Quelle infernale partie de plaisir!... Je n'ose pas m'asseoir, il y a des serpents par ici, et j'ai horreur de ces animaux-là!... Ça m'apprendra à venir visiter des forêts... Je connaissais le bois de Romainville... c'était bien assez ; des arbres sont toujours des arbres!... Je donnerais de bon cœur vingt francs pour être à présent au Palais-Royal, chez Véfour !

4

M. Roquet s'est arrêté, il est en nage;
il regarde de nouveau de tous côtés,
mais il n'aperçoit personne; seulement, la
forêt lui semble plus sombre, plus épaisse;
elle prend à ses yeux un aspect ténébreux
qui lui serre le cœur, et répand sur ses traits
une profonde tristesse. Il s'approche d'un
arbre fort élevé, l'entoure de ses bras, et
essaye de grimper, parce qu'il pense que du
hautd'un arbre il apercevrait Fontainebleau,
et pourrait alors avancer avec la certitude
de ne point s'égarer. Mais comme M. Roquet
ne s'est jamais exercé à la gymnastique,
comme sa jeunesse a été paisible, prudente,
et privée de toute espèce de mât de cocagne,
il ne parvient pas à s'élever à plus d'un pied
de terre, et ses efforts malheureux n'about-
issent qu'à fendre son pantalon par devant
entre les jambes, absolument comme on ouvre ceux des petits garçons, afin qu'étant
en promenade il ne soit pas nécessaire de

leur mettre culotte bas, lorsqu'ils éprouvent le besoin de s'arrêter.

— Ah! sapristi! j'ai fait là un beau coup! s'écrie M. Roquet en examinant son pantalon. Me voilà bien... Fendu!... absolument fendu comme un caleçon... Que le diable emporte les arbres et les forêts!... C'est qu'il n'y a pas à dire ici que je vais en mettre un autre... Et même à Fontainebleau, je n'en ai pas d'autres... je n'ai pas apporté ma garde-robe avec moi... Il me faudra reparaître devant ces dames en cet état... ce sera bien scabreux... les maris feront des nez d'une aune... Mais, après tout, je m'en fiche! c'est leur faute si j'ai déchiré mon pantalon, on n'avait qu'à ne point me perdre... C'est toujours très-désagréable... un pantalon tout neuf, c'est la seconde fois que je le mets... Mais ce gredin de tailleur a la fureur de me les faire trop étroits... Je lui avais bien dit : Quand je veux m'asseoir, ça me

serre, ça me gêne. Il m'a répondu : Ça se
fera !... c'est du croisé de laine, ça prête...
c'est élastique... C'est étonnant, comme il
a prêté... A Fontainebleau, je tâcherai de
me faire recoudre... car je n'ai pas envie de
mettre des épingles par là... Diable... pour
me blesser... c'est trop dangereux. Allons,
remettons-nous en marche... Oh ! je ne serai
pas du tout gêné pour marcher, maintenant.

M. Roquet avance de nouveau dans le sentier qui est devant lui ; il marche cette fois à
grands pas et avec une espèce de fureur,
regardant alternativement la route et son
pantalon. Mais tout à coup il s'arrête.

A une centaine de pas devant lui, il vient
de voir remuer quelque chose dans le fourré,
mais fort près du chemin qu'il suit. Il ne
distingue pas bien ce que c'est ; seulement,
l'objet qui remue s'élève à deux pieds au-
dessus du sol, lui semble brun et d'une assez large dimension.

M. Roquet, qui sent une sueur froide lui glacer le front, demeure immobile , tremblant, et n'ose ni avancer ni reculer ; sa vue se trouble et il se dit :

— Qu'est-ce qu'il y a là-bas ?... Est-ce un voleur qui me guette?... Est-ce un serpent énorme?... Je n'ose plus regarder... Mais je crains bien que ce ne soit un serpent... Je crois que je préférerais un voleur... Que faire?... Ah! quelle chose affreuse que les voyages !...

M. Roquet est assez longtemps indécis , les yeux baissés, n'osant pas même s'enfuir, parce qu'il sent que ses jambes lui feront défaut. Enfin, dans un moment de désespoir, il se décide à risquer encore un regard vers l'objet qui l'a effrayé.

Peignez-vous s'il se peut sa surprise , son ravissement : cet objet brun qu'il n'avait entrevu qu'à travers des broussailles , était le dos d'une jeune fille penchée alors à terre

pour cueillir des fleurs ; mais elle vient de
se relever, elle regagne le chemin, et, au
lieu d'un serpent, M. Roquet voit la plus
charmante figure que l'imagination puisse
se créer.

C'est une jeune fille de dix-sept ans à
peine, dont le costume n'est ni celui d'une
paysanne, ni celui d'une demoiselle de la
ville ; c'est une délicieuse figure ronde bril-
lante de fraîcheur, de grâce, de beauté ; une
brune, aux yeux doux et veloutés, à la bouche petite et pure ; il y a dans les traits de
cette jeune fille de la pudeur et de la finesse,
de l'éclat et de la douceur. Elle vous rappelle
ces têtes charmantes dont les peintres se
plaisent à embellir leurs tableaux , et que
vous regrettez de ne jamais retrouver dans
le monde aussi parfaits que sur la toile.

Celle qui vient d'apparaître à M. Roquet est
vêtue d'une robe de toile brune bien simple
et bien décente, un fichu de couleur est passé

autour de son cou, un tablier de soie noire serre sa taille, et ses beaux cheveux noirs sont emprisonnés dans un petit bonnet qui n'a pas la lourdeur de ceux des paysannes, et qui encadre fort agréablement ses joues rondes et roses.

M. Roquet éprouve un bien-être qui se change bientôt en admiration, car il a toujours été grand amateur du beau sexe. Il s'avance vers la jeune fille en lui faisant un profond salut, qu'il accompagne d'une infinité de petites mines, qu'il tâche de rendre fort agréables, puis il s'arrête devant elle, en lui disant :

— Ah ! ma foi, mademoiselle... je ne m'attendais pas à faire une rencontre aussi agréable... J'avais vu quelque chose dans les broussailles... je me disais : Qu'est-ce que ce peut-être ? Mais je pensais à tout autre chose qu'à une jeune fille... Il est vrai que ce n'est pas votre tête que j'avais vue d'abord...

La jeune fille sourit en répondant d'un ton modeste :

— Je cueillais un bouquet... Il y a de la violette, du muguet, de la jacinthe par ici...

— Ah ! il y a de tout cela !... je n'avais pas remarqué ; il est vrai que je cherche mon chemin... ce qui m'empêchait de chercher de la violette... Ce doit être bien agréable d'en cueillir avec vous, mademoiselle, car alors... car alors...

— Vous cherchez votre chemin, monsieur, et où voulez-vous aller ?

— Mais à Fontainebleau, mademoiselle, je tâchais de m'orienter... C'est difficile quand on ne connaît pas le pays, et puis je viens de passer à un carrefour où aboutissaient au moins six sentiers... Lequel prendre, je vous le demande, lequel prendre ?... C'est très-embarrassant !

— Mais non, monsieur ; car devant chaque sentier il y a un poteau sur lequel est écrit :

Route de Moret, ou Route de Fontainebleau... ou Route d'Avon... enfin cela vous
indique à quel endroit le sentier vous conduit.

— Comment, il y a des poteaux !... et
je ne les ai pas vus !... J'en suis un moi-
même, alors ! Au reste, je m'en repens
moins, puisque cela m'a procuré le bonheur... le bonheur...

— Monsieur, si vous désirez vous rendre
à Fontainebleau, il faut prendre ce sentier
que vous voyez... là-bas à gauche, puis la
première route encore à gauche, et vous serez à la ville dans une demi-heure...

— Je vous remercie infiniment... Oh !
je n'étais pas très-inquiet !... je me disais :
J'arriverai toujours quelque part. C'est que
j'étais avec une société... deux dames et deux
messieurs... montées sur des ânes... pas les
messieurs, les dames, et qui ne voulaient
pas avancer... pas les dames, les ânes... et

je les ai perdus... je ne sais pas comment.

— Je les ai rencontrés, monsieur; deux
jolies dames sur des ânes : il y en avait une
qui riait beaucoup; et deux messieurs...
bien plus âgés, marchaient derrière.

— C'est cela, c'est cela même... ce sont les
maris, vous les avez trouvés vilains, n'est-
ce pas?... Le fait est que l'un a beaucoup
de ressemblance avec un hibou, et l'autre,
avec sa longue crinière, a l'air d'un lion...

— Je n'ai pas remarqué tout cela, monsieur; mais j'ai vu cette société dans la
route que je viens de vous indiquer... ils
doivent être bien près de Fontainebleau
maintenant; et si vous voulez les rejoindre
je vous conseille de courir.

— Ah! ma foi, non... ils m'attendront...
Tant pis! je n'ai pas envie de me mettre
encore en nage!... Est-ce que vous êtes de
Fontainebleau, jolie enfant?

— Non, monsieur, je suis du village d'Avon, où mon père est cultivateur ; mais quand j'étais petite on m'envoyait à l'école à Fontainebleau.

— Ah ! vous avez été à l'école !... cela fait l'éloge de... votre éducation ; et maintenant vous venez vous promener seule dans la forêt, et vous ne craignez pas... d'y être filoutée... eh ! eh ! eh !...

M. Roquet, qui a retrouvé toute sa gaieté depuis qu'il sait son chemin et qu'il est près d'une jolie fille, veut alors lui prendre une main ; mais celle-ci la retire vivement en répondant :

— Non, monsieur, je ne crains rien... D'abord, je ne vais jamais bien avant dans la forêt... ensuite, je suis forte, moi, et si quelqu'un voulait m'insulter... oh ! je saurais bien me défendre...

— Certainement, mademoiselle, je n'ai pas voulu dire... mais quand on est jolie comme vous...

— Je vous salue, monsieur.

— Comment, vous vous éloignez si vite...

Et M. Roquet se met devant la jeune fille, comme s'il voulait lui barrer le passage ; mais, dans ce mouvement, il s'aperçoit que sa chemise sort entre ses jambes, par suite de l'accident arrivé à son pantalon, accident qu'il avait oublié depuis sa rencontre avec la jolie brune. M. Roquet met aussitôt une de ses mains sur sa chemise qu'il essaye de refourrer dans sa culotte, tout en s'écriant :

— Ah ! mademoiselle, je vous demande mille excuses ; je vous prie de croire que c'est involontaire... et qu'il n'y a aucune intention malhonnête de ma part... Je vous jure que je ne l'ai pas fait sortir exprès !

La jolie brune regarde le monsieur d'un air surpris, en lui disant :

— Quoi donc, monsieur ?... et pour

quelle chose voulez-vous que je vous excuse?...

— C'est un accident, mademoiselle, c'est tout à l'heure en essayant de grimper à un arbre... J'avais cru voir un nid, et il m'était venu l'envie de le prendre... alors j'ai déchiré mon pantalon... voilà comment il se fait que vous avez pu apercevoir un petit peu de ma chemise.

La jeune fille rougit jusqu'au blanc des yeux, en balbutiant :

— Je ne m'en étais pas aperçue, monsieur.

Puis, comme l'exercice auquel se livre M. Roquet, en essayant de faire rentrer sa chemise dans son pantalon, a quelque chose de très-décolleté qui blesse les regards chastes de la charmante enfant, elle se hâte de s'éloigner en disant :

— Je vous ai montré votre chemin, monsieur : le premier sentier à gauche, puis à

5.

gauche encore... et vous verrez la ville devant vous.

— Merci, mademoiselle... Comment, vous
vous éloignez si vite, adorable brune... Ça
ne peut pas rentrer à présent... sapristi!
que c'est impatientant!... Mademoiselle, je
me serais cependant estimé bien heureux
de faire votre connaissance... de faire...
Bon! je crois que je la déchire aussi...
Quand une fois la percale est mûre, ça devient de l'amadou... Mademoiselle!... j'aurais eu encore beaucoup de choses à vous
dire... j'aurais été même jusqu'à votre village, afin de... Ah! bah! elle ne m'écoute
pas... elle est déjà loin... Ah! bigre, tout
est rentré enfin!... c'est bien heureux...
Oui, mais en marchant, ça va peut-être
ressortir... et madame Marmodin qui est si
moqueuse... Ah!... tant pis!... ah! je m'en
moque!... D'ailleurs, j'aurai soin de tenir
ma main dessus!... Cette jeune fille était

ravissante... si je n'avais pas si faim, je crois que je l'aurais suivie ! elle me donnait des idées... champêtres... la forêt me semblait beaucoup plus gaie !

M. Roquet jette encore quelques regards sur le sentier que vient de prendre la jolie brune ; mais bientôt , craignant que l'on ne se soit mis à table sans lui , il se décide à marcher au pas redoublé , par le chemin qu'on lui a indiqué , et il arrive à Fontainebleau , en regardant à chaque instant si sa chemise ne s'est point encore échappée de son pantalon.

III

Le fils du peintre.

Laissons M. Roquet courir après sa société, et rejoignons Rose-Marie : c'est ainsi
que l'on nommait la charmante enfant que
nous venons de rencontrer dans la forêt.

Après avoir quitté le monsieur aux besicles, dont les manières commençaient à lui
paraître peu convenables, la jeune fille, qui

semble connaître parfaitement tous les dé-
tours de la forêt, a pris un petit sentier à
peine tracé dans l'épaisseur du taillis, mais
dans lequel elle marche sans hésiter, sans
regarder même devant elle, et comme une
personne qui est bien sûre de son chemin.

En effet, au bout de cinq minutes d'une
marche interrompue souvent pour cueillir
des fleurs et grossir le bouquet qu'elle tient
dans une de ses mains, la jeune fille se
trouve hors du taillis, dans une grande clai-
rière; devant elle sont des rochers bien
noirs, bien sévères; des blocs de grès en-
tassés au hasard, et dont une partie est à
moitié exploitée pour l'équarrissement des
pavés; puis d'un côté, des hêtres magnifi-
ques, qui semblent vouloir atteindre les
cieux, tandis qu'à quelques pas, d'autres,
frappés par la foudre, sont étendus sur la
terre. Cet endroit de la forêt a un aspect
sauvage et majestueux qui doit inspirer le

respect et une sorte de terreur aux personnes qui n'ont pas l'habitude de la visiter.

Mais Rose-Marie poursuit sa marche légère ; ses yeux parcourent l'espace ; ils ont bien vite aperçu un jeune homme en petite blouse d'artiste, et les cheveux flottants au gré du vent, qui est assis au pied d'un vieux chêne, ayant devant lui une petite toile carrée, posée sur un pupitre, et à son côté une boîte à couleurs. Le jeune homme peint, ou plutôt fait des études, comme disent les peintres. En ce moment, il retrace sur la toile l'aspect pittoresque des rochers qui sont devant lui, et, tout à son travail, il n'a pas entendu venir la jeune fille, qui est depuis un moment derrière lui et le regarde peindre sans bouger, presque sans respirer même, pour qu'il ne se doute pas qu'elle est là.

Mais tout à coup le sentiment de l'admiration l'emporte :

— Oh ! que c'est bien cela ! s'écrie Rose-Marie.

Aussitôt le peintre se retourne, et jette un tendre regard sur la jeune fille en s'écriant :

— Comment, vous étiez là!... et je ne le savais pas... Ah ! c'est bien mal à vous !

— Pourquoi?... quel mal faisais-je derrière vous?...

— Vous me priviez du bonheur de vous voir, de jouir de votre présence... et ce bonheur-là est si court, il passe si vite que je dois en être avare !

Rose-Marie rougit, baisse les yeux et balbutie :

— M. Léopold, vous oubliez toujours nos conventions et ce que vous m'avez promis... Je fais peut-être ce que je ne devrais pas, en venant tous les jours vous voir peindre dans cette forêt... car enfin... il n'y a que trois semaines que je vous connais... je vous ai rencontré par hasard ici... Vous étiez en train de peindre... comme à présent ; je me suis approchée pour regarder... parce que je suis un peu curieuse... mais vous m'avez dit que cela ne vous gênait nullement que l'on vous vît travailler... J'ai trouvé cela si joli !... si bien fait !... que vous avez eu l'honnêteté de me dire que vous viendriez peindre ici pendant quelque temps, et que si cela m'amusait, je pouvais venir vous regarder travailler tant que cela me ferait plaisir. Je suis revenue... Ah ! c'est un si beau talent de rendre sur la toile ce que la nature a fait !...

— Oui, charmante Rose, c'est ainsi que nous avons fait connaissance, et je bénis le hasard qui avait conduit vos pas de ce côté, pendant que j'y travaillais. Dans tout cela, il me semble qu'il n'y a aucun mal, et je ne vois pas quel reproche vous pourriez vous adresser...

1.   6

— Oh ! pardonnez-moi... parce que...
j'aurais peut-être dû me tenir toujours derrière vous, comme à présent... Mais un jour
vous m'avez priée de me placer de l'autre
côté de votre petite toile... Moi, j'ai cru
d'abord que le soleil vous gênait et que
c'était pour vous en garantir ; je me suis
assise sur un tronc d'arbre , et je n'ai pas
bougé ; mais alors vous avez pris une autre
toile, et quand j'ai voulu regarder ce que
vous faisiez, vous l'avez cachée bien vite...
Puis le lendemain , vous m'avez encore
priée de m'asseoir devant vous... j'y ai con-
senti... quoiqu'il ne fît plus de soleil, mais
à condition que vous me montreriez ce que
vous faisiez sur l'autre toile.

— Eh bien ! je vous l'ai montré, Rose...

— Oui... et je suis restée toute saisie...
c'était moi... c'est-à-dire c'était mon portrait... assise là sur un tronc d'arbre... dans
ce simple costume... et déjà si ressem-

blant... oh! c'est-à-dire non... je ne suis pas si bien que vous m'avez faite.

— Vous êtes cent fois mieux encore, aimable Rose, car la peinture ne rendra jamais toutes ces sensations, tous ces gracieux sentiments qui animent à chaque instant votre visage... Je puis bien vous faire un sourire, un regard... mais je ne puis pas y mettre toutes les nuances charmantes qui passent si rapidement sur votre physionomie mobile, qui animent vos yeux à la fois doux et riants... qui font enfin que l'on ne peut vous voir sans...

— Ah! M. Léopold, vous oubliez encore vos promesses... Lorsqu'une fois déjà vous m'avez tenu de ces discours... qu'une jeune fille sage ne doit pas écouter, j'ai voulu m'en aller, et je ne serais plus revenue, si vous ne m'aviez bien promis... juré même... oui, je crois que vous m'avez juré qu'à l'avenir vous ne me parleriez plus de ces choses-là… mais de temps en temps vous recommencez et je reviens toujours ; vous voyez bien que j'ai raison de vous faire des reproches ; et mon père qui est si bon ! mon père qui a tant de confiance en moi ! que dirait-il s'il savait que je laisse faire mon portrait par un monsieur que je ne connais presque pas ?

Le jeune peintre pose sur le gazon ses pinceaux et sa palette, puis, se tournant vers Rose-Marie, lui répond d'un ton sérieux et presque grave :

— Je vous ai dit mon nom… et vous savez quelle est ma profession, mademoiselle ; je voudrais que vous fussiez à même de vous assurer que je ne chercherai jamais à vous tromper en aucune façon. Je vais en peu de mots vous faire connaître ma famille, car je tiens, moi, à n'être pas un étranger, un inconnu pour vous. Je me nomme Léopold Bercourt ; mon père était peintre de genre, et avait assez de talent pour vivre dans une certaine aisance ; il s'était marié fort jeune à une femme qu'il adorait et qui ne lui avait apporté aucune fortune ; mais il était du petit nombre de ceux qui croient que l'amour et la bonne conduite doivent suffire pour être heureux, et, en effet, il le fut au sein de son ménage. Ma mère l'aimait tant ! elle avait les mêmes goûts, les mêmes sentiments que lui ; il semblait qu'un seul esprit, un seul cœur animât ces deux époux, car souvent il arrivait à l'un et à l'autre d'exprimer en même temps la même pensée, le même désir, de faire la même réflexion. Et pendant vingt années ils ne s'étaient pas quittés, ils n'avaient point été une journée entière sans se voir. Ah ! mademoiselle, c'est une bien belle chose qu'un bon ménage !... c'est le bonheur le plus vrai qu'il soit donné aux hommes de goûter icibas, et s'il y a tant de gens qui tournent

6.

l'hymen en ridicule ou qui ont l'air de croire qu'il n'apporte avec lui que des ennuis et des regrets, c'est que, comme le renard de la fable, ils n'ont jamais pu apprécier, connaître ou mériter cette félicité qu'ils trouvent si facile de dénigrer.

Rose-Marie, qui s'était assise sur le gazon pour écouter le jeune artiste, se rapproche alors de lui en s'écriant :

— Vous parlez comme mon père, car lui aussi a été bien heureux dans son ménage!... seulement il ne l'a pas été long-temps!... Continuez, M. Léopold...

— Un fils et une fille vinrent augmenter encore le bonheur de mes parents, car tous deux s'aimaient trop pour ne pas désirer posséder des gages de leur tendresse... et d'ailleurs, quels sont les gens qui n'aiment pas les enfants? les coquettes et les égoïstes : mon père et ma mère n'étaient ni l'un ni l'autre. J'étais venu au monde huit an-

nées avant ma sœur ; j'avais vingt et un ans,
ma sœur en avait treize... il y a deux ans
de cela... et nous étions alors parfaitement
heureux. Ma mère, vive, gaie, aimable,
semblait toujours être jeune ; pour son mari,
c'était une maîtresse ; pour ses enfants, c'é-
tait une sœur. Quoique sensible et impres-
sionnable, elle savait, par un mot spirituel,
par un trait piquant, égayer et animer
toutes les réunions. Ma sœur, mignonne et
délicate, s'élevait sous les yeux de ma mère,
qui était aussi du nombre de celles qui ne
conçoivent point que l'on aillé prier des
étrangères de vouloir bien se charger de
former le cœur, le caractère et l'esprit de sa
fille, comme si la nature ne devait pas faire
d'une mère la meilleure des institutrices.
Peut-être, à la vérité, une jeune fille y perd-
elle quelque chose du côté de la science,
mais à coup sûr elle y gagne des qualités.
Et puis, si l'on voulait bien se donner la

peine de chercher, chez ces demoiselles de-
venues dames, ce qu'il reste de cette science
apprise à grands frais dans leurs pensionnats; chez les unes cinq ou six mots d'italien
et d'anglais qu'elles prononcent mal, et avec
lesquels je les défierais de se faire entendre
à l'étranger ; chez d'autres, quelques no-
tions de géographie, d'histoire ancienne et
nouvelle, qu'elles ont l'habitude de mêler
ensemble et de citer mal à propos ; puis le
talent de dessiner un profil, une tête, une
étude, qu'elles ne manquent point de négli-
ger entièrement dans le monde. Je vous le
demande encore, est-ce la peine, pour tout
cela, de se priver des caresses, des baisers
de sa fille?... Ah! pardon, mademoiselle
Rose... je me laisse aller à parler... je suis
un bavard, n'est-ce pas ?...

— Dites toujours, M. Léopold, oh! cela
ne m'ennuie pas de vous écouter, au contraire !

— Moi, je voulais aussi être peintre. Je suivais les cours d'un maître fameux. J'allais à l'Académie, et pour être plus libre de travailler, de sortir, de rentrer sans gêner mes parents... peut-être aussi pour jouir de cette liberté que les jeunes gens sont si empressés de connaître et dont ils se font un dieu ! j'avais loué un petit appartement pour moi seul ; mais j'allais presque tous les jours manger chez mes parents, qui du reste avaient trouvé tout naturel qu'à vingt ans et avec les goûts d'un artiste je voulusse être mon maître. Excusez-moi de m'appesantir sur des détails intimes et sur cette époque de ma vie... C'est qu'elle fut la plus belle pour moi !... et je ne pensais pas que rien pût troubler mon bonheur et cette félicité domestique que je retrouvais toujours au foyer de mes parents... Je ne savais pas que c'est alors qu'on est le plus heureux, qu'il faudrait trembler et craindre les coups du sort... Mais aucun homme ne pense à cela... et la Providence a voulu que cela fût ainsi!... Car, s'il nous était donné de deviner l'avenir, nous ne jouirions jamais du présent.

Mes parents aimaient la campagne. L'air pur des champs était bon pour ma mère, qui sans être alitée, sans faire de maladie, éprouvait cependant assez souvent des oppressions, des étouffements, mais qui ne causaient point d'inquiétude chez une femme mince, légère, et douée d'une vivacité qui allait presque jusqu'à la pétulance ; d'ailleurs ma mère avait aussi vite oublié une indisposition, une souffrance, qu'elle avait été prompte à s'en alarmer. Les médecins attribuaient à ses nerfs tout ce qu'elle éprouvait. Avait-elle des oppressions, c'était nerveux ; se sentait-elle par moment étourdie au point d'être prête à tomber, c'était nerveux ; éprouvait-elle parfois de violentes douleurs dans la tête, c'était nerveux. Et comme par malheur les maladies nerveuses sont du nombre de celles que l'on connaît le moins, on s'en rapporte presque toujours au temps pour les guérir. Aussi disait-on à ma mère : Ce n'est pas dangereux, cela se passera.

Mon père avait loué une petite maison de campagne à Saint-Mandé. J'y allais fort souvent, mais je n'y couchais pas tous les soirs. Quant à mon père, il était rare qu'il vînt coucher à Paris sans sa femme ; quelquefois pourtant lorsqu'un dîner d'amis, une pièce nouvelle à voir, ou quelques affaires devaient le retenir tard à la ville, ma mère était la première à lui conseiller d'y coucher, craignant qu'il ne courût quelque danger en revenant la nuit à Saint-Mandé, et mon père laissait avec sécurité sa femme et sa fille avec leur bonne, dans sa maison de campagne, parce que cette habitation était entourée de maisons et de nombreux voisins.

Il y a deux ans bientôt, c'était dans le mois de septembre, vers la fin de la belle saison, j'étais à Paris et je n'avais pas vu mes parents depuis deux jours. Mon père, après avoir dîné avec sa femme et sa fille, s'était rappelé qu'il avait pour le soir une invitation à Paris ; cependant il ne se sentait point ce jour-là disposé à se déranger et à quitter sa famille ; mais ma mère, présumant qu'il s'amuserait dans la réunion à laquelle il était convié, et craignant toujours que pour elle il ne se privât de quelque plaisir, avait été la première à l'engager à se rendre où il était attendu. Mon père s'était donc décidé à aller à Paris, où naturellement il devait coucher, puisque la réunion où il se rendait devait se prolonger un peu tard. Après avoir embrassé sa femme et sa fille, il était parti gaiement, et en chantonnant comme c'était son habitude ; puis, après avoir passé une agréable soirée avec des artistes de ses amis, il était rentré chez lui, à Paris, vers minuit et demi, et n'avait pas tardé à s'endormir tranquillement !... Ah ! mademoiselle !... il ne faut donc pas dire que l'on a toujours des pressentiments.

« Sur les deux heures du matin, mon père est éveillé par un violent coup de sonnette ; il se lève à la hâte, il se demande s'il ne rêve pas... Cependant déjà son cœur s'est serré, il éprouve une inquiétude mortelle, car il est loin de sa femme et de ses enfants, et pour qu'on vienne l'éveiller au milieu de la nuit, il faut qu'un accident soit arrivé à l'un d'eux. Il court ouvrir, et son concierge lui dit :

« — On vient vous chercher... de Saint-Mandé... c'est un voisin... il paraît que madame votre épouse est malade.

LA FAMILLE GOGO. 1.

« Mon père descend à peine vêtu, il aperçoit un habitant du village, brave cultivateur, dont la demeure touchait à la nôtre,
et cet homme lui dit :

« — Mam'zelle votre fille est venue frapper
à ma porte en me disant que sa maman était
bien malade, et qu'elle me priait de venir
vous chercher bien vite... Je me suis habillé
tout de suite, et j'ai toujours couru depuis
Saint-Mandé jusqu'ici.

« Mon père ne se donne pas le temps de remercier son voisin ; en peu d'instants il s'est
habillé, il part avec lui. Lorsqu'il est dehors, il pense que son médecin ne demeure
qu'à quelques pas et qu'il fera bien de l'emmener sur-le-champ avec lui. Il court chez
son docteur, l'éveille, lui annonce ce qui
l'amène ; en quelques minutes celui-ci est
levé, prêt, il descend rejoindre mon père...
Tous les trois se mettent en route. Le hasard
leur fait rencontrer un cabriolet vide, ils

montent dedans, le cocher se place sur le tablier, on part.

« —Grâce au ciel, nous arriverons bientôt ! disait mon père, et le docteur, qui ne partageait pas ses inquiétudes, lui répondait :

« — C'est sans doute quelque crise nerveuse, comme madame votre épouse en a souvent ; mademoiselle votre fille, se trouvant seule avec sa bonne pour la secourir, se sera effrayée et aura pensé qu'il fallait vous envoyer chercher ; mais tout cela ne doit pas vous inquiéter... Est-ce qu'elle était malade hier dans la journée ?

« — Pas du tout, monsieur, j'ai dîné hier avec elle, je ne suis descendu à Paris que vers sept heures du soir, et ma femme était gaie, bien portante et elle ne se plaignait de rien.

« — Je vous le répète, cela ne peut être dangereux ; mais les personnes nerveuses paraissent tout de suite fort malades...

quand nous allons arriver ce sera peut-être passé, et madame sera fâchée que l'on vous ait causé cette alarme.

« Enfin, ils arrivent devant notre maison, dont la porte donnait sur la grande route. Mon père sonne. Bientôt sa fille vient lui ouvrir, suivie de sa bonne.

« — Eh bien... ta maman? s'écrie mon père.

« — Je crois que cela va un peu mieux ; elle dort en ce moment, répond ma sœur encore toute pâle, toute tremblante par suite des émotions qu'elle a éprouvées.

« Mon père se sent renaître, il marche à grands pas dans le sentier qui conduit à la maison, et le médecin le suit en répétant :

« — Je vous l'avais bien dit ! c'était une crise nerveuse et il ne fallait pas vous effrayer.

« Enfin ils arrivent dans la maison, puis

dans la chambre à coucher de ma mère. Elle était dans son lit, étendue sur le dos, les yeux à moitié fermés. Mon père est frappé de la couleur livide de son visage ; puis le médecin murmure ces mots terribles :

« —O mon Dieu ! mais ce n'est pas du sommeil cela !...

« Mon père croit comprendre, mais il ne veut pas que cela soit vrai, il ne veut pas que cela soit possible. Le médecin veut l'éloigner, lui faire quitter la chambre.

« —Non, non, je ne m'éloignerai pas ! s'écrie-t-il en courant enlacer sa femme dans ses bras, en appuyant sa tête contre sa poitrine, en appelant à grands cris celle qu'il chérissait... Non... je ne la quitterai pas... Oh ! mais elle ne peut pas être morte... Tenez, monsieur... ses mains... ses bras ont encore de la chaleur... ses yeux brillent encore... C'est un évanouissement sans doute...

7.

Oh ! monsieur... elle vit... on ne peut pas mourir comme cela... Secourez-la, monsieur... vite, vite... il doit être encore temps.

« Le médecin se connaissait trop à la mort pour s'y méprendre. Cependant il s'empressa de faire tout ce que la science a trouvé pour rappeler à la vie ceux chez qui elle n'est pas éteinte entièrement... Pendant qu'il essayait de divers moyens, mon père tenait dans ses mains la tête de sa femme, il tâtait ses joues, son front ; il la suppliait de lui parler encore... Et dans la pièce voisine, ma pauvre sœur, assise sur son lit et soutenue par sa bonne, pleurait et priait le ciel de lui conserver sa mère ; car elle non plus ne pouvait pas croire qu'elle fût morte !...

« Vous pleurez, mademoiselle... Ah ! pardon... je m'arrête... mais j'ai besoin de pleurer aussi ! »

Au bout de quelques instants, le jeune peintre reprend son récit :

« Ma mère était morte , mademoiselle , morte en quelques heures , après s'être éveillée vers minuit avec d'horribles douleurs de tête , que sa pauvre fille avait essayé de soulager en donnant à sa mère tout ce qu'elle lui avait vu prendre en pareil cas ; elle était morte loin de son époux et de son fils !... sans les embrasser, sans pouvoir leur dire adieu !... Ah ! mademoiselle ! une mort prompte est douce , dit-on , pour ceux qu'elle frappe , parce qu'ils n'ont le temps de la prévoir ni de la craindre. Mais combien elle est cruelle pour les personnes qui nous aiment et que nous laissons après nous ! pour ceux qui, se croyant bien sûrs de leur bonheur, en jouissaient sans l'apprécier assez peut-être. Un tel coup est affreux... car rien ne vous a préparé à le recevoir... rien ne vous a fait pressentir que votre félicité était aussi fragile !... Lorsque la foudre vous frappe , vous avez vu du

moins les nuages s'amonceler, vous avez entendu gronder l'orage... et vous avez compris qu'un danger vous menaçait... Mais
quitter sa femme, sa mère en bonne santé,
et quelques heures après la retrouver
morte... ne pas avoir reçu son dernier soupir, entendu ses dernières paroles... oh !
c'est affreux, voyez-vous, et ce sont de ces
douleurs dont on ne guérit jamais... Le
temps, je le sais, adoucit toutes les souffrances ! s'il en était autrement, nous suc-
comberions avec tous ceux que nous aimons !
Mais, je le répète, le temps ne peut empêcher que nos regrets ne soient bien amers,
lorsque nous nous rappelons la perte d'un
objet chéri, accompagnée de circonstances aussi cruelles.

« Quelle nuit, mon Dieu ! quelle nuit pour
mon père et ma pauvre sœur... si délicate,
si enfant encore, mais dont le cœur compre-
nait toute l'étendue de la perte qu'elle venait

de faire ! Et pourtant cette enfant si jeune, si désolée, eut la force de maîtriser sa douleur pour calmer celle de son père. Lorsqu'elle entendait ses sanglots, elle courait se jeter dans ses bras en lui disant :

« —Ma mère nous voit toujours ! elle veut que tu aies du courage et que tu vives pour tes enfants.

« Je n'ai pas besoin de vous dire quel fut mon désespoir lorsque, averti par un ami qu'il fallait me rendre à Saint-Mandé, j'y appris la fatale nouvelle. Ainsi que mon père, je ne voulais pas y croire. J'allai avec lui embrasser encore celle que nous avions perdue. Sa figure aimable et jolie n'était aucunement changée !... elle était pâle seulement ! Mon père, qui se rappelait que quelquefois une profonde léthargie avait été prise pour la mort, essayait encore à chaque instant de ranimer celle qu'il allait contempler, et dont il ne pouvait se résoudre à

se séparer, alors même qu'elle n'était plus !
Et il y a des gens qui s'éloignent bien vite
de l'objet de leur affection quand la mort
les a frappés !... ils ont donc bien peu de
courage... ou plutôt ils ont eu bien peu d'a-
mour !

« Je ne vous peindrai pas la douleur de
mon père !... qui perdait en quelques heures celle avec qui il avait passé sa vie...
car, vingt ans de nos plus belles années...
vingt ans marqués par les jouissances du
cœur, par toutes ces vicissitudes qui nous
attendent pour arriver à la gloire et à la
fortune... ah ! c'est toute une carrière, et
cela ne se recommence pas. Mais il lui restait deux enfants, et surtout une fille si
jeune, si intéressante et qui avait tant aimé
sa mère !...

« Maintenant que près de deux années se
sont écoulées depuis cet événement, notre
peine s'est changée en regrets. Nous par-

lons souvent de ma mère, car au lieu de re-
nouveler notre chagrin, il nous semble que
cela l'adoucit. Et mon père me répète quelquefois une chose bien juste : Quand la
mort frappe une de nos connaissances, nous
recevons cette nouvelle avec chagrin peut-
être, mais comme un de ces événements qui
doivent arriver et qui sont dans l'ordre de
la nature ; mais si nous perdons un objet
adoré... nous ne pouvons croire à notre malheur, il nous semble qu'un tel événement ne
devait jamais arriver.

« Voilà l'histoire de ma famille, aimable
Rose ; je vous ai fait verser des larmes...
mais je ne sais pas encore être bref quand
je parle de celle que j'aimais tant... Je vous
avouerai aussi que la mort de ma mère
changea subitement mon caractère. Ces
folies, ces parties de plaisir de jeunes gens
qui autrefois faisaient mon bonheur, ont
cessé de me plaire. Je me suis adonné avec

plus d'ardeur à l'étude ; j'ai senti le désir
d'acquérir du talent... Il me semble que
celle qui n'est plus avec nous, voit de là-
haut tout ce que je fais... qu'elle m'encou-
rage... qu'elle sourit à mes succès... Et
puis, je dois consoler mon père... protéger
ma sœur... Pour cela il faut se faire un nom,
acquérir par son talent une noble indépen-
dance !... Oh ! j'y parviendrai, je l'espère !...
je le sens à l'ardeur qui m'anime. »

Les yeux du jeune artiste brillaient, son
front semblait rayonner et attendre une
couronne... En ce moment il ne voyait plus
la jolie fille qui était immobile devant lui,
l'amour de son art seul l'occupait. Mais revenant bientôt à d'autres sentiments, il sourit à Rose-Marie en lui disant :

— Maintenant je ne suis plus un étranger
pour vous. Êtes-vous fâchée de m'avoir laissé
faire votre portrait?

— Non... mais qu'en ferez-vous?

— Je le garderai toujours... Il m'est doublement cher... D'abord c'est une étude où j'ai bien mieux réussi que je ne l'espérais... Ensuite ce sont vos traits.., et je serai si heureux de les regarder quand je ne vous verrai plus.

— Est-ce que vous retournerez bientôt à Paris?

— Ce soir, mademoiselle, ce soir même...

Rose-Marie pâlit et détourne la tête, puis elle balbutie :

— Pourquoi donc si vite?... Hier vous ne pensiez pas y retourner avant cinq ou six jours.

— C'est que j'ai reçu, ce matin, une lettre de mon père. Il s'ennuie d'être si longtemps sans me voir... il est un peu indisposé...

— Oh ! vous avez raison, M. Léopold, il faut partir bien vite... Alors nous nous voyons aujourd'hui pour la dernière fois...

— Si j'avais cette pensée-là, mademoiselle, je serais trop malheureux. Oh! je
reviendrai... je reviendrai le plus tôt possible... maintenant qu'il y a des chemins de
fer, c'est si commode!

— Oui, mais... moi, je ne serai pas toujours dans la forêt... Si je suis venue comme
cela depuis quelques jours, c'est que j'allais
travailler, aider une dame de nos amies,
qui demeure à Fontainebleau... Elle avait
des chemises à faire... moi je sais très-bien
coudre, travailler en linge... et elle avait
prié mon père de me laisser aller chez elle.
Comme j'aime beaucoup à me promener, à
cueillir des fleurs... et que je connais très-
bien les sentiers de la forêt, je me détour-
nais un peu... et puis je vous ai regardé
peindre... Il me semble que j'aurais bien
mieux fait de ne pas m'arrêter.

La voix de la jeune fille s'est altérée, elle
baisse les yeux, elle chiffonne son tablier,

elle se mord les lèvres et fait son possible pour que le jeune peintre ne voie pas qu'elle a envie de pleurer.

Beaucoup de jeunes gens auraient profité de l'émotion de la jolie enfant pour lui ravir quelques faveurs ; car lorsqu'une jeune fille est vivement émue, elle a bien peu de force pour se défendre. Mais heureusement pour Rose-Marie, le jeune peintre éprouvait pour elle autant de respect que d'amour ; il avait compris cette âme innocente et naïve, qui avait eu foi en ses promesses ; il aurait rougi d'avoir une pensée qu'il ne pût pas lui avouer. Puis, Léopold n'était plus comme la plupart des jeunes gens qui ne pensent qu'au plaisir et le saisissent dans toutes les occasions qui se présentent. L'amour de son art avait élevé ses pensées, ses penchants. Ces amourettes de passage, qui à vingt ans lui offraient tant de charmes, étaient maintenant sans attraits pour lui. En amour, comme en peinture, il cherchait le beau, le vrai, le naturel, et en rencontrant Rose-Marie, quelque chose lui avait dit qu'elle possédait tout cela.

— Mademoiselle, dit Léopold en allant à la jeune fille et prenant une de ses mains qu'il presse tendrement dans la sienne, vous m'avez dit que vous demeuriez au village d'Avon... vous serez assez bonne pour me donner l'adresse de M. votre père. Quand je reviendrai, je prendrai la liberté d'aller vous voir... vous me le permettez, n'est-ce pas?... Et puisque votre père vous aime tant, je suis sûr qu'il me recevra bien... car vous lui direz que ma conduite avec vous fut toujours respectueuse, et telle enfin qu'elle devait être.

— Ah! quand vous serez retourné à Paris, vous ne penserez plus à la jeune fille de la forêt de Fontainebleau... on dit que les jeunes gens s'amusent tant à Paris!

— Avez-vous déjà oublié la triste histoire que je vous ai racontée?... Depuis que j'ai eu le malheur de perdre ma mère, je vous assure que je ne suis plus étourdi, léger, volage comme autrefois!... Alors je ressemblais à tous les jeunes gens qui ne veulent que s'amuser. Maintenant je suis sage, raisonnable... quelquefois même mon père me gronde, parce qu'il craint que je ne le sois trop. Je ne vous oublierai pas, charmante Rose... lors même que je n'aurais pas le bonheur de posséder votre portrait... Oh! mais pendant que vous êtes là... si vous étiez assez bonne pour me donner une dernière séance... seulement une petite demi-heure... pour quelque chose que je ne trouve pas assez bien?

Rose-Marie fait une petite moue bien gentille et va se placer sur le tronc d'arbre habituel en murmurant :

— Puisque cela vous fait plaisir... et que

8.

c'est la dernière fois... je ne veux pas vous refuser. Mais si vous refaites mon visage , ce ne sera pas bien... j'ai les yeux rouges et puis je suis de mauvaise humeur.

— Non, non, ce n'est plus le visage... là, vous êtes très-bien comme cela... oh ! ce sera vite fait.

Le jeune peintre place sur son chevalet le portrait de la jeune fille, il reprend ses pinceaux et se remet aussitôt à l'ouvrage. Le charmant modèle garde d'abord son air sérieux, mais bientôt un aimable sourire revient animer sa physionomie, et Rose dit :

— Est-ce que vous me permettez de parler?

— Oh ! tant que vous voudrez !... je n'en serai que plus content... vous voir et vous entendre c'est deux plaisirs au lieu d'un.

— Et cela ne vous empêchera pas de peindre ?

— Nullement, et lors même que je ferais en ce moment votre visage , cela ne me gênerait pas du tout. J'ai assisté quelquefois à des séances de modèles chez des hommes de grand talent. Je vous certifie que ceux-là ne sont pas du nombre des peintres qui recommandent à leur modèle une immobilité complète : bien loin de là! ils les font causer pendant tout le courant de la séance, et c'est de cette manière qu'ils saisissent l'esprit de leur physionomie, qu'ils la jugent, la comprennent, par un regard, un sourire, un sentiment. Tandis qu'en recommandant à la personne que l'on peint de garder une immobilité parfaite, qu'obtient-on? une figure froide, ennuyée, sans expression, ce qui fait que le portrait n'a jamais le charme, la vie, le caractère que l'on doit justement chercher à lui donner. Parlez donc, mademoiselle Rose... je vous écoute.

— Vous m'avez raconté l'histoire de vos parents, moi, je vais vous dire ce que je sais des miens... oh! ce ne sera pas long.

D'abord mon père se nomme Jérôme Gogo,
il a deux frères... ce sont mes oncles naturellement, mais je ne les connais pas ; il paraît qu'ils ont de bonne heure quitté leur
pays... ils sont des environs d'Orléans , et
leur père était un simple cultivateur comme
le mien. Il y avait aussi une sœur, mais elle
est morte depuis longtemps... je crois qu'elle
a laissé un fils... qui est mon cousin, alors ;
moi je ne connais pas toute cette famille-là.
Vous allez bien comprendre pourquoi : mon
père est resté cultivateur... paysan, comme
on dit à la ville, tandis que ses frères... ah !
dame , il paraît qu'ils ont fait fortune... ou
du moins qu'ils font... une grande figure
dans le monde... ça fait que nous ne les
voyons pas.

— Comment! est-ce que vos oncles sont
fiers... est-ce qu'ils auraient la sottise de
rougir de leur origine?

— Je ne sais pas... je ne puis pas affirmer cela... il est possible qu'ils aiment toujours mon père et que leurs occupations, leurs affaires les retiennent à Paris et les empêchent de venir nous voir. Tout ce que je sais, c'est que mon père les aime bien, lui !... souvent il me parle de ses deux frères Eustache et Nicolas, et il s'écrie : Ah! si j'avais le temps ! j'irais les voir, les embrasser... te présenter à eux !...

— Et que font-ils à Paris vos oncles?

— Ce qu'ils font... mais dame, ils font fortune, à ce qu'il paraît.

— Ce n'est pas là positivement un état... je vous demandais quel était leur profession.

— Leur profession... attendez... il y a l'aîné... Nicolas Gogo, qui est dans le commerce... négociant ou banquier... je ne sais pas au juste, il paraît que celui-là est le plus riche; l'autre, Eustache Gogo... il fait... mon Dieu, comment donc vous expliquer

mon père, qui n'avait pas d'ambition, est resté cultivateur. Il se maria et vint alors habiter avec sa femme au petit village d'Avon, où ma mère était née. Mes parents s'aimaient aussi tendrément que les vôtres ! et ils étaient bien heureux dans leur ménage. Mais ma mère mourut lorsque je n'avais encore que cinq ans ; je ne puis pas me la rappeler comme vous vous souvenez de la vôtre... mais cependant j'en ai conservé une image vague, confuse, que souvent dans mes rêveries je cherche à me rendre plus présente... je me souviens qu'elle me souriait... qu'elle était belle... que sa voix était douce... qu'elle était toujours bonne pour moi... puis je rassemble tout cela, et j'en fais mon bon ange... qui me regarde quand je dors, qui veille sur moi quand je suis éveillée !... Ah ! n'est-ce pas ainsi qu'on doit toujours se figurer sa mère ?

Léopold ne peignait plus, il regardait Rose-Marie et l'écoutait avec recueillement.

Après quelques moments de silence, la jeune fille reprend :

— Maintenant, vous nous connaissez aussi. Mon père se nomme Jérôme Gogo, et tout le monde dans le village vous indiquera sa demeure. Mon père est tout simple, tout rustique, car il n'a pas reçu d'éducation, lui, mais c'est un honnête homme ! oh ! de ce côté-là personne ne pourrait l'emporter sur lui ; ensuite il est bon, sensible... un peu emporté, un peu vif quelquefois, mais jamais méchant ni rancunier. Je n'ai pas besoin de vous dire qu'il m'aime tendrement ! je suis son unique enfant, je suis tout ce qui lui reste de la femme qu'il chérissait ; aussi mon père, qui veut mon bonheur et qui a rêvé pour moi un avenir qui sans doute ne se réalisera jamais !... m'a fait donner de l'éducation, il m'a envoyée

1.   9

à l'école à Fontainebleau ; je ne suis pas bien
savante, mais enfin je sais assez bien écrire
et compter , et l'on dit que je ne fais pas
trop de fautes en parlant. Il me semble
que c'est bien assez pour quelqu'un qui
probablement est destiné à vivre et à mourir dans un village. Mais mon père a d'autres pensées ; plusieurs fois il m'a dit : J'ai
eu tort de ne pas faire comme mes frères ,
de ne pas abandonner la charrue pour aller
m'établir à la ville ; je me serais peut-être
enrichi comme eux, et toi , ma fille, tu aurais pu faire un bon mariage et être plus
heureuse.

— Ah ! monsieur votre père vous dit
cela?...

— Oui, mais moi je lui réponds toujours
que je n'ai point d'ambition, que je me
trouve bien heureuse comme je suis, et que
je ne suis point née pour habiter la ville.

— Comment, mademoiselle Rose, est-ce

que cela vous contrarierait de vivre à Paris?

— Oui... c'est-à-dire... il y a quelque temps cela m'aurait effrayée... à présent... il me semble que je pourrais peut-être m'y plaire... avec des personnes... enfin... Mais j'ai assez posé, n'est-ce pas ?...

— Si vous êtes fatiguée...

— Oh ! ce n'est pas cela, mais il faut que je retourne chez nous, car je craindrais que mon père ne fût inquiet.

— En ce cas, je n'ose pas vous retenir... et cependant... je ne vous verrai pas demain... tous les jours, comme j'en avais pris la douce habitude...

— Vous avez dit que vous reviendriez... est-ce vrai?...

Le jeune peintre s'approche de Rose Marie, et repose sur elle ses yeux qui répondent plus éloquemment peut-être qu'il n'eût pu le faire, car la jolie fille lui tend la main en lui disant :

— Alors... je m'ennuierai moins... je penserai... à votre retour... j'attendrai...

— Vous penserez donc à moi?

Rose-Marie n'ose pas répondre, mais ses yeux sont bien aussi expressifs que ceux de Léopold ; en sorte que sans s'être dit ni l'un ni l'autre qu'ils s'aimaient, les deux jeunes gens savaient déjà qu'il n'y avait plus pour eux de bonheur sur la terre tant qu'ils seront éloignés l'un de l'autre.

— Allons, je m'en vais, dit Rose-Marie. Ah! voulez-vous me laisser voir mon portrait avant?...

— Certainement, mademoiselle.

Le peintre présente à la jeune fille la toile sur laquelle elle était représentée. Rose-Marie rougit en se voyant si jolie, et balbutie :

— Mais est-ce que vous le trouvez... bien ressemblant?

— Oh! oui, mademoiselle!... jamais je

n'ai si bien réussi !... je suis fier d'avoir si fidèlement rendu vos traits, votre physionomie... Je vous jure même qu'il n'est pas flatté... c'est vous, c'est vous telle que vous êtes.

— Dame, c'est possible... vous savez que soi-même on ne se connaît pas... Et vous allez l'emporter à Paris ?

— Oh ! certainement.

— Et... où le mettrez-vous à Paris ?

— Mais dans ma... dans mon atelier.

— Et le regarderez-vous... tous les jours?

Léopold prend la main de la jeune fille et la presse contre son cœur.

— Allons, je m'en vais alors... Adieu, M. Léopold.

— Adieu, mademoiselle Rose...

— Et dans combien de temps... pensez-vous revenir?

— Dans trois semaines... un mois au plus tard...

9.

— N'attendez pas que l'été se passe...
que le temps devienne sombre, triste.

— Quand bien même le temps devrait
changer... je ne ferai pas comme lui , moi.

— Au revoir... donc.

— Vous ne voulez pas que je vous reconduise jusqu'à la sortie de la forêt ?...

— Non... on pourrait nous rencontrer...
il n'est pas encore tard ; d'ailleurs je connais bien les chemins et j'aurai bientôt re-
gagné le village... Allons... je m'en vais.
Adieu, M. Léopold.

— Non pas adieu, chère Rose... mais au
revoir.

— Ah ! oui, au revoir, c'est moins triste...
Allons... je m'en vais... ah ! c'est pour tout
de bon cette fois.

Et la jolie fille, faisant un effort sur elle-
même, fait de la main un dernier signe d'a-
dieu au jeune peintre, et s'élance dans un
des sentiers de la forêt.

IV

Rose-Marie marchait très-vite et ne cherchait point son chemin ; mais toute préoccupée de la personne qu'elle venait de quitter, le cœur plein de son image, la tête remplie de ses paroles, croyant encore voir, entendre Léopold, lui répondant même par la pensée, ses yeux ne voyaient plus le chemin qu'elle suivait, ils n'apercevaient plus les sentiers, les arbres de la forêt ; et quand notre esprit et notre âme sont ailleurs que notre corps, il est rare que celui-ci se dirige bien tout seul.

Après avoir marché assez longtemps, surprise enfin de ne point se trouver hors de la forêt, Rose-Marie porte ses regards autour d'elle, et les fixant cette fois sur les objets qui l'environnent, elle s'aperçoit qu'elle n'a pas suivi la bonne route, et qu'au lieu de retourner vers son village, elle s'est davantage enfoncée dans la forêt.

La jeune fille est contrariée de ce retard, mais comme elle connaît heureusement presque tous les chemins de la forêt, elle voit fort bien où elle est, et sait par quelle route elle doit se trouver bientôt au terme de sa course.

Rose-Marie était alors dans une partie assez sauvage de la forêt et dans un sentier qui la menait sur une route qui de Tomery conduisait à Fontainebleau. C'est par ce chemin que la jeune fille sait qu'elle rejoindra le sien; elle se hâte donc de suivre le sentier et va en atteindre l'extrémité, lorsque des pas précipités se font entendre à ses oreilles.

Rose-Marie s'arrête, écoute : les pas se rapprochent. Pour la première fois peut-être, la jeune fille éprouve un sentiment de frayeur, mais jamais encore elle ne s'était trouvée seule dans une partie aussi reculée de la forêt. Elle avance la tête, regarde à travers le feuillage, et aperçoit deux hommes vêtus de blouses bleues, coiffés de casquettes dont la visière leur cache presque entièrement les yeux, ayant le bas du visage tout noirci comme des charbonniers, et qui viennent de son côté.

La vue de ces deux hommes, qui marchent avec une précipitation que n'ont point ordinairement des voyageurs, augmente encore l'effroi de Rose-Marie ; par un mouvement presque machinal , elle se baisse et se tapit dans un épais buisson qui se trouve près d'elle. Puis là, ne remuant pas, osant à peine respirer, elle tâche seulement, à travers le feuillage, de suivre des yeux les deux hommes, et de savoir s'ils vont continuer leur chemin.

Il n'y a pas une minute que la jeune fille est cachée, lorsque les deux individus qu'elle a vus, arrivent à l'entrée du sentier. Au lieu de suivre la route, ils entrent alors dans le taillis, et s'arrêtent à vingt pas au plus de Rose-Marie qui se sent prête à défaillir , croyant que les deux hommes vont l'apercevoir. Mais ils ne soupçonnent pas qu'il y a du monde près d'eux, et la jeune fille, qui a remarqué avec étonnement que sous leurs blouses communes, ces hommes avaient des pantalons à sous-pieds à la mode avec des bottes vernies, entend alors toute leur conversation.

« — Il ne tardera pas à passer... es-tu prêt?

« — Oui... mais je tremble... je n'aurai jamais le courage... je ne pourrai pas...

« — Allons!... il n'y a plus à reculer... tu as adopté mon idée il y a une heure, à présent il faut agir. D'ailleurs, je ne vois pas qu'il soit nécessaire d'avoir beaucoup de courage pour arrêter à nous deux un vieux bonhomme qui n'aura nullement l'envie de se défendre...

«—Oh! mais s'il se défendait, nous le laisserions aller... nous ne lui ferions pas le moindre mal... au moins!

« — Parbleu... avec quoi lui en ferions-nous... nous avons bien chacun une paire de pistolets, mais ils ne sont pas chargés. Il ne s'agit donc que d'effrayer notre voyageur...

« —Ah ! n'importe... c'est bien mal ce que nous faisons là !...

« —Oui, mais soixante mille francs en billets de banque, cela remettra joliment nos affaires qui sont furieusement dérangées... et le cher homme a cette somme en portefeuille, il a eu la bêtise de le dire à l'aubergiste là-bas... Il causait dans la cour, et moi, caché derrière les volets de nos fenêtres au rez-de-chaussée, j'entendais la conversation.

« — Mais si quelque jour cet homme nous reconnaissait ?...

« — Est-ce que nous nous retrouverons jamais avec lui ?... ce n'est pas probable ! Ce bonhomme ne doit pas aller dans le monde que nous voyons... c'est un personnage qui ne fréquente pas les salons... quelque artisan enrichi, quelque petit marchand qui aura été toucher un héritage... Ensuite, songe donc que nous sommes bien déguisés ; ces blouses, ces casquettes... et puis du charbon sur notre visage... Je te réponds qu'à notre mine on ne devinerait jamais qui nous sommes.

— C'est bien heureux !

— Mais j'entends le trot d'un cheval... c'est notre homme.

— Ah! mon Dieu!...

— Allons, ne faisons pas la bête ici... as-tu tes pistolets dans ta main?...

— Oui... oui... je les ai.

— Je vais me mettre de l'autre côté de la route... toi, tu garderas celui-ci. Dès qu'il passera, je sauterai à la bride de son cheval; fais-en autant. Ne dis pas un mot, montre seulement le canon de tes pistolets, je me charge de tout... Je te réponds que ce sera vite fait. Une fois le portefeuille entre nos mains, je donne moi-même une bonne claque au cheval qui repartira avec le cavalier, lequel, j'en suis sûr, ne regardera pas derrière lui.

— Ah! je tremble...

— Tu me fais pitié... le voyageur approche... je vais me mettre là-bas.

En achevant ces mots, celui qui vient de
parler le dernier et qui montre le plus de
résolution sort du taillis, traverse comme
un éclair la route qui est en face, et va se
mettre en observation derrière un arbre.
Son compagnon est resté dans le taillis ;
cependant il fait quelques pas en se rap-
prochant de la route, tournant à chaque
instant la tête et regardant avec terreur
autour de lui.

Rose-Marie a tout entendu, et sa frayeur
n'a fait que s'accroître, car elle a bien compris que les deux hommes qui sont à quelques pas d'elle ont l'intention de commettre
une mauvaise action, de voler quelqu'un,
et s'ils savaient qu'ils ont tout près d'eux un
témoin de leur crime, qui sait si la crainte
d'être reconnus ne les pousserait pas à com-

mettre un attentat plus horrible encore?

Aussi la pauvre jeune fille ose à peine respirer ; mais pourtant la curiosité, qui chez les femmes a de tout temps été plus forte encore que la peur, à en juger du moins par les traditions les plus anciennes, en commençant par la femme de Loth et en finissant par madame Barbe-Bleue, la curiosité soutient les forces de Rose-Marie, et lui fait écarter bien doucement le feuillage, afin d'apercevoir ce qui va se passer... puis tout en regardant, elle prie, elle implore le ciel avec ferveur, afin qu'il envoie du monde, des paysans ou des promeneurs de leur côté, et que les deux voleurs soient obligés de renoncer à leur infâme projet.

Le trot d'un cheval retentit sur la route de Tomery. Bientôt un voyageur parait, monté sur un modeste coursier qui baisse humblement la tête vers la terre. Le cavalier est un homme de soixante et quelques années, mais frais, dispos, bien portant, et dont la figure ronde, joyeuse, épanouie, annonce la santé et la bonne humeur. Son costume est celui d'un bon bourgeois ou d'un riche paysan. Il a une espèce de veste de chasse en drap vert, sur laquelle brillent des boutons de métal blancs, un pantalon de coutil sans aucune espèce de sous-pied, et que le mouvement du cheval a fait remonter, ce qui fait que l'on voit alors jusqu'au haut de ses bottes; enfin, une cravate de couleur entoure son cou, et un chapeau rond à larges bords et à forme basse couvre sa tête, et garantit parfaitement son visage du soleil. Tel est le personnage qui s'avance en trottant, ayant en croupe une valise et un sac de nuit, et tenant dans sa main droite une petite branche de chêne qui lui sert de houssine, et semble avoir été fraîchement coupée dans la forêt.

— Allons donc, Mouton, allons donc...

nous ne sommes plus très-loin de Fontainebleau, et là tu te reposeras... tu mangeras l'avoine... tu n'as donc pas faim , mon
vieux Mouton?...

En disant cela, le voyageur frappait de sa
houssine sur le cheval, mais si doucement,
qu'il semblait que son intention fût plutôt
de caresser son coursier et de le garantir
des mouches, que de chercher à lui faire
hâter le pas.

A peine le vieux cheval est-il arrivé devant l'entrée du sentier, que celui qui est
monté dessus pousse un cri d'effroi... C'est
que les deux hommes qui le guettaient
viennent de sortir du taillis, et de s'élancer
comme la foudre à la tête de son coursier...
Ils n'ont pas besoin de l'arrêter ; le pauvre
animal, qui semble avoir aussi peur que son
maître, s'est arrêté de lui-même.

Le voyageur veut murmurer quelques
mots, quelques supplications ; l'un des deux

10.

hommes ne lui en donne pas le temps ; plaçant le canon d'un de ses pistolets devant la
poitrine du vieillard, il lui dit :

— Ton portefeuille... bien vite, ou tu es
mort !...

Le voyageur ne songe pas à faire la moindre résistance, il se hâte de fouiller dans sa
poche de côté, en tire un portefeuille et le
présente d'une main tremblante à l'un de
ses voleurs en balbutiant :

— Ne me faites pas de mal, au moins...
vous voyez que je ne suis pas récalcitrant.

Celui auquel ces paroles s'adressent, s'empresse d'ouvrir le portefeuille pour s'assurer
qu'il renferme la somme dont il sait que le
vieillard est porteur. Un coup d'œil lui a
suffi pour apercevoir une liasse de billets
de banque. Aussitôt faisant deux pas en
arrière, il applique une forte claque sur le
derrière du cheval, et celui-ci reprend son
trot et emmène son maître qui fouillait alors

dans sa poche, et se disposait à donner aussi sa bourse aux voleurs.

—C'est fini... l'affaire est faite... dit celui des hommes en blouse qui a menacé le voyageur. Le pauvre cher homme nous aurait donné jusqu'à son sac de nuit si nous le lui avions demandé... mais ce que nous avons là est le meilleur... Allons, viens... hâtons-nous d'aller reprendre nos habits et de nous débarbouiller... Viens donc... comme tu es pâle !...

—Ah ! il me semble que je vais me trouver mal...

—Allons ! allons !... ce n'est pas le moment... ne restons pas ici...

En disant ces mots, le voleur a pris le bras de son compagnon , il l'emmène ou plutôt l'entraîne avec lui; ils s'enfoncent dans un sentier étroit en marchant dans une direction positivement opposée à celle qu'a suivie le voyageur qu'ils viennent de voler, puis bientôt ils disparaissent dans l'épaisseur de la forêt, et le bruit de leurs pas se perd dans l'éloignement.

Alors seulement, Rose-Marie, qui est restée toujours immobile et l'oreille au guet, se lève doucement et se hasarde à sortir de l'épais buisson dans lequel elle s'était cachée. Pâle, tremblante, la jeune fille éprouve un moment la crainte de ne pas avoir assez de force pour sortir de la forêt; car ses jambes chancellent, elle est obligée de s'appuyer à des branches pour se soutenir. L'attentat dont elle vient d'être témoin semble avoir paralysé ses sens; au moindre bruissement qui se fait dans le feuillage, elle s'imagine que ce sont les deux hommes en blouse qui reviennent, et elle se croit perdue.

Enfin, passant à plusieurs reprises sa main sur son front, la pauvre petite s'efforce de rappeler son courage en se disant:

— Oh! ces hommes ne reviendront pas,
ils ont trop d'intérêt à s'éloigner... Pauvre
vieillard!... le dépouiller de toute sa fortune, peut-être... et il n'a rien dit... il ne
s'est pas défendu... Ah! c'est bien heureux,
car ils l'auraient tué, les brigands!... quoiqu'ils aient dit que leurs pistolets n'étaient
pas chargés... Et moi... je n'ai pu le secourir,
ce pauvre homme. Hélas! à peine si je puis
encore me soutenir moi-même... Oh! allons-
nous-en bien vite... je ne reviendrai plus
jamais seule dans cette forêt... Quand M. Léopold reviendra peindre dans ce pays, je lui
défendrai bien de venir par ici... Partons!...
mon Dieu... mais mon chemin est justement
du côté par où ont fui ces deux hommes...
Si j'allais les rencontrer... oh! non... ils se
sont sauvés... Oh! ce n'étaient pas des voleurs ordinaires... j'ai bien vu cela... et ils
ne demeurent pas dans les bois ceux-là...

Rose-Marie a quitté le taillis, elle tra-

verse la route qui est devant elle, et après
avoir regardé au loin pour s'assurer si elle
n'aperçoit pas encore les hommes qui ont
volé, elle s'avance et fait quelques pas dans
le sentier qu'ils ont pris, mais bientôt ses
pieds rencontrent un objet qui les fait tré-
bucher.

La jeune fille regarde à terre, et voit sur
le gazon un joli petit pistolet à balle forcée, enrichi d'incrustations fort originales
et très-élégantes, et dont la poignée est
sculptée d'une façon toute particulière.

— Oh! c'était à un de ces vilains hommes,
sans doute, se dit Rose-Marie en examinant
le pistolet qui est à ses pieds.

Et pendant quelques instants elle hésite, ne
sachant pas si elle doit ramasser et emporter
cette arme. Mais tout à coup et comme frappée d'une inspiration subite, elle se baisse,
prend le pistolet et le met dans la poche de
son tablier en se disant :

— Oh ! oui, oui... puisque le hasard m'a fait trouver cette arme, c'est que peut-être avec cela je pourrai reconnaître ceux qui ont dépouillé ce vieillard qui avait l'air si bon et si joyeux avant d'être arrêté... Ah ! je serais bien heureuse si je pouvais l'aider un jour à ravoir ce qu'on lui a pris... Emportons ce pistolet, et courons jusqu'à ce que je sois de retour près de mon père.

Et la jeune fille s'élançant alors dans le sentier, aussi leste, aussi légère que la biche qui fuit le chasseur, ne cesse de courir que lorsqu'elle est sortie de la forêt.

V

Jérôme Gogo.

Jérôme Gogo est un homme de quarante-six ans, sa physionomie est franche et ouverte, ses yeux bleus se fixent hardiment sur la personne à laquelle il parle, tous les yeux ne se conduisent pas comme cela ; sa bouche souvent entr'ouverte et ses grosses lèvres n'annoncent point la finesse, mais

1.

ne dénotent pas non plus la duplicité; enfin si ses traits ne sont pas distingués, ils ont une expression de bonté et de bienveillance qui prévient en sa faveur. Sa taille est moyenne, mais ses formes prononcées et musculaires annoncent un gaillard dont le poignet doit serrer fortement. Jérôme Gogo est en effet doué d'une très-grande force physique, mais il ne tire nullement vanité de cet avantage, car la bonté de son caractère et son humeur pacifique ne lui donnent point souvent occasion de s'en servir. Du reste, lorsque le moment est venu où Jérôme se décide à faire usage de sa force, malheur à celui qui s'est exposé à en ressentir les effets, il apprend presque toujours à ses dépens que les hommes du commerce habituellement le plus doux sont aussi les plus redoutables lorsqu'on les fait sortir de leur caractère.

Jérôme n'a pas reçu d'éducation, il a ce-

pendant appris à lire, à écrire et à compter ;
mais étant resté cultivateur, il n'a pas eu
souvent occasion d'écrire ; il ne lit plus
parce que cela l'endort, et il a pris l'habitude de ne jamais calculer autrement qu'avec
ses doigts. Il s'ensuit de tout cela que le
père de Rose-Marie ne sait presque plus
écrire, qu'il *ânonne* au lieu de lire, et qu'il
parle fort mal sa langue ; mais comme cela
ne l'empêche pas de savoir labourer, semer,
cultiver et planter, il se trouve assez savant
pour sa profession.

Si Jérôme n'a pas eu d'ambition, s'il se
trouve assez instruit pour un paysan, il n'a
pas pensé de même quand il s'est agi de sa
fille. Rose-Marie est l'idole de son père, elle
est son bonheur, sa joie, sa gloire, son espérance, et il a cru qu'il serait coupable en
ne donnant point à sa fille cette éducation
qui lui manquait à lui. Il s'est dit que le
hasard, les circonstances, pouvaient pous-

ser son enfant vers ce monde qu'il ne fré-
quentait pas, et il a voulu, si cela arrivait,
que sa chère Rose-Marie pût s'y montrer
sans redouter le ridicule, sans y être igno-
rante et embarrassée. Voilà pourquoi il a
envoyé sa fille à l'école à Fontainebleau,
puis ensuite chez des femmes estimables qui
avaient bien voulu achever son éducation
en lui enseignant tous ces petits ouvrages
de femmes, ces travaux d'aiguille que personne dans son village n'aurait pu lui montrer.

Rose-Marie avait appris avec facilité. Elle
avait une jolie écriture ; elle parlait mieux
que les paysannes, brodait, festonnait avec
goût ; aussi son père la regardait avec autant
d'admiration que d'amour. A ses yeux, sa
fille était plutôt faite pour briller à la ville
que pour rester au village, et il lui disait
souvent en la pressant entre ses bras :

— Ma chère amie, j'ai regret de te garder

avec moi, dans notre maisonnette... n'ayant
pour société que la basse-cour, et nos voisins, qui ne sont guère plus spirituels que
mes dindons. Je suis un égoïste de te garder
ici, car tu as de l'esprit plus gros que nous
tous ; tu es savante, tu parles ben... tu tra-
vailles comme une vraie fée à des ouvrages
mignons comme tout !... et certainement tu
es faite pour vivre dans le grand monde,
avec les huppés de la ville, et tu trouverais
par là un bon parti, parce que, outre tes
talents, tu es ben jolie... et puis le mieux
encore, c'est que tu es bonne, sensible, enfin que tu as des qualités qu'on ne rencontre pas toujours avec de la beauté.

Alors Rose-Marie s'empressait d'embrasser tendrement son père et lui répondait :

— Vous êtes trop bon pour moi, mon
père, et vous me voyez avec trop d'indulgence. Vous me croyez savante... vous me
croyez des talents ! mais si j'étais à la ville,

11.

tout cela ne serait que fort peu de chose auprès de ce que savent les belles demoiselles
qui l'habitent, et qui la plupart ont été élevées
dans des pensionnats où on leur donne à
toutes la même éducation qu'à des princes-
ses. Laissez-moi vivre avec vous dans ce village ; j'y suis heureuse, d'abord parce que je
suis avec vous, ensuite parce que je n'ai jamais eu le désir de connaître les plaisirs de la
ville. Je n'ai pas plus d'ambition que vous
n'en avez eu ; mais à Paris il m'en viendrait peut-être ; j'envierais les toilettes , les
belles parures des dames , et alors je ne serais plus contente et joyeuse comme ici, où
tout le monde me trouve bien.

Jérôme Gogo ne trouvait rien à répondre
à cela , et d'ailleurs il eût été bien malheureux s'il lui eût fallu se séparer de sa fille ;
mais il se serait soumis sans murmurer s'il
avait pensé que loin de lui elle dût être plus
heureuse.

La maisonnette du père de Rose-Marie était celle d'un paysan aisé, et, ce qui est plus rare, d'un paysan chez lequel tout était aussi propre et aussi bien rangé que chez un bourgeois. C'était Rose qui, s'étant aperçue de la différence qu'il y avait entre une chambre de la ville et une chambre du village, alors même que la fortune était égale des deux côtés, était parvenue à rendre la demeure de son père aussi bien tenue que celle d'un habitant de Fontainebleau. La jeune fille avait eu beaucoup de peine à y arriver, parce qu'en général les villageois vivent dans un désordre et une malpropreté qui ne fait pas honneur à la nature et qui est tout à l'avantage des hommes policés.

Dans la maison d'un paysan, il est bien rare que l'on connaisse la cire et la brosse à frotter, les grands plumeaux et les petits pour épousseter ; un balai y dure ordinairement plusieurs années ; quelquefois il passe

à plusieurs générations ; les carreaux y sont
des objets de luxe que l'on ne trouve pas
dans toutes les pièces de la maison, et le
papier même n'est pas prodigué sur les mu-
railles, et manque presque toujours aux
cloisons.

Mais, grâce à Rose-Marie, l'intérieur de
la maison de son père était rangé et tenu
avec une propreté qui, aux yeux des paysans, passait pour de l'élégance. En entrant
dans une chambre, on trouvait où poser son
pied, et l'on ne craignait pas de se salir en
se plaçant sur un siège. La vieille servante,
qui composait tout leur domestique, avait
eu beaucoup de peine à s'habituer à nettoyer, à frotter les meubles ; elle avait même
commencé par murmurer contre les fantai-
sies de la jeune fille qui voulait que l'on
essuyât les objets couverts de poussière, ce
qui lui avait paru très-inutile, car, disait-
elle, à quoi que ça sert d'ôter cette pous-

sière aujourd'hui? il y en aura autant demain. Mais Rose-Marie lui avait donné l'exemple, et petit à petit la paysanne avait compris la propreté et senti que ce n'est pas superflu de se débarbouiller tous les jours.

Cinq heures venaient de sonner à un coucou placé dans la grande salle basse du rez-de-chaussée, où l'on a coutume de prendre les repas dans la demeure de Jérôme Gogo. Cinq heures de l'après-midi, et Rose-Marie était sortie à huit heures, aussitôt après le déjeuner, pour se rendre à Fontainebleau, et ordinairement elle est toujours rentrée pour le moment du dîner qui se sert à trois heures quand son père revient de son champ.

Jérôme ne peut tenir en place; à chaque instant il sort de la salle basse et va se mettre sur la porte de la maisonnette; il regarde au loin sur la route, rentre, puis sort de nouveau, et tout cela en s'écriant:

— Qui peut retenir Rose si longtemps?...
elle sait que notre dîner est toujours prêt
à trois heures... que je reviens alors de
travailler... que je suis bien aise de manger
en jasant avec elle.

— Si monsieur voulait dîner en attendant
mam'zelle...

— Dîner... sans ma fille... oh! je n'ai
plus faim... C'est bien singulier, voilà la
première fois qu'elle n'est pas rentrée avant
mon retour des champs.

La vieille servante tâche de calmer l'inquiétude de son maître en lui disant :

— Mam'zelle aura été retenue plus tard
à Fontainebleau par cette dame chez laquelle elle a si bien appris à coudre, à se
faire des robes... il y aura eu peut-être
quelque chose qu'on aura voulu finir aujourd'hui... mam'zelle est si complaisante
qu'elle n'aura pas osé refuser.

— Oui... oui... je sais bien que cela

peut être ainsi... cependant ma fille sait aussi que j'aime à la trouver en revenant de travailler... que je suis heureux alors de l'embrasser, de lui donner une petite tape sur la joue... elle sait que je puis m'inquiéter, me tourmenter en ne la voyant pas revenir... et elle qui est si bonne, si prévenante pour son père... comment se fait-il qu'elle me laisse deux heures à l'attendre... à me demander ce qui peut lui être arrivé?... Ah morgué! depuis quelque temps elle va tous les jours à la ville!... j'ai peur qu'elle ne finisse par faire quelque mauvaise rencontre... avec ça qu'elle est ben jolie ma petite Rose... si des mauvais sujets l'avaient guettée... suivie...

— Eh! mon Dieu, monsieur, ne vous mettez donc pas de ces idées-là en tête... est-ce que mam'zelle écouterait les discours d'un premier venu?... elle si sage, si modeste!

— Oh! je sais que ma fille est sage, Manon ; mais la vertu ne garantit pas des attaques d'un godelureau, d'un polisson !

— Encore une fois, not' maître, n'y a pas de danger d'ici à Fontainebleau, on ren-contre toujours du monde... des habitations sur la route.

— Oui, quand on ne prend pas par la forêt... J'ai bien prié Rose de ne jamais prendre par là... mais une jeune fille aime à courir... à chercher des fleurs... puis, quand il fait chaud comme aujourd'hui, on préfère l'ombrage à la grande route. Mon Dieu ! si Rose avait pris par là et fait quelque mauvaise rencontre...

— Pourquoi vous imaginer ça, monsieur?

1.   12

— Pourquoi? mais ne vois-tu pas que
l'heure se passe et que ma fille ne revient
pas?... Oh! je n'y tiens plus... je vais courir
à Fontainebleau chez madame Durand...
m'informer si Rose y est encore... demander à quelle heure elle est partie, et puis...
Oh! c'est qu'il faut que je retrouve mon
enfant, que je sache ce qu'elle est deve-
nue...

. Et, sans écouter davantage sa servante,
Jérôme a pris son chapeau, son bâton, il
sort de chez lui; il va se diriger du côté de
Fontainebleau, mais il n'a pas fait vingt pas
qu'il aperçoit une jeune fille qui accourt
vers lui. Il pousse un cri de joie, car il a
reconnu Rose-Marie.

La jeune fille s'élance dans les bras de son
père en lui disant :

— Ah! vous étiez inquiet de moi, n'est-
ce pas?

— Oui, oui, mon enfant... revenir si

tard, méchante fille!, mais te v'là, je ne veux plus te gronder.

— Mon bon père !

— Ah çà ! mais tu es toute pâle... tes traits sont altérés... il t'est donc arrivé queuque chose? j'avais donc raison d'être inquiet?...

— Oui, mon père, oui... oh! j'ai eu bien peur, allez...

— Peur? pauvre enfant... Viens, viens te reposer et me conter tout cela.

Jérôme rentre dans sa maisonnette avec sa fille; il la fait asseoir, la force à boire un peu de vin, puis il se place devant elle, lui prend les mains et attend avec anxiété qu'elle lui dise ce qui lui est arrivé. Rose-Marie fait alors à son père le récit de l'attentat dont elle vient d'être témoin, en lui rapportant exactement l'entretien des deux hommes qui ont volé le voyageur.

Jérôme respirait à peine tant que sa fille

parlait ; lorsque Rose-Marie a terminé son récit, il lui prend la tête et la baise sur le front à plusieurs reprises en s'écriant :

— Pauvre petite !... mais s'ils t'avaient vue, ces deux misérables !... Oh ! mon Dieu ! je vous remercie d'avoir veillé sur ma fille... Tu vois pourtant à quoi tu t'exposais en passant par la forêt !

— Oh ! oui, mon père, j'ai eu tort... mais je n'irai plus jamais, je vous le promets... car le souvenir de cette aventure ne sortira pas de ma mémoire...

— Je le crois ! tu dois avoir eu ben peur... ah ! tiens, rien que de penser à ta situation... tout près de ces voleurs... n'osant bouger... pouvant être tuée s'ils t'avaient aperçue... ça me fait mal ! ça m'étouffe...

— Calmez-vous, mon père, me voilà de retour près de vous...

— Et tu n'iras plus dans la forêt ?

— Oh! je vous le jure encore.

— A la bonne heure... ah! si j'avais pu passer par là en ce moment, comme j'aurais défendu ce voyageur qu'ils ont dépouillé... comme d'un revers de mon bras je vous aurais étendu ces gaillards-là sur la route!

— Oh! oui, vous l'auriez fait... mais moi, mon père, je n'étais pas assez forte pour le défendre... et la peur m'aurait même empêchée de crier.

— Et tu as bien fait de te taire... pauvre petite, ils t'auraient tuée, te dis-je! car, vois-tu, voilà comme de voleur on devient assassin... Quand on se voit surpris par un témoin et qu'on pense qu'il pourra tout dire... Et ces hommes, tu crois que ce n'é-taient pas des vagabonds, des voleurs de profession?

— Oh! non, mon père. D'abord ils par-laient fort bien... il y avait même dans leur

12.

manière de causer ce ton distingué... enfin comme des jeunes gens de la ville...
ensuite, sous leurs blouses ils avaient de
beaux pantalons à sous-pieds avec des bottes
bien luisantes...

— En vérité !...

— D'ailleurs eux-mêmes ont bien dit :
Nous sommes déguisés, barbouillés de charbon, on ne pourrait jamais deviner ce que
nous sommes.

— Des escrocs du grand monde, apparemment, et qui auront voulu s'essayer sur
la grand'route... et l'un des deux avait, dis-
tu, moins de résolution que son camarade?

— Oh! bien moins... puisqu'il était fâché de faire cela... et qu'après il était prêt
à se trouver mal.

— C'étaient des jeunes gens?

— Oui, jeunes tous les deux.

— Si tu les rencontrais quelque jour,
penses-tu que tu pourrais les reconnaître ?

— Ce serait impossible! je n'ai pas vu du tout leurs traits. D'abord quand je les ai aperçus de loin qui marchaient à grands pas sur la route et se dirigeaient de mon côté, j'ai eu peur, je me suis vite baissée et fourrée dans un buisson. Ensuite quand ils se sont arrêtés dans le taillis, à travers le feuillage je voyais bien leurs blouses, leurs casquettes, puis un peu parfois leur menton noirci, mais c'était tout.

— Et leur voix? crois-tu que si tu les entendais parler quelque jour cela te frapperait?

— Oh! tenez, mon père, je ne sais pas... j'étais si effrayée... ce qu'ils disaient arrivait à mon oreille comme un son sourd... comme un bourdonnement... j'entendais, et j'aurais voulu ne pas entendre. Mais j'oubliais! je ne vous ai pas tout conté... voilà ce que l'un de ces deux hommes a laissé tomber sans doute, et que j'ai trouvé à mes pieds en revenant et en marchant à l'endroit où ils avaient passé.

Rose-Marie tire de la poche de son tablier le petit pistolet et le présente à son père. Jérôme examine l'arme en disant :

— Ah! mais c'est superbe ça... ces enjolivements, ces moulures... Oh! tu as raison, ma petite, une arme comme ça ne peut appartenir qu'à quelqu'un du grand monde... car c'est un bijou que ce pistolet... c'est riche tout plein!

— Ai-je bien fait de ramasser cette arme, mon père?

— Certainement, ma petite ; car vois-tu ben, tout se tient, tout s'enchaîne dans les événements de la vie : il y a là-haut quelqu'un qui sait toujours ben ce qu'il prépare!... et en te faisant trouver cette arme, à toi, jeune fille, que le hasard avait rendue témoin de l'attentat, il a peut-être voulu qu'un jour cela te fît reconnaître les coupables !

— C'est aussi ce que je me suis dit, mon père. Et maintenant que croyez-vous que nous devions faire ? faut-il aller chez M. le maire raconter tout ce dont j'ai été témoin dans la forêt ?

Jérôme passe sa main sur son front, il reste quelques minutes à réfléchir, puis il répond à sa fille :

— Tiens, mon enfant, tout bien calculé, il me semble qu'il vaut mieux ne rien dire... Oh! si ta déposition pouvait faire arrêter les voleurs, je te dirais : Oui, certainement faut la faire! Mais je ne crois pas qu'elle pourra servir à mettre sur leurs traces; car enfin, ces deux hommes, tu ne pourrais pas donner leur signalement.

— Mon Dieu! non, mon père, cela me serait impossible... je ne saurais pas même dire de quelle couleur étaient leurs blouses... j'étais si troublée! j'avais comme un voile devant les yeux.

— J'ai donc raison de penser que ta déposition ne servirait à rien... c'est-à-dire si :
elle pourrait te faire courir des dangers, à
toi, car si ceux qui ont fait le coup appre-
naient qu'une jeune fille a été témoin de leur
crime, que cette jeune fille est mon enfant,
qu'elle demeure dans ce village... qui sait
si pour se débarrasser d'un témoin dangereux... si dans la crainte que tu ne les re-
connaisses un jour, ils ne chercheraient pas
à t'attirer dans quelque piège... à commettre un nouveau forfait peut-être... Oh! jarni!
je n'entendons pas ça... je ne voulons pas
que ma fille coure des dangers... je n'ose-
rais plus te laisser sortir seule un moment...
je tremblerais sans cesse quand tu ne serais
pas près de moi. Ainsi, c'est ben décidé,
il ne faut rien dire, ma petite! rien du tout!
ne parler à personne de cette aventure.

— Non, mon père, non, à personne! Oh!
vous avez raison, je ne dirai rien.

— Et d'ailleurs, j'ai mon idée, moi, et je
crois que tu découvriras ben plutôt les
voleurs en n'allant pas raconter ce que tu
sais que si tu bavardais ça à tout le monde.
Ainsi *mutus*, comme dit le maître d'école
de la ville quand il parle à ses élèves... ça
veut dire, sans doute : Ne faites pas tant de
bruit. Mais je t'en supplie encore, ma petite Rose, ne va plus seule dans la forêt...
D'abord c'est pas la place d'une jeune fille...
car, outre les voleurs, tu pourrais y rencontrer encore des gens qui... des gens
que... enfin des gens qui voudraient te dire
des bêtises... sous prétexte de te faire des
compliments... et, dame ! ce serait aussi dangereux pour toi que des voleurs... Mais tu
m'as juré que tu n'y passerais plus toute
seule dans la forêt, et tu ne voudrais pas
manquer à ta promesse?

— Non, mon père, je la tiendrai, je vous
le jure encore.

— Alors c'est fini, me v'là tranquille.
Serre ce beau petit pistolet dans un coin,
ne le montre à personne et attends ce qu'il
plaira au bon Dieu de faire pour que les
gredins soient punis, et que le pauvre voyageur retrouve son argent.

Rose-Marie obéit à son père, elle serre
avec soin l'arme qu'elle a trouvée et se dit
en elle-même :

— Oh ! non, je n'irai plus dans la forêt !...
si mon père savait que j'y ai fait connaissance avec un jeune peintre, il serait bien
plus mécontent peut-être... Je n'ai jamais
osé lui parler de M. Léopold... et à présent
j'oserai bien moins encore ; car il est déjà
si inquiet !. cela n'aurait qu'à le tourmenter
davantage... il sera toujours assez temps de
lui raconter comment j'ai fait connaissance
avec ce jeune homme, quand il viendra nous
voir ici. Mais je tiendrai mon serment... et
certainement je n'irai plus dans la forêt.

La jeune fille, en se faisant mentalement cette promesse, ne s'avouait pas qu'elle lui coûtait fort peu à tenir en ce moment, parce qu'elle savait que le jeune peintre était retourné à Paris.

VI

Huit jours se sont écoulés depuis que Rose-Marie ne va plus dans la forêt, et pendant ce temps, la jeune fille est presque toujours restée au village et sans sortir de la maisonnette de son père. Une seule fois elle s'est rendue à Fontainebleau pour porter de la broderie et en rapporter d'autre;

mais à peine si elle s'est donné le temps de
se reposer à la ville ; elle est bien vite revenue s'installer dans sa petite chambre dont
la fenêtre donne sur la route , et son père a
été étonné de la promptitude de son retour.

Cependant, Jérôme Gogo croit s'apercevoir que sa fille chante moins qu'autrefois ,
que, sans être triste, elle semble souvent
rêveuse, préoccupée ; que par moment elle
ne l'entend pas quand il lui parle, ou qu'elle
répond de travers à ce qu'il vient de lui dire.
Le brave laboureur ne fait pas toutes ces
remarques sans en éprouver de l'inquiétude. Et un matin , après avoir tourné et
retourné plusieurs fois autour de sa fille,
qui ne voit pas les allées et les venues de
son père, Jérôme dit à son enfant :

— Ah çà ! écoute donc, ma fille, je t'ai
dit que j'étais ben content quand tu étais
là... C'est vrai... J'aimons ben à te voir... à

te trouver dans not' maisonnette quand je rentrons... à pouvoir t'embrasser tout de suite quand je revenons des champs !... Mais tout ça, c'est pas une raison pour que tu n'oses plus bouger de cheux nous... pour que tu n'ailles plus voir tes connaissances, tes bonnes amies de la ville, ou ben que tu te dépêches tant quand tu vas jusqu'à Fontainebleau, que tu sois de retour aussi vite que la petite poste... au risque de t'enfler la rate ou de te donner une fluxion de poitrine... Ah ! mais, c'est que je ne voulons pas ça non plus !...

Rose-Marie regarde son père d'un air surpris et lui répond :

— Pourquoi donc me dites-vous tout cela, mon bon père ?... Est-ce que cela vous déplaît de me voir travailler ici ?

— Non, non ! Eh ! saprédié, tu sais ben que je ne peux jamais trop te voir... mais je ne suis pas un égoïste... Ce que je veux avant tout, c'est que tu sois heureuse, gaie, contente comme autrefois... Eh ben, depuis queuque temps, je m'aperçois que tu n'es plus la même, mon enfant.

La jeune fille se trouble et baisse les yeux en balbutiant :

— Moi, mon père... oh ! par exemple, vous vous trompez... Qu'est-ce que j'ai donc de changé ?...

— De changé... mon Dieu, ta figure est toujours la même, je le sais ben ; tu es toujours aussi douce , aussi prévenante pour moi... mais, c'est égal... t'as queuque chose... Tiens, dans les yeux... dans le regard... c'est je ne sais quoi... Mais je te dis que tu n'as plus l'air gai qui me rendait si heureux, parce que ça me faisait penser que tu l'étais, toi. Enfin, je crains que tu n'aies de l'ennui depuis que tu ne vas presque plus à la ville. Je t'ai priée de ne plus te promener seule dans la forêt, mais ce n'est pas une raison pour que tu n'oses plus sortir de chez nous.

— Mais, mon père, je vous assure que vous vous trompez en croyant que j'ai de l'ennui... Si j'éprouvais le désir d'aller plus souvent à la ville, je vous le dirais, car je sais bien que vous ne vous en fâcheriez pas... Je me plais ici. Je vais moins souvent à Fontainebleau, c'est vrai, parce que ces dames, pour qui je travaille, sont moins pressées à présent; mais je vous répète que cela ne me prive nullement... Je suis contente ici... je m'y plais... Je suis heureuse, mon père, oh! je suis bien heureuse chez nous.

Jérôme paraît satisfait de cette réponse; cependant, il y a dans la manière même dont sa fille lui a dit qu'elle était bien heureuse, quelque chose qui ne le persuade pas que ce soit bien la vérité; et le laboureur est poursuivi par l'idée que Rose-Marie s'ennuie au village, et qu'elle a trop d'esprit et d'instruction pour passer sa vie avec des paysans.

Le lendemain de cette conversation, vers le milieu de la journée, un monsieur qui a passé la cinquantaine, mais qui se tient fort droit et marche encore avec toute la légèreté d'un jeune homme, s'arrête devant la demeure de Jérôme Gogo.

Ce nouveau personnage est d'une taille assez élevée et d'un embonpoint raisonnable : ses traits, qui ne manquent pas de finesse, ont quelque chose du renard ; ses yeux sont brun roux, petits et perçants ; son nez, qui se termine en pointe assez allongée, forme, avec sa bouche pincée et son menton qui fuit, comme une espèce de museau qui semble chercher sans cesse à flairer autour de lui. Ses cheveux, à peu près absents sur le sommet de la tête, sont encore assez touffus au-dessus des oreilles et vont

rejoindre des favoris coupés à angle droit
au niveau de la bouche. Toute cette chevelure est d'un brun roux mêlé de gris et
de blanc. La physionomie de ce monsieur
est assez agréable au premier aspect, car il
a presque toujours un commencement de
sourire sur les lèvres et un ton de bonhomie
dans le langage. C'est un renard qui cherche
à contrefaire le mouton.

Quant à la mise, c'est celle d'un habitant
de la ville qui a de l'aisance, mais qui n'apporte plus aucune prétention dans sa toilette.

— C'est ici, oui, ce doit être ici, dit le
monsieur en s'arrêtant et en examinant
l'habitation de Jérôme. Il me semble pourtant que la maison n'était pas aussi propre
que cela en dehors... mais depuis cinq ans
que je ne suis venu, on l'aura nettoyée...
il est possible aussi qu'elle soit plus sale en
dedans... Mais il n'y avait pas de persiennes
au premier, autrefois... pour cela, j'en suis

certain. Des persiennes peintes en vert, à la maison d'un paysan!... Quel luxe!... Est-ce que celui-là a fait fortune aussi par hasard?... Hom! ce n'est pas probable! Et puis, s'il avait fait fortune, ses frères s'occuperaient de lui... le recevraient et viendraient le voir... Voyons, y a-t-il une sonnette à cette porte?... Non, un marteau!... Ça ne va pas avec les persiennes vertes cela!... Frappons, il faut espérer qu'il y aura du monde et que je ne serai pas venu pour rien.

Le monsieur a frappé. Manon, la vieille servante, vient ouvrir et regarde d'un air surpris ce personnage qu'elle n'a jamais vu. De son côté, le monsieur examine la paysanne, et fait un petit mouvement de lèvres qui signifie : Elle est bien laide la domestique.

— Que demande monsieur?

— Je ne pense pas me tromper? c'est ici la demeure de M. Jérôme Gogo.

— Oui, monsieur, c'est bien ici.

— Est-il chez lui?

— Not' maître est encore aux champs... il ne tardera pas à revenir pour dîner... mais mam'zelle y est... Si monsieur a queuque chose à dire à son père... mam'zelle c'est la même chose.

— Ah! mademoiselle est en état de répondre aux personnes?... Eh! mais, au fait, depuis, que je ne suis venu, elle a pu grandir... Il y a cinq ans passés... près de cinq ans et demi, la petite fille de Jérôme Gogo avait alors de onze à douze ans environ.

— Pardi, monsieur, si mam'zelle n'avait pas grandi depuis, ça serait ben malheureux!...

— Oui, elle doit avoir maintenant... dans les environs de dix-sept ans...

— Mam'zelle a eu dix-sept ans au mois de mai dernier, et c'est un beau brin de fille, allez!

— Vraiment... Est-ce qu'elle est jolie?...
Elle est donc bien changée, alors ? car étant
petite, elle avait une figure chiffonnée qui
ne promettait rien de merveilleux.

— Eh ben ! monsieur, je vous assure que
mam'zelle est à présent une des plus jolies
filles des environs, et même de Fontainebleau.

— Ah ! diable !... elle ne ressemble pas à
son père, en ce cas, car Jérôme n'a rien de
beau...

— M'est avis que not' maître a une ben
bonne figure aussi !

— Bonne figure !... hom !... oui, c'est possible !... Et puis au village on n'est pas difficile... Enfin vous dites donc que Rose...
car c'est Rose qu'elle se nomme, je crois...

— Rose-Marie, monsieur...

—! Oui, encore une habitude de la campagne d'appeler les personnes par deux noms
accolés ensemble... C'est Jean-Louis !... c'est

Pierre-Jean !... c'est Marie-Jeanne !... comme si ce n'était pas assez d'avoir un seul nom...

— Ah çà ! mais quoi qu'il a donc, ce monsieur? se dit la vieille Manon en regardant de travers l'individu qui lui parle. Il trouve tout mauvais... tout mal... Est-ce qu'il est venu ici pour se gausser de nous?

Et la paysanne reprend en élevant la voix :

— Dites donc, monsieur, si vous habitiez dans un village où vous seriez cinq à six Jean, une douzaine de Pierre et autant de Paul, comment donc que vous feriez pour savoir duquel on vous parle, si on ne leur donnait pas deux noms pour les distinguer les uns des autres?

Le monsieur semble fort étonné de cette réflexion de la paysanne ; mais comme tous les gens qui ne veulent jamais convenir qu'ils ont dit une bêtise, il ne répond pas à ce qu'on lui dit, et reprend :

— Ainsi, Rose-Marie est jolie... elle n'a

donc plus de taches de rousseur ? Étant pe
tite, je crois me rappeler qu'elle en était cri-
blée !

— Ça s'en va avec l'âge, ça, monsieur...
C'est pas comme les marques de petite vérole.

— Hom !... ça ne s'en va pas toujours ! Je
connais bien des dames qui ont employé je
ne sais combien de cosmétiques pour effacer
ces taches-là de leur visage, et qui n'ont pu
y parvenir. Du reste, je suis charmé que ma
petite cousine soit aussi bien que vous le
dites...

— Ah ! monsieur est un cousin ?

— Oui, je suis le cousin Brouillard , cousin par les femmes... Voilà pourquoi je ne
m'appelle pas Gogo, moi... Il y a tant de gens
qui sont vexés de s'appeler Gogo !... Eh !
eh !... oh ! j'en connais plus d'un qui... Mais
il n'est pas question de cela... où est ma
petite cousine ?...

— Là-haut dans sa chambre... Si monsieur veut entrer, je vas aller chercher mam'zelle.

— Oui, certainement, conduisez-moi... Vous êtes la domestique?

— Oui, monsieur.

— Il n'y a pas longtemps que vous êtes au service de Jérôme Gogo?

— Mais, monsieur, v'là trois ans et demi.

— Il me semble que lors de ma dernière visite... il y a cinq ans, il avait une bonne jeune... et fort gentille... Est-ce qu'il ne l'a plus?

— Pisque que c'est moi qui suis la servante, pourquoi faire que l'autre serait ici?

— Ah! ce n'est pas une raison. Pourquoi Jérôme a-t-il renvoyé sa jeune bonne?... Savez-vous?... Il y a peut-être eu des propos... des cancans... hein?

— Queux propos donc, monsieur?... Pourquoi donc qu'on en aurait fait?

— Oh! quelquefois... quand un homme

veuf et encore vert a une bonne gentille...
vous savez... le monde est si méchant...

— Je ne comprends pas, monsieur. Tout
ce que je sais, c'est que la bonne qui était
ici avant moi a quitté pour se marier; c'est
ben naturel.

—Ah ! elle est mariée?... Oh ! avoir servi,
ça n'empêche jamais de se marier !...

La vieille Manon a conduit le cousin
Brouillard dans la salle à manger, qui sert
de salon chez Jérôme. Le monsieur au museau de renard regarde ou plutôt flaire autour de lui en murmurant :

— Eh ! mais... c'est bien tenu ici... C'est
presque aussi propre que chez moi, à Paris... Il me semble que quand je suis venu
il y a cinq ans, il n'y avait pas un joli papier
dans cette pièce...Ce n'était pas ciré, frotté...
mis en couleur.

— Ah ! c'est mam'zelle qui a fait faire
tout ça... Elle a dit à son père qu'on pou-

vait être aussi bien au village qu'à la ville...
Dame! dans les commencements j'avons un
peu crié, quand elle a dit qu'il fallait
frotter les carreaux tous les jours... Mais
j' m'y sommes faite... Et à présent, je trouvons que mam'zelle a eu raison, car c'est
pus gentil cheux nous que cheux nos voisins.

— La vanité!... toujours la vanité... Il
me paraît que la petite cousine tient à briller, et qu'elle est la maîtresse ici... Est-ce
qu'elle mène son père par le bout du nez?

— Comment que vous dites, monsieur?

— A-t elle un bon caractére, cette jeune
fille?... Vous fait-elle enrager toute la journée?... Cela doit vous ennuyer, à votre âge,
d'être obligée d'obéir aux ordres d'une enfant... de dix-sept ans.

— Eh! pourquoi donc que ça m'ennuie-
rait... monsieur? est-ce que les domestiques ne doivent pas obéir à leurs maîtres? Est-ce que le monde est retourné à

14.

c't'heure?... Je vas chercher mam'zelle...

— Allez, dites-lui que c'est son cousin Brouillard, ci-devant employé au ministère des finances... autrement dit au trésor, aujourd'hui retraité et rentier à Paris, qui vient lui faire visite.

— Ah! bon, monsieur... je vas lui dire... Le trésor Brouillard, rentier aux... Enfin, je vas lui dire.

Et tandis que M. Brouillard s'occupe à inspecter la salle dans laquelle il se trouve, regardant chaque meuble, touchant à chaque objet, ouvrant même les armoires et les tiroirs pour voir ce qu'il y a dedans, la vieille Manon monte trouver sa jeune maîtresse, et lui annonce la visite de son cousin Brouillard en lui disant :

— Ça m'a l'air d'un drôle d'original, ce monsieur-là!.... Il est fièrement curieux et bavard... il s'informe de tout... et puis il trouve à dire du mal de chaque chose... Et

tout ça avec l'air de ne pas y toucher!...
Mais je gagerais qu'il n'est pas bon !

Rose-Marie ne se rappelle que confusé-
ment ce monsieur, qu'elle n'a vu que rarement étant enfant, et qui ne lui a jamais
fait de ces caresses qui, même dans l'âge le
plus tendre, se gravent dans notre souvenir.
Avec son simple bon sens, la vieille Manon
avait bien jugé le nouveau venu. M. Brouillard avait un esprit caustique et méchant
qu'il tâchait de cacher sous les apparences
de l'obligeance et de la franchise ; comme
le chat, il vous griffait en ayant l'air de vous
caresser. Son bonheur était de dire des
choses désagréables, et de vous apprendre
de mauvaises nouvelles. Il y a des gens qui
se mettraient en quatre, qui feraient une
lieue en courant pour annoncer à un ami
une chose heureuse ; le cousin Brouillard
se donnait autant de peine pour aller vous
instruire d'un événement fâcheux, et tout

cela avec un air de bonhomie, et comme si c'était dans l'intention de vous obliger.

Le monde est plein de gens de l'espèce de M. Brouillard : ils vous font mille avances, mille amitiés ; ils cherchent à obtenir votre confiance, à surprendre vos secrets les plus intimes, et c'est afin de saisir toutes les occasions de vous blesser dans vos affections les plus chères ; tout en se disant vos amis, ils n'ont jamais entendu dire que du mal de vous, et s'empressent de venir vous le répéter ; mais quant au bien, quant aux éloges que l'on aura pu faire de votre talent, de votre personne ou de votre caractère, ils n'entendront jamais cela ; leurs oreilles sont bouchées pour les choses agréables, tandis qu'elles ne laissent point passer une seule petite méchanceté.

Puis ces mêmes gens auront l'air de prendre le plus vif intérêt à ce qui vous touche ; c'est par amitié qu'ils viendront vous dire tout bas que votre femme cause depuis fort longtemps dans un coin du salon avec un jeune homme qui l'a fait danser trois fois de suite pendant que vous êtes à une table de jeu ; c'est par amitié qu'ils vous apprendront que tel journal, que vous ne lisez jamais, a dit des horreurs de votre talent si vous êtes artiste, de vos ouvrages si vous êtes homme de lettres, de vos tableaux si vous êtes peintre ; c'est par amitié qu'ils s'écrieront en vous voyant entrer dans une réunion : « Est-ce que vous êtes malade?... je vous trouve changé !... soignez-vous, mon cher, vous avez bien mauvaise mine, cela m'a effrayé quand je vous ai vu paraître tout à l'heure. » C'est par amitié qu'ils vous disent : « Votre habit vous va mal, votre tailleur vous a horriblement fagoté. » C'est toujours par amitié qu'ils abîment le quartier dans lequel vous demeurez et le pays dans lequel vous possédez une

maison de campagne ; qu'ils accourent vous
annoncer que l'on a sifflé votre pièce, ou un
acteur qui jouait dedans un jour où vous
n'étiez pas au théâtre ; qu'ils trouvent que
vous payez trop cher tout ce que vous ache-
tez ; qu'ils viennent vous raconter que l'on
s'est moqué de votre bal, de votre concert
ou de votre soirée ; et enfin qu'ils critiquent
vos productions, tournent en ridicule vos
moindres actions et vous dénigrent dès que
vous avez le dos tourné. Le ciel vous pré-
serve de tels amis, mais si par hasard vous
en possédez, croyez-moi, ne les ménagez
pas ; à la plus petite méchanceté qu'ils vous
diront, ripostez par quelque chose de bien
fort, qui les terrasse, qui les humilie, qui
leur fasse voir qu'ils ont trouvé leur maître ;
vous les verrez bientôt tourner au mouton,
à la colombe, et devenir aussi plats qu'ils
étaient mordants.

Mais il n'est pas donné à tout le monde

d'avoir la réplique prompte, la repartie vive
et de savoir décocher une méchanceté, un
sarcasme à bout portant. Les gens qui ont
le plus de mérite, de génie et de talent,
sont même généralement les moins causti-
ques ; dans la conversation ils trouveront
plutôt une chose aimable à dire, qu'une
méchanceté à répondre, parce que le véritable talent, n'étant jaloux de personne, a
beaucoup d'indulgence pour tout le monde ;
tandis que ces mirmidons, qui ne peuvent
parvenir à se faire un nom, tâchent, en
faisant beaucoup de bruit, d'attirer au
moins les regards, et s'exercent continuellement à trouver quelques méchancetés,
quelques petits traits piquants qu'ils lancent
contre ceux qu'ils ne peuvent atteindre, ce
qui, dans ce genre d'esprit qu'on a décoré
du nom de *blague*, leur donne une espèce
de supériorité.

Au portrait que nous avons fait de

M. Brouillard, il nous reste à ajouter qu'il
était économe jusqu'à la ladrerie, tout en
voulant paraître riche et généreux. Sa vanité le poussait sans cesse à faire des invita-
tions et des offres que son avarice l'empêchait toujours de tenir ; ce qui le mettait
assez souvent dans des positions embarras-
santes.

Rose-Marie s'est hâtée de descendre pour
recevoir ce cousin qu'elle n'a pas vu depuis
si longtemps.

A l'aspect de la jeune fille, qui se présente avec décence et grâce, M. Brouillard
demeure frappé de surprise. C'est qu'ici la
beauté était trop évidente pour pouvoir la
nier, et qu'il y a des personnes devant lesquelles l'envie même est forcée de s'incli-
ner.

— Comment ! mademoiselle, c'est vous
qui êtes la fille de Jérôme... vous que j'ai
vue si petite, si pâlotte, si...

M. Brouillard s'arrête, il n'ose plus dire :
si laide.

— Oui, monsieur, répond Rose en souriant. Mais il y a fort longtemps que vous
n'étiez venu nous voir et...

— Oui, c'est juste ! vous étiez alors une
enfant ! vous êtes aujourd'hui une jeune
fille... une fort jolie demoiselle... Ah ! malgré cela je me remets vos traits à présent...
vous avez encore des taches de rousseur,
mais beaucoup moins. Et votre père, ce bon
Jérôme, comment va-t-il ?...

— Mon père se porte très-bien, monsieur.

— Tant mieux ! Ah ! c'était un gaillard
robuste... mais quelquefois ces gens si forts,
la plus petite maladie les emporte... Crac !
on n'a pas seulement le temps de les croire
malades. Boit-il toujours son petit coup le
dimanche ?...

— Comment, monsieur ?... je ne comprends pas...

— Je veux dire aime-t-il toujours à si-
roter... car il n'allait pas mal, il me semble...
mais au reste faut bien se distraire un peu,
et dans ce village... où vous vivez comme
des brutes... je veux dire où vous ne savez
comment vous amuser... la bouteille est
une distraction...

La jeune fille fixe sur le cousin Brouillard des yeux dont la candeur embarrasse
sa figure de renard, et elle lui répond avec
un ton d'aisance qu'il ne s'attendait pas à
trouver dans la fille d'un laboureur.

— Nous ne sommes peut-être pas aussi
brutes dans ce village que vous semblez le
croire, mon cousin. Quant à mon père, je
pense que vous faites erreur en disant qu'il
aimait autrefois à boire ; moi, je ne lui connais que des qualités, que des vertus !... et
je ne croirais pas ceux qui me diraient le
contraire.

— C'est gentil chez vous ; c'est mieux

tenu qu'autrefois! dit M. Brouillard qui
paraît avoir envie d'entrer dans chaque
pièce de la maison. Vous avez fait des em-
bellissements..... et votre jardin... il faudra
me faire voir cela... Avez-vous des fruits?

— Beaucoup, mon cousin...

— Allons donc faire un tour dans le jardin... Ah çà! je dîne avec vous... si toute-
fois vous n'avez pas encore dîné, car vous
autres campagnards, vous n'avez pas les
habitudes de la ville.

— Nous n'avons pas encore dîné, et mon
père sera bien flatté de l'honneur que vous
nous faites en acceptant notre modeste
repas.

— Oh! je suis tout à fait simple, moi!... je
suis tout rond... aussi point de façons pour
moi, je vous en prie!... Qu'est-ce que vous
avez pour dîner?

— J'avons le pot-au-feu et des petits pois,
dit Manon; monsieur tombe ben, un pot-au-

feu tout frais ! et vous verrez comme la soupe est soignée !

— Eh bien ! c'est suffisant... avec cela cassez le cou à un ou deux poulets... déni-chez quelques œufs bien frais pour manger à la coque... faites une petite salade... et ce sera assez... Je ne vous demande pas un petit plat sucré pour le dessert, parce que vous ne savez pas faire cela, vous autres.

— Mais, pardonnez-moi, mon cousin, j'ai appris chez une dame à Fontainebleau à faire des crèmes, des tartes, des gâteaux... et je l'ai montré à Manon qui fait tout cela fort bien à présent.

— Ah ! vous avez été apprendre la cui-suine à Fontainebleau... est-ce que votre père voulait vous mettre cuisinière ?

Rose-Marie rougit, mais elle répond avec la même douceur :

— Non, mon cousin, mais mon père vou-lait me donner de l'éducation, il voulait que je fusse bonne à quelque chose ; et nous autres paysannes nous pensons que tous les petits détails du ménage ne doivent pas être étrangers à une jeune fille, et qu'ils doivent faire partie de son éducation, afin qu'en se mariant elle puisse savoir conduire sa maison.

— Allons donc voir le jardin ! s'écrie M. Brouillard en ouvrant une porte vitrée qui donne sur le derrière de la maison.

— Mam'zelle ! je ne voulons pas faire de gâteaux pour c't'homme-là ! dit à demi-voix la vieille Manon, car il est mauvais comme un âne rouge !...

— C'est égal, Manon, c'est un parent qui vient nous trouver, nous devons bien le recevoir... Fais un gâteau, et tâche au contraire qu'il soit bien bon, pour prouver à ce monsieur que tu vaux bien une cuisinière de Paris.

— Ah! oui! j'aurai beau le faire bon ! je

15.

vous gage bèn qu'il saura y trouver queuque chose de mauvais, lui!

Le jardin qui est derrière la maison de Jérôme peut avoir un demi-arpent de grandeur. Il est rempli d'arbres, de fleurs, de légumes ; pas un pouce de terrain n'est perdu, on a tout mis à profit, et, comme il est parfaitement bien soigné, les fleurs y sont belles, les fruits y sont gros, les légumes y sont bons. Derrière un bosquet de noisetiers et de chèvrefeuille vous apercevez un carré de haricots et de pois, et au milieu de ce carré un beau cerisier, ou un vieux prunier tout chargé de fruits. Sur les murs, de beaux pêchers forment parfaitement l'éventail, et entre eux la vigne monte, se glisse, puis se courbe en berceaux, appuyée sur de grands échalas, autour desquels elle festonne encore. De tous côtés, l'œil est frappé par une végétation forte, vigoureuse, et par tous ces présents dont la terre récompense ceux qui savent la cultiver.

Rose-Marie trouve son jardin charmant, car elle y voit de l'ombrage, des fleurs et de fruits ; mais le cousin Brouillard se promène au milieu de tout cela en disant :

— C'est un verger... un potager... vous autres, vous appelez ça un jardin... C'est mal dessiné... Ah ! si vous voyiez le jardin de ma maison de campagne à Auteuil !... c'est cela qui est joli, qui est bien tenu !...

— Mais, mon cousin, voyez donc ce bosquet de lilas, de chèvrefeuille, comme il est touffu... et comme cela sent bon là-dessous...

— J'ai un bosquet de roses sauvages qui est bien autre chose que cela... Ah ! déjà des poires ?... c'est de l'épargne, elles doivent être mûres.

M. Brouillard cueille une poire et la mange pour s'assurer de sa maturité.

— Comment les trouvez-vous? dit Rose.

— Hom! c'est une triste poire... voyons les prunes.

Et M. Brouillard cueille une prune, puis une seconde, et en mange ainsi une demi-douzaine en disant :

— Je voudrais que vous vissiez mes prunes de Monsieur! elles sont deux fois plus grosses que cela!... Et mes poires! j'ai tout ce qu'il y a de plus beau... Oh! si vous venez jamais à Auteuil, vous en goûterez, et alors vous pourrez dire: J'ai mangé des poires. Vos abricots ne sont pas encore mûrs... c'est fâcheux!

Et, pour se dédommager, M. Brouillard va cueillir des cerises anglaises superbes, qu'il avale en vantant continuellement celles d'une autre espèce qu'il possède dans son jardin.

La jeune fille n'ose plus montrer ses belles fleurs, ses belles treilles, parce qu'elle craint que ce monsieur n'y trouve encore quelque chose à critiquer, et elle se dit en elle-même :

— Je crois que Manon avait raison !... Le gâteau aura beau être bien fait... notre cousin le trouvera mauvais.

L'arrivée de Jérôme vient délivrer Rose-Marie de l'ennui que l'on éprouve toujours avec ces gens qui critiquent tout ce que nous aimons, et qui, en voulant nous faire entendre que nous avons mauvais goût et que nous ne nous connaissons à rien, ne s'aperçoivent pas qu'ils manquent, eux, aux premières règles du savoir-vivre et de la politesse; qu'ils se conduisent comme des sots, et qu'ils mettent tout de suite à nu leur envie et leur vanité.

— Qu'est-ce que j'ai appris? s'écrie le laboureur en accourant d'un air joyeux ; comment ! mon cousin Brouillard est ici... Ah! saprédié, en v'là une surprise aimable...

Bonjour, cousin, comment ça va?... Vous vous êtes donc souvenu de moi?... C'est gentil, ça... seulement, la mémoire ne vous revient pas assez souvent !... Mais c'est égal... touchez là... vous serez toujours le bienvenu.

Et Jérôme a pris la main de M. Brouillard, et il la serre si fort, que celui-ci la retire vivement en disant :

— Holà, mon cher Gogo ! prenez garde ! je ne suis pas un bœuf ! serrez moins fort, s'il vous plaît. Eh, eh... vous êtes un peu vieilli, depuis que je ne vous ai vu, mon cher !

— Dame ! il me semble que nous avons tous les deux cinq ans de plus à peu près.

— Oui... mais il y a des personnes chez lesquelles ça ne paraît pas !...

— Vous avez vu ma fille, ma Rose?... Ah ! c'en est une aussi... c'est celle-là que vous avez dû trouver changée?

— C'est vrai... car elle n'était pas belle étant petite...

— Pas belle... Ma foi, je l'ai toujours trouvée jolie, moi.

— Il n'y a pas de plus mauvais yeux que ceux d'un père, mon pauvre Jérôme !

— Vous croyez ?... je suis cependant bien sûr de ne point me tromper maintenant en la trouvant une des mieux du pays et des environs.

— Elle est fort bien certainement... Elle ne vous ressemble pas du tout, par exemple !

— C'est drôle, il y a beaucoup de personnes qui m'ont dit le contraire.

— Pour vous faire plaisir, par politesse ; mais, moi, je suis toujours la franchise même. Avec ses amis, il me semble que cela doit être ainsi.

— Ce cher cousin Brouillard !... je ne m'attendais guère à votre visite ! depuis si

longtemps. Ah çà! vous allez me donner
des nouvelles de mes frères, car je pense
que vous les voyez, vous qui habitez Paris.

— Oui, sans doute, je les vois... Pas très-
souvent, mais quelquefois. Vous ne les voyez
donc pas, vous?... Ils ne viennent donc jamais
vous faire de petites visites ici?

Jérôme laisse échapper un léger soupir,
et sa figure perd de sa gaieté tandis qu'il répond :

— Non, mes frères m'ont tout à fait oublié, car ils ne me donnent jamais de leurs
nouvelles... Et pourtant, moi, je leur ai écrit
plusieurs fois, ou fait écrire par ma fille...
car elle écrit fièrement bien, ma Rose!...
Mais je n'ai reçu aucune réponse, ni de
Nicolas, ni d'Eustache !

Le cousin Brouillard allonge son nez et sa
bouche tout en disant :

— Ah !... c'est que... vos frères sont lancés dans le grand monde, maintenant...

L'un est riche, l'autre est... homme de lettres... et vous êtes resté laboureur... Ils trouvent qu'il y a maintenant une énorme distance qui vous sépare !...

— Vous croyez ? répond Jérôme avec naïveté ; mais est-ce que nous en sommes moins frères ?... Que m'importe à moi qu'ils soient dans la richesse ou les honneurs ?... je ne leur demande rien que leur amitié... que leur bon souvenir... Parce que je suis resté au village et que je ne me suis senti de vocation que pour planter des arbres et faire pousser des légumes, tandis qu'eux ils ont été s'instruire et s'établir à la ville, est-ce que c'est une raison pour qu'ils ne m'aiment plus ?

Rose-Marie, qui est à quelques pas et qui a entendu la fin de la conversation, s'empresse d'aller à son père, en lui disant :

— Mais, mon bon petit père, pourquoi vous imaginer que vos frères ne vous aiment plus ? pourquoi vous arrêter à une pensée

qui vous cause du chagrin. Si mes oncles ne
viennent pas vous voir, c'est que probablement ils n'ont pas le temps... à Paris on dit
que l'on n'a jamais le temps de s'occuper
de ses parents... S'ils n'ont pas répondu à
nos lettres, leurs affaires les auront encore
empêchés de vous écrire; et puis qui sait
s'ils les ont reçues vos lettres... si les adresses étaient bien mises?... il se perd tant de
choses dans une grande ville. Oh! moi je
suis sûre que vos frères vous aiment toujours, qu'ils pensent à vous, qu'ils s'infor-
ment même de vous aux personnes qui
viennent de ce pays, et qu'un jour, au moment où vous y penserez le moins, ils arri-
veront ici, tout comme M. notre cousin y
est arrivé aujourd'hui.

Jérôme embrasse sa fille; la gaieté renaît
sur son visage, et il s'écrie:

— Tu as raison, ma petite; oui, il vaut
mieux croire le bien que le mal; d'abord ça

rend plus heureux, et j'aime mieux penser que mes frères m'aiment toujours, que de croire à leur indifférence et à leur oubli.

M. Brouillard, qui tournait sa bouche d'un air moqueur, tandis que Rose parlait, semble se disposer à lâcher quelque observation insidieuse; mais en ce moment la vieille Manon paraît à la porte de la salle à manger, et se met à crier :

— Holà ! la soupe !

— Allons dîner, dit Jérôme. Tenez, cousin, allez toujours vous mettre à table avec ma fille; je vous rejoins tout de suite; je vas chercher pour not' dessert une vieille bouteille de dessous les fagots, comme on dit !... Dame! je ne reçois pas souvent des personnes de ma famille, et c'est ben naturel que je veuille les traiter de mon mieux.

M. Brouillard va prendre la main que la jeune fille lui tend gracieusement, et il se rend avec elle dans la salle à manger, où la table est dressée. Le cousin examine avec curiosité les assiettes, le linge, les couteaux, et surtout les couverts qu'il fait sonner l'un contre l'autre, pour s'assurer si c'est bien de l'argenterie; puis il s'assied à côté de Rose-Marie, qui le sert avec une aisance qu'un autre serait agréablement surpris de rencontrer dans une paysanne; mais M. Brouillard se contente de se dire en lui-même :

— Où diable cette jeune fille a-t-elle appris à se tenir en société? il faut qu'elle fréquente d'autres personnes que son père!

Jérôme revient, tenant une bouteille couverte d'une épaisse couche de poussière; il la pose avec précaution sur un meuble, tandis que le cousin Brouillard le suit des yeux avec son sourire de renard. Le laboureur se met à table, et s'occupe surtout de servir son convive, qui mange et boit comme quatre, tout en disant :

— Votre bouillon est bien léger !... c'est que vous prenez sans doute de la basse viande ?

— Mais non, cousin, je prends ce qu'il y a de mieux.

— Ah ! quelquefois je pensais... pour la payer moins cher !

— Buvez donc, cousin.

— C'est du vin que vous faites, cela ?

— Non, mais c'est du petit vin du pays.

— Ah ! oui, du piqueton... ça gratte diablement le gosier.

— Ah ! dame, nous autres, je ne sommes pas difficile... c'est bon, ça rafraîchit !

— Oui, j'ai peur même que ça ne rafraîchisse trop.

— Couchez-vous ici, cousin ? Nous avons un lit à votre service, et qui n'est pas trop mauvais !...

— Je vous remercie ; mais je ne puis pas rester ; je retournerai après dîner à

16.

Fontainebleau. J'y loge chez un ami... un homme fort à son aise ; il m'attendra ce soir ; je lui ai promis de revenir, et demain matin, je retourne à Paris.

Une légère expression de satisfaction perce dans les traits de la jeune fille, lorsqu'elle entend M. Brouillard annoncer qu'il ne restera pas, et la vieille servante marmotte entre ses dents :

— Ah ! Dieu merci ! nous en serons plus tôt débarrassés ! S'il avait fallu le coucher, il n'aurait jamais trouvé le lit assez mollet pour lui !

— Mangez donc, cousin, dit le paysan en couvrant l'assiette de M. Brouillard, qui se laisse faire, en ayant l'air de regarder ailleurs. C'est un de nos poulets que Manon a fricassé... Ah ! elle fricotte joliment ça, Manon !... Tenez, ce plat-là, c'est son triomphe !...

M. Brouillard avale tout ce qu'on lui a

servi, sans prononcer un mot ; ce n'est que lorsqu'il n'a plus rien sur son assiette qu'il dit :

— Vous croyez que c'est une fricassée de poulet, cela ?

— Mais, dame !... qu'est-ce que ce serait donc alors ?

— Cela n'y ressemble pas plus que je ne ressemble à un veau. Ah ! quand vous dînerez chez moi... à ma campagne d'Auteuil, je veux vous faire manger une véritable fricassée de poulet... vous verrez la différence.

— Est-ce que monsieur croit que c'est un chat que j'avais fricassé ? dit Manon avec dépit.

— Non pas ! oh ! je ne nie point que l'animal mis là dedans ne soit un poulet... un poulet un peu maigre, par exemple ; mais je parle de la manière dont il est préparé... Ceci est un ragoût... un salmis...

une matelote de poulet plutôt qu'une fricassée.

— Cet homme-là me ferait tourner en
bourrique, murmure la vieille servante.

Rose-Marie se hâte de servir des petits
pois pour faire oublier la fricassée, qui cependant était bonne, et Jérôme emplit le
verre de M. Brouillard en lui disant :

— Buvez donc... il faut boire mieux
que ça !

— Ah ! mais, c'est que votre piqueton...
il faut se retenir après la table quand on le
boit.

— V'là des pois de mon jardin... comment les trouvez-vous ?

Les pois étaient excellents ; mais M. Brouillard, ne pouvant se résoudre à le dire, se
contente de répondre :

— Moi, je préfère les haricots !

Ce qui ne l'empêche pas de reprendre
deux fois des pois.

— Je crois qu'il est temps de dire un mot à la fine bouteille! dit Jérôme en allant chercher ce qu'il a rapporté de sa cave. Ah! dame! ça!... c'est du fameux... je vas la déboucher avec précaution... Faut que je vous dise l'histoire de ce vin-là, cousin ; c'est un quartaut de Beaune... qu'un ami a partagé, et alors...

— Je ne tiens pas à connaître son his- toire... du reste, personne ne se connaît en vin mieux que moi; j'ai une cave excel- lente... je suis très-gourmet.

Pendant que Jérôme débouchait la bou- teille, en prenant beaucoup de précaution, Manon était sur le seuil de la porte de sa cuisine, tenant un plat sur lequel était un gâteau bien jaune, bien doré, et qu'elle re- gardait avec complaisance, tout en murmu- rant :

— Je gage qu'il va aussi lui trouver quel- que chose de travers, à ce gâteau!... Hom!

si ce n'était pas pour obéir à mam'zelle, je
ne le servirais pas à présent... je le garderais pour ce soir... Régalez donc des gens
qui trouvent tout mauvais... et j'ai bien idée
que chez lui il ne s'empiffre pas comme ici,
ce vieux délicat!

Enfin, Jérôme a débouché sa bouteille, il
a versé à son convive, puis à lui, et il boit,
et il regarde boire M. Brouillard qui, après
avoir avalé, replace son verre sur la table
sans rien dire, et examine attentivement le
gâteau que la vieille Manon s'est décidée à
servir.

Cette indifférence pour un vin sur lequel il espérait recevoir des compliments
de son hôte, impatiente le laboureur, qui
s'écrie :

— Ah çà! mais... vous ne dites rien... est-
ce que vous ne le trouvez pas bon?

— Quoi donc? dit M. Brouillard en mettant son nez au vent.

— Comment, quoi?... mais ce vin que vous venez de boire... mon vieux beaune... qui a plus de dix ans de bouteille...

— Ah! votre vin... je ne l'ai pas bien goûté... voyons...

Jérôme se hâte d'emplir de nouveau le verre de son cousin, qui flaire, puis avale, et fait un petit mouvement de tête en disant :

— Ce n'est pas du beaune...

— Comment que vous dites ça?...

— Je dis que ce n'est pas du beaune...

— C'est ben singulier; toutes les personnes qui en ont bu m'ont dit que c'en était... jusqu'à not'maire, qui est un malin pour les vins...

— Votre maire ne s'y connaît pas...

— Quoi que c'est donc alors?

— C'est un mâcon... il y a tant de sortes de mâcon... mais en fait de beaune, voyez-vous, mon cher Jérôme, c'est chez moi qu'il faut en boire... ah! c'est que j'en ai du fameux.

— Chez vous!... chez vous!... mais je n'y ai jamais été chez vous... vous ne m'avez jamais invité.

— Vous l'avez oublié probablement... Ah! je ne vous parle pas de venir dîner chez moi à Paris... je n'y ai qu'un petit pied-à-terre; mais à ma maison de campagne d'Auteuil! ah! là, je vous ferai faire bonne cuisine... j'ai une jeune cuisinière... qui est un cordon bleu... Ah çà, qu'est-ce que ce gâteau? est-ce que nous ne le goûtons pas?

— Mon Dieu! mon cousin, répond Rose avec un sourire moqueur, c'est que j'ai peur qu'il ne soit manqué comme tout le reste du dîner, et je ne voudrais pas encore vous faire manger quelque chose de mauvais!

— Goûtons-le toujours, répond M. Brouillard en tendant son assiette.

Et la jeune fille sert à son cousin une portion extrêmement minime de gâteau, tandis que Jérôme, vexé de l'accueil fait à son vin, remplit son verre sans verser à son convive, et place ensuite la bouteille contre lui et hors de la portée de M. Brouillard.

Le monsieur au museau de renard s'est aperçu de cette manœuvre, et après avoir lestement avalé sa part de gâteau, il se décide à tendre son verre à Jérôme en disant :

— Versez donc, cousin Gogo, quoique cela ne soit pas du beaune, il se laisse boire ce vin.

— Ah ! c'est différent, cousin !... C'est que je pensais que vous n'en vouliez plus, moi.

Après que Manon a placé sur la table les plus beaux fruits du jardin, Jérôme emplit de nouveau le verre de M. Brouillard en s'écriant :

— Voyons, sapredié, causons donc un peu de mes frères. Si je ne les vois pas, au

1.

moins ça me fait plaisir de parler d'eux, et
surtout de savoir qu'ils sont heureux !... Il
y a si longtemps que nous nous sommes
quittés !... Vingt-quatre ans bientôt... C'était
après la mort de notre père... ils firent les
comptes de l'héritage... c'est-à-dire, ce fut
Nicolas qui arrangea tout ça... c'était l'aîné,
c'était bien juste ! Il fit la part à chacun. Je
m'en suis entièrement rapporté à lui. Notre
sœur était déjà mariée, établie à Paris.

— Ah ! oui, la sœur Thérèse... Son mari
ne fit pas de bonnes affaires.

—Et il mourut, laissant ma sœur avec
un fils. Ma pauvre Thérèse mourut aussi,
il y a une douzaine d'années ; mais faut
rendre justice à mes frères, ils ont pris
soin de leur neveu... et il paraît que maintenant c'est un gentil garçon que Frédéric
Reyval.

— Il ne vient donc pas vous voir non
plus, celui-là ?

— Non... mais je l'excuse ; il ne me connaît pas , ce garçon ; il ne m'a jamais vu... on ne lui aura pas souvent parlé de son oncle Jérôme !... Cependant, quand ma sœur mourut sans rien laisser à son fils... on sut ben m'écrire... C'est Nicolas qui m'envoya un homme avec une lettre dans laquelle il me disait que not' neveu leur tombait sur les bras, mais que ce n'était pas juste qu'ils fissent tout pour lui, et moi rien... bref, il finissait en me disant de remettre à son envoyé une somme de six à huit cents francs. Dame ! ça me gênait un peu ; mais c'est égal. je donnai sept cent cinquante francs !...

— Ah ! vous avez donné de l'argent pour l'éducation de votre neveu?... Tiens! tiens! ils ne m'ont jamais parlé de ça.

— Ils auront pensé que c'était une chose si naturelle.

— Mais je ne crois pas que ce jeune homme leur ait coûté beaucoup. Votre frère

Nicolas, qui était déjà lancé dans les affaires
alors, l'a pris tout jeune dans ses bureaux
où il le fit travailler; il n'y a guère que
deux ans que ce jeune homme a quitté la
maison de son oncle pour faire des affaires
pour son compte... des affaires de courtage...
de marronnage... car il n'est pas courtier.
Je ne sais pas s'il gagne beaucoup d'argent,
mais je sais qu'il fait lestement sauter les
écus... Oh! c'est un merveilleux... un lion,
comme on dit à présent en parlant d'un
petit-maître, et de plus un viveur... un bam-
bocheur fini; il est sans cesse en parties de
plaisir, de jeu, de mangeaille!... Si celui-là
travaille, je ne devine pas à quel moment!

— Bah! vraiment!... Comment! ce jeune
homme se dérangerait?

— Je ne vous dis pas qu'il se dérange,
je vous dis seulement qu'il s'amuse beaucoup; du reste il est fort recherché dans le
monde... par les dames surtout!... on le

trouve très-aimable... parce qu'il est très-blagueur... ça veut dire moqueur... Moi je n'admets pas que cela prouve de l'esprit.

— Ah çà ! mais j'ai encore un neveu. Nicolas s'est marié à Paris, j'ai vu sa femme une seule fois que je suis allé le voir dans tous les commencements de son mariage... il y a plus de vingt ans ; je ne lui ai pas trouvé un air... ben aimable !... Quelle différence d'avec ma bonne Suzette que j'ai perdue !... Je les ai engagés à venir nous voir... mais ils ne sont pas venus !

— Ah ! oui , et il me semble qu'ils ne vous avaient pas invité à leur noce ?

— Non... ni Eustache non plus !...

— Ah ! Eustache !... son mariage est plus récent, il ne date que de sept ans environ... il a épousé une jolie femme , Eustache... c'est-à-dire jolie... il y a bien mieux ! mais c'est une femme extrêmement coquette... une blonde... un peu fadasse , beaucoup

17.

plus jeune que lui; elle doit dépenser diablement d'argent pour sa toilette, cette
femme-là!

— Et le fils de Nicolas, est-ce un bon
sujet?

— Le fils de Gogo l'aîné, ah! c'est Julien
qu'il se nomme... Celui-là ne ressemble pas
du tout à Frédéric, il ne court pas les plaisirs, il est sage, rangé... à ce qu'on dit du
moins! mais ensuite ce ne serait pas encore
une raison pour s'y fier... vous savez le
proverbe : rien de pis que l'eau qui dort!...
Du reste, il n'est pas beau, Julien... il est
même laid... un nez plat, une bouche rentrée, tout le portrait de Nicolas enfin; et
Nicolas est laid... sa fortune ne l'a pas em-
belli... Versez donc, cousin Jérôme.

Le laboureur emplit le verre de M. Brouillard; celui-ci boit très-lestement le vin
qu'il a eu l'air de trouver indigne de ses
éloges, et mange les plus beaux fruits

qui sont sur la table en s'écriant encore :

— C'est moi qui en ai, des prunes, et des cerises !... ah !... c'est autre chose que tout ça !... Mais vous, Jérôme, comment vont les terres, la culture ? vous arrondissez-vous un peu ?

— Oh ! moi, cousin, je n'avons pas grande variation dans nos affaires... je ne faisons pas de commerce ; du reste je ne me plains pas ; en travaillant queuques heures de plus tous les jours, je sommes parvenu à amasser un petit magot... qui sera la dot de ma Rose.

— Ah ! vous avez amassé une somme... est-elle forte?... cela peut-il s'appeler une dot?...

— Pas autant que je voudrais... mais enfin c'est toujours de quoi s'établir...

— Et vous avez placé cet argent à intérêts... à combien pour cent ? à dix... à douze... à quinze?...

Jérôme sourit et reprend :

— Suffit que je soyons content, cousin, et que l'argent soit ben où il est... il me semble que le reste ne doit inquiéter personne.

M. Brouillard avance ses lèvres au niveau du bout de son nez en murmurant :

— Oh ! certainement !... mais je vous disais cela... dans votre intérêt... parce que je connais des personnes qui prennent de l'argent à un taux très-avantageux.

— Ma foi ! reprend Jérôme après avoir choqué son verre contre celui de son cousin, je suis ben content de savoir que mes frères ont prospéré à Paris... Nicolas est donc ben riche?

M. Brouillard fait différentes grimaces et tâche de se fixer à un air bonhomme en répondant :

— Oh ! je ne sais pas, moi !... D'abord je ne suis pas de ces gens qui cherchent à savoir les affaires des autres!... je ne suis nullement curieux... Qu'est-ce que ça me fait à moi que les uns en aient beaucoup... que ceux-ci fassent des dettes pour briller, que ceux-là tirent la langue après avoir tout mangé?... ça ne me regarde pas!... je ne demande rien à personne... j'ai ce qu'il me faut... je suis à mon aise, je puis offrir à dîner et une bouteille de vrai beaune à un ami quand il vient me voir... eh bien, qu'est-ce que vous voulez de plus?...

Jérôme aurait voulu que M. Brouillard ne revînt pas sans cesse sur lui quand on lui parlait d'un autre, et il s'écrie :

— Eh mon Dieu! je ne sommes pas curieux non plus, mais quand il s'agit de sa famille, de ses frères, il me semble qu'il est ben naturel de désirer connaître leur position !.. cela ne s'appelle plus de la curiosité.

—Je ne vous blâme pas, mon cher Gogo,

oh! je suis loin de vous blâmer. Du reste
je puis vous dire... à peu près, la situation
de votre frère Nicolas... il a fait des spéculations à la bourse, il a fait de la banque
avec l'argent que sa femme lui avait apporté en dot... Ce n'est pas le Pérou...
douze mille francs... et encore il n'a reçu
que huit mille francs comptant, le reste lui
a été soldé en bas de laine, en gilets de flanelle, en caleçons de tricot et autres objets
de bonneterie (sa femme était fille d'un
bonnetier), que du reste il a très-bien re-
vendus... Je sais même qu'une personne
lui a payé jusqu'à seize francs un gilet de
flanelle qui n'en valait pas dix... mais il ne
donne pas ses coquilles, Nicolas ! il est même
très-juif dans les affaires... c'est du moins
sa réputation sur la place...

—Tiens, cousin, comment que vous savez
tout ça, vous qui ne vous mêlez pas des affaires des autres?

— Je l'ai entendu dire ; je ne peux pas empêcher qu'on ne parle à mes oreilles. Gogo l'aîné a été heureux dans ses spéculations... il a fait alors d'autres affaires... il a escompté, prêté de l'argent... à très-gros intérêts... Je crois même qu'il se faisait donner des nantissements....qu'il prêtait sur des effets... des bijoux... sur gages enfin... on l'a dit... mais je ne l'affirmerais pas!... on est si méchant dans le monde !.. bref il a gagné beaucoup d'argent, et maintenant il doit avoir une vingtaine de mille francs de rente... peut-être plus, peut-être moins... je l'ignore... et je n'ai pas envie de m'en informer ! Qu'est-ce que ça me fait?... je ne lui demande rien, moi !

— Vingt mille francs de rente ! s'écrie Jérôme... c'est une grande fortune ça...

— Une fortune !... c'est selon ! cela dépend de ce qu'on dépense. Mais Nicolas fait beaucoup d'embarras ! il se donne des airs... à pouffer de rire... ah! dame, voilà ce que c'est que les parvenus, cela croit cacher son origine sous un air impertinent! ah! ah! c'est trop plaisant. Après cela, mon Dieu! il faut laisser les gens avec leurs petits ridicules! tout le monde en a.

— Et Eustache, il s'est donc enrichi aussi, lui?

— Ah! Eustache, c'est autre chose... il est devenu homme de génie!... Qui est-ce qui s'en serait douté, hein?... c'est pourtant comme cela, mon pauvre Jérôme, vous ne saviez pas que vous aviez un aigle dans votre famille!...

— Un aigle!... répond Jérôme en ouvrant de grands yeux... Ah bah!... comment! il y a un oiseau dans la famille!...

— Je veux dire un personnage qui aspire à l'immortalité... ce qui ne veut pas dire qu'il y arrivera, par exemple. Enfin, votre frère Eustache s'est fait homme de lettres... ou auteur, si vous aimez mieux.

— Auteur... ah ! oui... gens de lettres...
on m'avait déjà dit ça... quel état est-ce donc
que celui-là?

— Ce n'est pas un état!... c'est... c'est...
je ne sais pas trop comment vous expliquer
cela...

— N'est-ce pas une personne qui fait des
pièces de théâtre? dit Rose-Marie en baissant
les yeux.

— Justement, ma petite cousine, c'est
cela même... Diable! mais vous n'ignorez
de rien, à ce que je vois... Cousin Gogo,
vous avez donc fait soigner l'éducation de
votre fille, puisqu'elle sait ce que c'est que
des pièces de théâtre?

— Pardi ! est-ce que vous n'aviez pas encore remarqué que ma Rose parle ben...
qu'elle a des manières... une façon... enfin
qu'elle n'a pas les allures d'une paysanne?

— Je n'y avais pas fait attention... Vous

1.   18

voulez donc aussi faire une dame de votre fille? vous avez donc de grands projets sur elle?... Ah! ah! Jérôme... je vois que la vanité vous chatouille comme les autres!

— La vanité!... l'ambition! oh! ma foi non! mais j'ai pensé que ça ne pourrait pas nuire à mon enfant d'avoir plus d'instruction que son père... que peut-être même cela lui ferait trouver queuque parti avantageux.

— Hum!... mon cher ami! voilà comme on se prépare des chagrins, des humiliations!... quand nos enfants en savent plus que nous et qu'ils peuvent avoir dans le monde une position un peu plus élevée, ils nous ont bien vite oubliés, ils sont vexés quand ils nous voient, et ils rougissent quand on leur parle de nous.

Rose-Marie quitte vivement sa place et court enlacer son père de ses bras, en s'écriant d'une voix altérée par l'émotion qu'elle éprouve :

— Que dites-vous là, monsieur !... moi, je rougirais jamais de mon père !... je l'oublierais, je cesserais de l'aimer parce qu'il a bien voulu me faire donner quelque instruction !... oh ! mais ce serait affreux cela !... ce serait indigne... Est-ce qu'il peut y avoir des enfants qui cessent d'aimer leur père, de l'honorer, de penser à lui avec joie, avec reconnaissance ?... oh ! non, cela n'est pas possible... n'est-ce pas, mon bon père, tu ne crois pas que je deviendrai une ingrate ?... et lors même que le ciel m'enverrait une grande fortune, que je pourrais jamais cesser de t'aimer ?

— Non... non, mon enfant !... oh ! je sommes bien certain du contraire ! répond le laboureur, que l'élan de sa fille a tout attendri et dont les yeux sont déjà mouillés de larmes. Je te connais, ma Rose, je sommes sûr de ton cœur !... va ! c'est pas pour toi que le cousin a dit ça.

M. Brouillard, qui ne s'attendait pas à ce
mouvement de la jeune fille, balbutie, en
jouant avec son couteau :

— Non sans doute! je ne voulais pas
dire... d'ailleurs, il n'y a pas de règle sans
exception... Voyons, encore de votre vieux
vin, cousin ; après tout... il est assez agréable... il se pourrait même que ce fût du
beaune de troisième qualité.

Rose-Marie, après avoir encore embrassé
son père, est allée se mettre à travailler à
l'aiguille près d'une fenêtre ; les deux hommes continuent de rester à table, et Jérôme
remet la conversation sur son frère Eustache.

— Vous dites donc, cousin, que mon
frère, le plus jeune, est un homme qui fait
des ouvrages... des écritures... des choses
qu'on imprime?

— Oui vraiment ; il a fait quelques pièces
qui ont eu de la vogue... ce qui ne prouve
pas qu'elles étaient bonnes... il en a fait

aussi qui sont tombées !... il écrit quelquefois dans les journaux... il fait des nouvelles... des historiettes pour les feuil-
letons... on appelle ça maintenant de la
littérature ; jadis, il fallait produire autre
chose pour se dire homme de lettres !... *au-*
tres temps , autres soins.

— Et on gagne beaucoup d'argent à vendre de l'esprit ?

— Si on ne vendait véritablement que de
l'esprit, on gagnerait assurément beaucoup...
mais comme c'est toujours de la marchandise
mêlée, on baisse quelquefois... Du reste,
Eustache se croit un Voltaire !... un Mo-
lière... eh ! eh !... c'est à mourir de rire !...
quand il a un succès, il se gonfle, se ren-
gorge... il ne peut plus passer sur les boulevards... il n'y a pas assez de place pour
lui !...

— Il est donc bien engraissé, ce pauvre
Eustache ?

18.

— Nullement !... je veux dire par là que la vanité gonfle le poëte! pourvu qu'il ne fasse pas comme la grenouille de la fable!

— Et est-il heureux en ménage, mon frère, l'homme auteur ?

— Mais... hum !... eh !... ces choses-là, vous savez qu'il est plus sage de n'en point parler... les dehors sont convenables... c'est l'intérieur qu'il faudrait voir... votre frère Eustache a passé la quarantaine... sa femme n'a pas encore trente ans... hum... c'est dangereux !... on la dit coquette !... mais moi je ne dis rien... je déteste les cancans... j'aurais vu des choses répréhensibles... que je n'en parlerais pas, je les garderais pour moi. Mais parbleu, mon cher Jérôme, puisque vous avez tant d'amitié pour vos frères, pourquoi donc n'iriez-vous pas les voir à Paris... les surprendre tous les deux un beau matin?

— Ah! j'en avais eu plus d'une fois l'en-

vie ! répond le paysan en secouant la tête...
mais j'avons pas osé ; car je me sommes dit :
Puisque mes frères ne me donnent jamais
de leurs nouvelles, puisqu'ils n'ont même
pas répondu à mes lettres, c'est qu'apparemment ils ne veulent plus me voir, c'est
qu'ils ne se soucient pas d'entendre parler
de moi, et en allant chez eux je les contra-
rierais peut-être, au lieu de leur faire plaisir. Voilà pourquoi je ne suis pas allé les
trouver à Paris.

M. Brouillard achève son verre et tâche
de se donner une physionomie tout à fait
débonnaire ; puis il dit avec une petite voix
flûtée :

— Oh! il ne faut point penser cela!...
moi je me range à l'opinion de votre fille,
sans doute leurs affaires les auront empêchés de vous répondre ; à Paris, on est continuellement occupé... il ne faut pas leur
en vouloir!

— Je ne leur en veux pas du tout...
Mais tout à l'heure, vous-même me disiez
que la fortune les avait rendus fiers.

— Hum!... fier n'est pas le mot... Le fond
est bon... je suis certain que votre présence
les enchantera... ça leur produira un effet
étourdissant.

— Vraiment!... Oh! ben, ma fine, j'irai
les voir, les surprendre un de ces jours.

— Voulez-vous que je vous donne leur
adresse?

— Oh! oui, car ils doivent être... je ne sais
pas où à c't'heure; et quand on ne sait pas,
trouvez donc quelqu'un dans Paris.

— Votre frère aîné, Nicolas, demeure rue
Saint-Lazare, numéro 62.

— Écris ça, ma petite Rose, afin que nous
sachions ben où logent tes oncles.

La jeune fille écrit ce que M. Brouillard
vient de dire. Le cousin se caresse le menton et continue :

— Vous avez mis Nicolas Gogo, rue Saint-Lazare, 62 ?

— Oui, mon cousin.

— Très-bien. Quant à Eustache, c'est dans un autre quartier; il demeure rue de Vendôme, 14... Vous avez mis...

— Oui, mon cousin.

— Maintenant, croyez-moi, allez les voir, allez leur demander à dîner sans façon... comme j'ai fait, moi, en venant ici; et ils vous traiteront parfaitement, j'en suis sûr.

— Nous irons, cousin; et puis pendant que nous serons en train, nous pousserons jusqu'à votre campagne à Auteuil, et nous irons passer un jour avec vous... Seulement il faudrait nous bien donner l'adresse aussi.

M. Brouillard fait une drôle de figure, et répond en se levant et allant prendre sa canne et son chapeau :

— Ah ! oui... Ah ! oui... Certainement,

ça me... Ah çà! mais j'avais une canne pourtant...

— Vous la tenez dans votre main, cousin.

— Oh! c'est parbleu vrai!... et je la cher- chais. J'ai des moments où je suis fort dis- trait.

— Et votre adresse à Auteuil?

— Tout le monde vous l'indiquera; je suis très-connu. Vous demanderez dans la première maison venue : M. Brouillard? Et on vous dira : C'est par là. Mais pardon, je vais vous souhaiter le bonsoir... Je veux ar- river à Fontainebleau avant la nuit.

— Pardi, cousin, vous avez ben le temps ; il n'est pas encore six heures.

— C'est égal.... je marche en flânant, moi... Je m'arrête pour admirer les points de vue, et je ne vais pas vite.

— Si vous ne savez pas bien le chemin, voulez-vous que je vous reconduise jusqu'à la ville?

— Ne prenez pas cette peine, mon bon Jérôme; c'est inutile, je sais parfaitement quelle route je dois suivre; ce n'est pas difficile d'ailleurs. Adieu donc, mon cher ami; je suis bien charmé de vous savoir dans un état de santé et de prospérité si florissant!... Adieu, ma charmante petite cousine... Voulez-vous permettre?...

Et M. Brouillard s'avance pour embrasser la jolie fille. Celle-ci ne se sent pas flattée de cette politesse; mais elle n'ose reculer, et le museau du cousin s'appuie sur le duvet de sa joue fraîche et rosée. Le renard, qui est probablement alléché par ce qu'il vient de cueillir, se dispose à prendre un second baiser sur l'autre joue; mais la jeune fille a fait une légère pirouette, et elle est déjà contre la porte, d'où elle s'écrie :

— Dépêchez-vous, mon cousin, on dirait que le temps veut changer, et qu'il va y avoir de l'orage.

— Vraiment !... Je me sauve, alors...

— Adieu, cousin... Nous irons vous voir quelque jour à Auteuil...

— Oui, mes amis... Et je n'ai pas de para- pluie... Adieu... Bonne santé... Allez voir les Gogo de Paris ; allez, ça leur fera bien plaisir.

M. Brouillard est déjà dehors, et bientôt on le perd de vue; Jérôme rentre alors avec Rose, à laquelle il dit :

— Où diable as-tu vu, mon enfant, que le temps voulait changer, et que nous al- lions avoir de l'orage?... Il n'a jamais fait si beau que ce soir !...

La jeune fille ne peut s'empêcher de rire en répondant :

— Tenez, mon père, c'est que j'avais peur d'être encore embrassée par notre cousin Brouillard, et, s'il faut vous l'avouer, ça ne me plaisait guère... car je ne l'aime pas du tout, cet homme-là !...

—Oh! je suis ben comme mam'zelle! s'écrie la vieille servante, qui reprend sa bonne humeur aussitôt que le monsieur de Paris est parti. Savez-vous ben, not' maître, qu'il n'a rien trouvé de beau, de bien ni de bon chez vous... Vos fruits, vos fleurs... vot' jardin... vot' dîner... jusqu'à vot' vieux vin!... il a dit du mal de tout!...

— C'est vrai, répond Jérôme en souriant; mais j'ai vu avec plaisir que cela ne l'empêchait ni de manger ni de boire!

— Pardi!... est-ce qu'il croit que je donnons dans ses vanteries?... Il a tout plus beau et meilleur chez lui!... On connaît ça!... Ces gens si difficiles, si délicats chez les autres, vivent chez eux avec du pain ben rassis et des haricots sans beurre!... Ils vous disent : Ah! quand vous viendrez chez moi, vous verrez comme je vous régalerai! comme vous mangerez de bonnes choses!

Mais d'abord ils ont soin de ne jamais y être quand vous allez chez eux ; ou ben, s'ils se trouvent par hasard une fois forcés de vous recevoir, ils vous font faire si mauvaise chère, que vous jurez de n'y jamais retourner. Oui, monsieur, oui, je l'avons entendu dire cent fois, les gens qui font tant d'embarras chez les autres, et pour qui il n'y a jamais rien d'assez bon, sont chez eux des ladres et des fesse-mathieu !

Jérôme ne peut s'empêcher de rire de la colère que Manon éprouve encore au souvenir de tout ce qu'a dit son cousin, et Rose reprend :

— Moi, j'aurais bien pardonné à ce monsieur ses réflexions peu aimables sur notre jardin, sur notre dîner... mais je lui en veux de ce qu'il a dit en apprenant que mon père m'a fait donner plus d'éducation que l'on n'en reçoit ordinairement au village. Pour supposer chez les autres de l'ingratitude et un mauvais cœur, il me semble qu'il faut être méchant soi-même !

— Allons, décidément je vois que le cousin Brouillard n'a fait vot' conquête ni à l'une ni à l'autre... J'avoue que je le trouvons aussi un tantinet gouailleur et bigrement difficile à nourrir... J'aimons mieux les gens tout ronds, tout sans façon. Mais, après tout, il est de la famille, et nous devons encore lui savoir gré d'être venu nous voir, et de ne pas nous avoir oubliés tout à fait.

— Oui, dit Manon en regagnant sa cuisine ; mais moi, j'ons ben dans l'idée que s'il est venu ici, ça n'a été que pour y dire et y faire queuque méchanceté.

VII

Un mois se passe après la visite du cousin Brouillard chez le·père de Rose-Marie. Dans la maisonnette du cultivateur, la venue d'un habitant de Paris était un événement qui rompait la simplicité habituelle de la vie ; maintenant le laboureur vaque comme de coutume à ses travaux ; la vieille

19.

Manon fait sa besogne. Rose-Marie travaille à l'aiguille et soigne les fleurs du jardin ; chaque jour qui s'écoule est employé comme celui qui l'a précédé et comme celui qui le suivra. Cette existence, monotone pour les uns, semble douce pour les autres. Tout est habitude dans la vie. il ne s'agit que de tâcher de se trouver heureux par ce qu'on fait ; et quand on fait toujours la même chose, vous concevez qu'alors on est extrêmement heureux.

Rose-Marie va quelquefois à Fontainebleau pour chercher ou reporter de la broderie ; mais elle reste le moins possible à la ville ; elle ne s'arrête plus en chemin, elle ne passe plus par la forêt et elle revient vite chez son père.

Cependant la jeune fille a presque entièrement oublié sa rencontre avec les deux voleurs, et elle n'éprouve aucun effroi en passant devant la forêt. Quand l'amour se glisse dans notre cœur, il en a bien vite chassé la frayeur. De tous les sentiments, l'amour est le plus audacieux ; ne nous fait-il pas chaque jour braver en riant les plus grands périls, jouer notre vie, risquer notre réputation, notre fortune et notre santé ? Combien de folies, d'entreprises téméraires, d'actions audacieuses que, certes, vous n'auriez pas accomplies si votre cœur n'eût pas été pris, mais que vous n'avez pas balancé à faire, pour de beaux yeux... un doux baiser, et l'espoir d'un tendre tête-à-tête !...

C'est surtout aux femmes que l'amour donne un courage, une audace, une témérité digne de nos anciens preux! Combien de volumes ne ferait-on pas, si l'on pouvait citer toutes les circonstances où ces dames ont montré une bravoure, un sang-froid et une présence d'esprit que les hommes ne possèdent jamais à un si haut degré! Les trois quarts du temps, c'est sans y penser, sans y réfléchir, qu'elles exposent leur réputation, leur tranquillité, leur avenir, quelquefois même leur existence, pour un moment de bonheur, pour jouir de la présence de celui qui a su les charmer. Presque toujours imprudentes, ou déraisonnables, il faut que l'homme qu'elles aiment montre plus de sagesse qu'elles et les arrête en leur faisant voir le danger. Mais alors, loin de lui savoir gré d'avoir veillé sur elles, ces dames lui reprochent d'avoir peu d'amour puisqu'il écoute la raison.

Toutes ces belles choses sont sans gloire, bien au contraire il faut que ces dames en fassent mystère, car c'est assez souvent pour satisfaire un sentiment caché que le sexe réputé si faussement le plus faible se montre si fort et si téméraire.

Or donc, Rose-Marie, jeune fille aux yeux si doux, à la tournure si modeste, aurait bien probablement bravé les voleurs et se serait sans frissonner risquée de nouveau dans les plus sombres sentiers de la forêt, si elle avait espéré y rencontrer le jeune peintre qui avait fait son portrait. Mais elle sait qu'il n'y est pas ; Léopold lui a plusieurs fois répété qu'en revenant dans le pays, son premier soin sera de se rendre au village d'Avon, et de se présenter à son père.

Et puis Rose-Marie avait aussi bien promis à son père de ne plus aller seule dans la forêt, et nous devons croire qu'elle aurait tenu sa promesse, lors même que le jeune Léopold eût été encore peindre au pied des rochers.

Mais le temps s'écoulait sans amener cette visite que Rose-Marie désirait si vivement au fond de son cœur. Plus d'une fois la jeune fille avait eu la pensée de parler à Jérôme de la connaissance qu'elle avait faite dans la forêt ; elle se disait qu'un enfant ne doit pas avoir de secrets pour son père, surtout quand celui-ci est bon et indulgent. Mais au moment de parler du jeune peintre, une émotion, un embarras dont elle ne pouvait se rendre compte, arrêtait les paroles sur le bord de ses lèvres, et Rose retardait encore cet aveu qu'elle désirait et qu'elle craignait de faire.

Léopold avait annoncé à Rose-Marie qu'il ne serait pas plus d'un mois sans revenir à Fontainebleau ; ce terme était passé cependant sans que l'artiste fût venu au village.

Celle dont il avait fait le portrait passait une grande partie de son temps assise contre la fenêtre, car cette fenêtre donnait sur la route qui conduisait à Fontainebleau, et la vue s'étendait fort loin. On pouvait donc apercevoir le voyageur qui se dirigeait vers Avon, bien longtemps avant qu'il fût arrivé aux premières maisons du village. Rose-Marie travaillait, mais ses yeux quittaient bien souvent son ouvrage et plongeaient sur la route... puis ils se baissaient tristement sur son aiguille ; de gros soupirs s'échappaient de sa poitrine ; elle se disait :

— Il ne reviendra pas !.. Peut-être m'a-t-il déjà oubliée... peut-être ne regarde-t-il plus mon portrait ! Ah ! je l'oublierai aussi moi, c'est fini ; je ne veux plus penser à lui.

Et la minute ne s'écoulait pas sans que la jeune fille regardât de nouveau sur la route et aussi loin que sa vue pouvait s'étendre.

Jérôme voyait que sa fille n'était plus aussi gaie, aussi rieuse ; qu'elle parlait moins, et qu'elle réfléchissait beaucoup plus qu'autrefois ; mais il n'osait plus rien dire, parce qu'il avait cru remarquer que ses questions lui avaient causé de l'embarras, de la peine. D'ailleurs, le laboureur avait toujours la même pensée ; il était persuadé que sa fille avait de l'ennui de vivre au village, et qu'elle l'aimait trop pour le lui avouer.

Rose n'avait pas d'ennui, car on n'éprouve jamais ce sentiment lorsqu'on a le cœur rempli d'amour , et c'est même le dédommagement le plus positif que cette passion nous donne en échange de toutes les peines qu'elle nous cause ; mais la fille de Jérôme sentait chaque jour diminuer son espoir de revoir ce jeune homme dont les regards et le langage avaient touché son cœur ; l'amour sans espérance est un poison lent qui mine et qui dévore. Pour soulager son âme , la jeune fille n'avait pas même cette ressource ordinaire des amoureux ; elle ne pouvait point parler de ses tourments , personne n'était dans sa confidence. A dix-sept ans ! garder pour soi seule son amour et son secret ! c'est un lourd fardeau ! Une amie eût été pour Rose un bien si précieux !... Elle eût partagé ses peines, ranimé ses espérances ; elle eût compris pourquoi la pauvre enfant soupirait, sans avoir même besoin de la questionner ; car c'est surtout pour adoucir les chagrins de l'amour que la Providence a créé l'amitié.

Mais la fille de Jérôme n'avait point d'amies dans le village. Les jeunes filles de son âge, qui étaient restées ignorantes ou rustiques, avaient vu d'un œil jaloux ses grâces et ses manières gentilles se développer en même temps que son esprit. Au lieu de chercher à l'imiter, au lieu de prendre exemple sur elle, les paysannes avaient trouvé plus simple de s'éloigner de celle qu'elles regardaient avec envie. On n'est pas meilleur aux champs qu'à la ville ; au contraire, comme on est moins éclairé, la méchanceté y est plus dangereuse.

Si bien que la jolie Rose-Marie devenait de plus en plus rêveuse, que les roses de

1.   20

son teint disparaissaient, et que le sourire
ne venait plus se placer sur ses lèvres, excepté lorsqu'elle apercevait son père, devant
lequel elle voulait cacher sa tristesse.

Telle était la situation de la fille du bon
laboureur, lorsqu'une nuit, pendant que les
habitants d'Avon étaient encore plongés
dans un profond sommeil, une lueur vive,
scintillante, vint tout à coup éclairer une
partie du village.

Bientôt quelques cris se font entendre,
puis le bruit augmente, des voix appellent
au secours, les paysans se réveillent, les
fenêtres s'ouvrent, et au milieu de la nuit
on aperçoit avec effroi un ciel resplendis-
sant de clarté, et les maisons éclairées par
le reflet des flammes.

— C'est le feu! le feu! crie-t-on de tous
côtés.

Et à ce cri sinistre chacun quitte sa cou-
chette; déjà la terreur a chassé le repos.

Jérôme est un des premiers levés, il descend, il s'informe.

— Où donc est le feu?

— On croit que c'est chez le père Thomassin, à cette belle ferme qu'il a fait reconstruire il y a un an... et justement tous ses blés, tous ses foins étaient rentrés.

Jérôme n'en écoute pas davantage. Il a bien vite passé sa veste, sa blouse. Rose et la vieille Manon accourent à lui avec effroi.

— Qu'y a-t-il donc, mon père?

— Que se passe-t-il donc, monsieur?

— Ce qu'il y a!... le feu à la ferme de Thomassin, de mon vieil ami...

— Oh! mon Dieu!

— Et vous y allez, mon père?

— Crois-tu donc, mon enfant, que je resterai tranquillement dans mon lit pendant que la maison de mon ami brûle?... je serais donc un lâche ou un mauvais cœur?... Je courons aider les autres; vous, restez ici, on n'a pas besoin de vous : toi, Rose, tu es trop jeune ; toi, Manon, tu es trop vieille... d'ailleurs les bras ne manqueront pas !

— Ne vous exposez pas, mon père.

— Ne crains rien.

Déjà Jérôme est sorti de sa demeure et il se dirige en courant vers le théâtre de l'incendie, où, du reste, il est accompagné par presque tous les hommes du village. Dans un cas pareil, les voisins ne se font jamais attendre pour porter des secours. Est-ce par suite de leur humanité ? est-ce par crainte qu'en se propageant l'incendie ne gagne aussi leur demeure ? Il vaut mieux penser que c'est par humanité.

Rose et Manon sont restées devant la porte de leur maison ; elles suivent avec inquiétude les progrès de la flamme qui monte parfois avec une effrayante rapidité et colore le ciel d'une lueur rougeâtre, elles prient Dieu afin qu'il arrête l'incendie, et

pour que Jérôme, dont elles connaissent
l'intrépidité, ne soit pas victime de son zèle
et de son dévouement pour le fermier Thomassin.

Pendant près de deux heures, la flamme,
loin de perdre de sa force, semble s'étendre
davantage. Quelques enfants, quelques paysannes qui ont approché du feu, reviennent
en s'écriant :

— Toute la grange est brûlée ! Ah ! jarni !
queu malheur !...

— Et déjà une bonne partie de la ferme...

— V'là le père Thomassin ruiné ! Il a du
guignon celui-là !

— Y a-t-il du monde de péri ?

— Deux vaches et la bonne, Marie-
Jeanne.

— Moi, on m'a dit trois veaux en tout.

— Bah ! on ne sait pas encore... d'ailleurs
ça brûle toujours !... les pompiers sont arrivés de Fontainebleau... mais ils ont dit

20.

qu'il n'y avait plus moyen de sauver la ferme.

— Moi, on m'a dit que tout le village allait brûler... nous ferons bien de faire nos paquets.

Rose-Marie écoute tout cela en frémissant. Mais la vieille Manon lui dit tout bas :

—Ne croyez pas ce qu'ils disent, mam'zelle, je gagerais qu'ils n'en savent pas plus que nous... mais le monde est terrible pour aimer à grossir les malheurs !...

Enfin le jour commence à poindre et en même temps les flammes semblent perdre de leur intensité.

— L'incendie diminue ! s'écrie Rose avec joie.

— Eh ! non, dit une paysanne ; mais comme le jour paraît, la flamme se voit moins, v'là tout !

Cependant Rose ne s'était pas trompée, l'incendie touchait à sa fin ; bientôt à la flamme a succédé une épaisse fumée, puis cette fumée se dissipe et cesse d'obscurcir le ciel. Alors seulement Jérôme reparaît devant sa fille, trempé d'eau, les vêtements brûlés dans plusieurs endroits, et ayant une assez forte cicatrice au front. Son premier soin est de courir embrasser son enfant.

— Mon bon père!... ah! vous voilà enfin! s'écrie Rose en pressant son père dans ses bras. Ah! je craignais pour vous... mais vous êtes blessé au front?

— Rien, ma petite, une égratignure, ça ne vaut pas la peine d'en parler...|

— Et chez Thomassin?

— Personne n'a péri, heureusement. J'ai retiré Marie-Jeanne assez à temps ; elle en est quitte pour quelques mèches roussies...

— Ah! quel bonheur!

— Le désastre est donc moins grand qu'on ne le disait, not' maître?

— Le désastre? répond Jérôme en pous-

sant un profond soupir, il est déjà bien
assez grand comme ça... Mais j'ai besoin
d'un peu de repos... je vas me jeter sur mon
lit, et à mon réveil, nous causerons, ma petite Rose, entends-tu, nous causerons ; car
cet événement-là... Allons, je vais tâcher de
dormir un petit brin, le sommeil donne
queuquefois de bons conseils, à ce qu'on
dit... Va aussi te reposer, mon enfant, tu
en as besoin.

Rose obéit, mais de retour dans sa chambre, elle sent qu'elle chercherait en vain le
repos ; elle a été frappée de l'expression de
tristesse qui obscurcissait le front de son
père lorsqu'il lui a dit : « A mon réveil,
nous causerons. » Elle comprend qu'il
prenne part au malheur arrivé à son vieil
ami ; mais cependant, lorsque par son courage on a contribué à arrêter un désastre,
lorsque, en exposant sa vie, on a sauvé celle
d'autrui, on doit être content de soi, et ce

n'est pas de la tristesse qui doit se lire alors sur notre front.

Ces réflexions préoccupent la jeune fille qui attend avec impatience le réveil de son père. Enfin Jérôme paraît, il ne songe plus à ses fatigues de la nuit, mais ses yeux n'ont pas repris leur gaieté habituelle, et c'est sans dire un mot qu'il va s'asseoir à côté de sa fille et qu'il la regarde en soupirant.

— Mon Dieu! qu'avez-vous donc, mon père? s'écrie Rose alarmée. Jamais je ne vous ai vu un air aussi chagrin... Il vous est donc arrivé quelque malheur?

— Oui, à moi... et à toi encore plus, ma petite!...

— A moi... je ne comprends pas...

— J'vas tout te conter, mon enfant, car aussi ben... il faut toujours que tu le saches... pour... ensuite... Tiens... je m'embrouillerais!... Je vas tout de suite au fait.

A force de travail, d'économies, j'étais parvenu à amasser une somme assez gentille...
dix mille francs... oui, ma fille, dix mille
francs qui ne devaient rien à personne...
ah! dame, c'était le fruit de quinze années
de travaux... et cet argent-là, c'est pour toi
que je l'avais amassé...

— Pour moi, mon père?

— Oui, mon enfant, c'était ta dot...
c' n' était pas une fortune! mais avec un
mari rangé, travailleur, dix mille francs
c'était déjà de quoi former un établissement. Eh bien! ma pauvre fille, cette
somme... ah! je n'avais pas songé à la placer à intérêt... moi je n'entends rien aux
affaires; je la gardais dans un coin, c'était
ainsi qu'elle s'était arrondie... car ben loin
d'y toucher... je me disais : C'est la dot de
ma fille, il faut que ça augmente, mais jamais que ça diminue...

— Mon bon petit père!...

— Laisse-moi achever, mon enfant. Il y a un an, tu dois te souvenir que Thomassin éprouva un grand malheur... un incendie... plus fort encore que celui de cette nuit, brûla toute sa ferme... sans lui laisser un toit pour s'abriter, lui et ses enfants; il fallait de l'argent à ces braves gens pour faire reconstruire leur habitation, pour reprendre leurs travaux... et personne ne leur en prêtait... parce qu'on les trouvait trop malheureux!... Ma foi, il me vint alors à l'idée de les secourir... et je leur portai l'argent de ta dot pour faire rebâtir leur maison...

— Oh! vous avez bien fait! mon père...

— Tu m'approuves! tant mieux... oh! je pense ben que tu aurais fait comme moi!... Je savais que Thomassin était un honnête homme, et qu'il s'empresserait de me rembourser aussitôt que ses affaires iraient bien... Et tiens, justement, cette année avait été très-belle, la récolte des blés magnifique !... Thomassin m'avait dit il y a quelques jours : « Voisin, dans quelques semaines, je pourrai déjà te rendre mille écus... » Le pauvre cher homme !... il ne prévoyait pas les événements... Tu sais ce qui est arrivé cette nuit, ma fille ?... Thomassin est de nouveau tombé dans la détresse ! et tu sens ben qu'il ne faut plus penser à la somme qu'il me doit !... Irais-je demander quelque chose à ces gens que le malheur accable ?... bien loin de là, si j'avais encore de l'argent, il me semble que je serais disposé à les secourir de nouveau. Mais dans tout ça, tu n'as plus de dot, ma pauvre enfant, et voilà ce qui me fait tant de chagrin !...

— Comment, mon père, c'est pour cela que vous êtes si triste ? dit Rose en prenant les mains de Jérôme.

— Dame ! ma petite, il y a ben de quoi !

— S'affliger pour de l'argent ?... oh ! je

vous assure, mon père, que cela n'en vaut
.pas la peine... Cela m'est bien égal de n'a-
voir pas de dot!... si quelqu'un m'aimait
assez pour désirer m'épouser... est-ce que
vous pensez qu'il s'informerait si j'ai de
l'argent?... oh! je suis bien sûre que non...
il ne vous demanderait pas cela...

Jérôme ne remarque pas avec quelle per-
suasion sa fille vient de parler de ce *il* qu'elle
est censée ne pas connaître ; mais il sourit
en répondant à Rose :

— Ma petite, tu parles comme une jeunesse de dix-sept ans, qui ne connaît pas le
monde ! Moi, vois-tu, quoique je n'aie guère
quitté ma charrue et mon village, j'ai assez
vécu pour savoir que l'argent est ce que les
hommes prisent le plus, que l'argent est
une chose fort nécessaire, et qui ajoute
presque toujours au bonheur. C'est donc
ben fâcheux que ta dot soit flambée, car
j'avais mis quinze ans à amasser cette somme,

1.   21

et tu ne peux plus attendre encore quinze
ans pour te marier. Or donc, voilà ce que
je me sommes dit : Puisque je ne peux plus
rien faire pour établir ma fille, et qu'en la
gardant près de moi sans dot, elle ne pourra
trouver qu'un mauvais parti, épouser un rus-
taud indigne d'elle !... eh ben ! il faut avoir le
courage de me séparer de ma fille... il faut
l'envoyer à Paris près de ses oncles. Ceux-là
sont en position de lui faire du bien, de lui
trouver un mari à sa convenance, et sapredié ! quand ils verront leur nièce qui est si
gentille, si bien tournée, et qui s'exprime si
bien, ils seront fiers d'elle... ils me remercieront de la leur avoir envoyée, et ils s'oc-
cuperont avec joie de son bonheur.

Rose-Marie est restée toute saisie en écoutant son père; lorsqu'il a cessé de parler, elle
le regarde avec inquiétude en balbutiant :

— Comment! vous voulez m'éloigner de
vous?... vous voulez que je vous quitte?...

— C'est pour ton bonheur, mon enfant ; oh ! je n'ai pas besoin de te dire tout ce que ça me coûte... tu le sais aussi ben que moi. Mais il faut avoir du courage !... J'y avons réfléchi depuis mon retour de chez Thomassin... car je n'ai pas dormi non plus, va !... et j'ai bien senti qu'il n'y avait pas à barguigner !...

— Mais ! mon père... je m'ennuierai loin de vous.

— Pardi ! je m'ennuierai ben plus, moi !... il s'agit de se faire une raison ; d'ailleurs cette séparation n'est pas éternelle !... Nous ne serons pas à deux cents lieues l'un de l'autre... et pour te voir quelquefois, j'irai à Paris, alors...

— Mais si mes oncles ne me recevaient pas bien ?... s'ils ne désiraient pas me garder avec eux ?

— C'est pas possible !... mais après tout, la maison de ton père est toujours là, et tu sais ben qu'elle est à toi, celle-là!

— Et vous ne me conduirez pas vous-même chez vos frères ?

— Non ; d'abord, mon enfant, ma présence est ben nécessaire ici... je ne gagnons que de quoi vivre honnêtement... Mais c'est pas le cas de flâner à présent ; ensuite ce pauvre Thomassin aura peut-être aussi besoin qu'on lui donne un coup de main, qu'on travaille un peu pour lui... Parce qu'il est ruiné, est-ce qu'il faut l'abandonner ? Enfin, il me semble qu'en te voyant arriver seule chez eux, tes oncles ne pourront pas te renvoyer... Oh ! ils n'auraient pas ce cœur-là... et quand ils te connaîtront un peu, ils t'aimeront ben vite !... Qui est-ce qui pourrait ne pas t'aimer ? Ainsi c'est arrangé, c'est convenu, et comme il faut montrer du caractère ici, tu vas faire aujourd'hui tes apprêts... une malle... que tu rempliras de tes effets... et demain tu iras à Paris.

— Demain !...

— Oui... je te ferai la conduite jusqu'à Fontainebleau, là je te mettrai dans la voiture qui te mènera jusqu'à Corbeil, où tu prendras le chemin de fer, et en une heure tu seras à Paris. Justement nous avons les adresses exactes de mes deux frères, que le cousin Brouillard nous a données... tu emporteras le papier sur lequel tu as écrit cela... tu ne le perdras pas surtout... mais au reste, tu n'es pas gauche... tu sais bien parler, et tout le monde à Paris t'indiquera ton chemin.

Jérôme embrasse sa fille en lui disant de nouveau que sa résolution est irrévocable, puis il se rend à son travail le cœur satisfait ; car il est persuadé que le parti auquel il vient de s'arrêter doit assurer le bonheur de sa fille, et que les plaisirs de Paris auront bientôt rendu à Rose sa gaieté et ses belles couleurs d'autrefois.

21.

Quant à la jeune fille, elle ne sait peut-
être pas bien elle-même ce qui se passe au
fond de son cœur ; elle éprouve un vif chagrin de quitter son père, mais au milieu de
ses peines, il y a une idée qui se présente
de temps à autre à son esprit ; c'est que ce
jeune homme qui a fait son portrait habite
à Paris, et qu'en demeurant dans la même
ville que lui, elle pourra le rencontrer. Sans
doute, c'est assez mal de songer à ce jeune
peintre au moment de se séparer de son
père ; mais que voulez-vous ? l'humanité est
faite ainsi, et il est probable que, sans le
souvenir de Léopold, Rose-Marie ressenti-
rait bien plus de chagrin de partir pour
Paris.

Le lendemain la jeune fille avait terminé
ses apprêts ; elle avait mis sur sa tête un
petit chapeau de paille qui avançait sur son
front, et cachait en partie sa jolie figure ;
sa toilette était modeste, mais convenable

et décente. Jérôme avait passé sa blouse neuve, et coiffé son chapeau à larges bords. Il regardait sa fille avec orgueil, et s'écriait :

— Oh! mes frères me remercieront de la leur avoir envoyée.

Dans un coin de la salle basse, la vieille Manon pleurait et ne disait rien.

— Voyons, Manon, dit le laboureur en s'approchant de la vieille servante, je ne pleure pas, moi, et tu dois bien penser cependant qu'il m'en coûte beaucoup de me séparer de ma fille...

— Oh! vous êtes un homme, vous! dit Manon; d'ailleurs vous faites le courageux à présent! mais quand vous reviendrez, je suis ben sûre que vous pleurerez comme moi.

— C'est pas vrai ! je me dirai : C'est pour le bonheur de ma fille, et ça fortifiera mon cœur.

— Eh ben, moi, je suis une égoïste, car je ne voudrais jamais me séparer de ceux

avec qui je me trouve bien! Allons, adieu,
mam'zelle, revenez bien vite si vous ne vous
plaisez pas à Paris... et si tous vos parents
ressemblent au cousin Brouillard, qui est
venu le mois dernier, ce ne sera pas déjà
une société si agréable.

— Mais, sapredié! Manon, tais-toi donc!
Voyons, ma fille, as-tu ben pris tout ce qu'il
te fallait?

— Oui, mon père... Ah! mon Dieu... j'y
pense à présent... oh! mais ce n'est pas la
peine sans doute...

— Quoi donc, mon enfant?

— C'est que je songe... à ce petit pistolet... que j'ai trouvé... vous savez bien,
mon père?

— Oui... est-ce que tu ne l'as pas emporté?

— Non, il me semble que ça ne pourra
guère me servir à Paris.

— Au contraire, mon enfant, au contraire, d'après tout ce que tu m'as conté, c'est plutôt à Paris qu'ailleurs que tu pourras en découvrir le propriétaire !

— Vous croyez... mon Dieu, mais si je le découvrais en effet... que faudrait-il faire ?

— Agir avec prudence et consulter d'abord ou tes oncles ou quelqu'un qui pourrait te guider pour ce que tu aurais à faire... En attendant, va prendre cette arme, ma chère amie, et serre-la avec soin dans ta malle. Mais surtout rappelle-toi ben ce que je t'ai dit ! ne parle à personne de ton aventure de la forêt, afin que si par hasard tu te trouvais être en présence d'un des voleurs, il ne sût pas que tu as été témoin de son crime ! c'est ben important ça, mon enfant !

— Je serai discrète, mon père, je vous le promets.

La jeune fille va prendre le pistolet dans l'endroit où elle l'avait placé, et le met au fond de la malle que son père donne à porter à un petit paysan qui doit les accompagner jusqu'à Fontainebleau.

Puis Rose-Marie embrasse la vieille servante, elle jette encore un regard sur sa fenêtre, sur son jardin, sur ses fleurs, et elle passe son bras sous celui de son père, qui vient de dire d'une voix émue :

— Il est temps de partir, mon enfant.

Le père et la fille se mettent en route suivis du jeune garçon qui porte la malle. Chemin faisant, Jérôme serre souvent avec tendresse le bras qui est passé sous le sien, et Rose en fait autant sans avoir la force de parler ; mais ils se comprennent bien ainsi.

La route leur paraît courte, quoiqu'ils l'aient faite presque sans parler. Arrivés à Fontainebleau, ils se rendent sur-le-champ à l'endroit où se tient la voiture qui va à Corbeil. Jérôme s'aperçoit avec joie que le conducteur ne lui est pas inconnu. Tout en faisant placer la malle, il recommande sa fille, puis il revient près de Rose-Marie en lui disant :

— C'est Bertrand qui conduit la voiture qui te mène à Corbeil ; je le connais, c'est un brave homme, il veillera sur toi, et il se chargera de remettre ta malle au chemin de fer. Je suis plus tranquille, mon enfant ; car je sommes sûr à présent que tu arriveras à Paris sans anicroches, et une fois là, tu sauras ben trouver la demeure d'un de tes oncles... Va d'abord chez Nicolas... c'est l'aîné, c'est à lui que tu dois la première visite, et si tu t'y trouves bien, tu y resteras. Tiens, v'là de l'argent... vingt-cinq francs... mets ça dans ta pochette.

— Pourquoi faire, mon père ?

— Faut toujours avoir de l'argent, ma petite ; on ne sait pas ce qui peut arriver. D'ailleurs, il faut payer ta place au chemin de fer, et tu prendras une des meilleures, entends-tu... je ne veux pas que tu sois dans un waggon... je veux que tu sois dans une voiture rembourrée. Puis à Paris, si tu voulais aussi prendre une voiture...

— Oh! je puis bien marcher, mon père.

— Ah! morgué... et c'te lettre que j'ai écrite pour mes frères et que j'allais oublier de te donner!

Jérôme tire une lettre de sa poche et la remet à sa fille en lui disant :

— Tiens, mon enfant, tu leur remettras ça... Ah! dame!... j'écris pas comme toi ; mais mes frères connaissent mon écriture, et ils savent bien que je ne suis pas un savant. Le principal, c'est que je leur dis que je leur envoie ma fille, honnête, sage, travailleuse... un vrai trésor enfin, et que je leur recommande d'en avoir soin. Quant à toi, Rose, je n'ai pas de conseils à te donner, car je connais ton cœur... ton esprit... tes principes... je sais que tu ne broncheras jamais dans le chemin de la vertu, et c'est pour ça que je n'ai pas d'inquiétude en te laissant aller à Paris.

Pour toute réponse, Rose-Marie embrasse son père, en lui disant avec cet accent qui part du cœur :

— Je veux être toujours digne de vous !... et ne jamais avoir à rougir devant mon père.

— Allons, en voiture, mam'zelle, nous allons partir tout de suite.

A la voix du cocher, le bon laboureur éprouve comme un frémissement, car elle annonçait que le moment de la séparation était venu.

— Déjà? murmure la jeune fille en regardant son père.

Et deux grosses larmes s'échappent de ses yeux. Mais Jérôme ne veut pas s'attendrir; il conduit Rose-Marie à la voiture, la fait lui-même monter dedans, puis s'éloigne en lui criant :

— Tu m'écriras, mon enfant, tu m'écriras, et tu viendras me voir si tu t'ennuies trop!... sois raisonnable et tu seras heureuse!...

. Bientôt le fouet se fait entendre, les pieds des chevaux frappent le pavé, et la voiture roule vers Corbeil, emmenant celle qui faisait tout le bonheur, tout l'orgueil de Jérôme.

Alors seulement le père de Rose passe sa main sur ses yeux et pousse un profond soupir en se disant :

— Je vais être bien seul maintenant... mais c'est pour son bonheur... oui... car elle devenait triste... elle perdait sa santé et sa gaieté... c'est donc qu'elle s'ennuyait au village... et j'ai bien fait de l'envoyer à Paris... elle sera plus heureuse... je me dirai ça pour me consoler.

Et Jérôme reprend tristement le chemin de son village.

FIN DU PREMIER VOLUME.

LA
FAMILLE GOGO

PAR

Ch. Paul de Kock.

TOME II.

Bruxelles et Leipzig.

MELINE, CANS ET COMPAGNIE.

LIBRAIRIE, IMPRIMERIE ET FONDERIE.

1844

FAMILLE GOGO

Ch. Paul de Kock,

Tome II.

Bruxelles et Leipzig.
MÉLINE, CANS ET COMPAGNIE.

1844

LA

FAMILLE GOGO.

LA

FAMILLE GOGO

PAR

Ch. Paul de Kock.

TOME II.

Bruxelles et Leipzig.

MELINE, CANS ET COMPAGNIE.

LIBRAIRIE, IMPRIMERIE ET FONDERIE.

1844

LA

FAMILLE GOGO

Ch. Paul de Kock.

TOME II.

Bruxelles et Leipzig,

MÉLINE, CANS ET COMPAGNIE.

1844

I

Voyage en chemin de fer.

Transportons-nous sur la voie de fer qui va d'Orléans à Paris, dans une des voitures dites diligences, où les voyageurs sont assis sur des coussins suffisamment moelleux, et à l'abri des intempéries de la saison.

La voiture, dans laquelle il y a dix places, est alors occupée par neuf personnes.

A l'un des coins, on aperçoit d'abord une grande et forte femme de quarante-cinq ans, qui a l'avantage d'en paraître cinquante. Son teint un peu bistré et son nez gros et aplati, lui donnent assez l'apparence d'une Bédouine; cependant ses yeux sont noirs et assez vifs, sa bouche n'est pas trop dégarnie, et au total on ne remarquerait pas sa laideur, si elle n'était pas coiffée et mise avec beaucoup de prétention, et n'affectait pas, dans ses manières et son parler, de vouloir attirer sur elle les regards et les hommages.

Auprès de cette dame est un monsieur de cinquante ans, de petite taille, mais fort large des épaules ; tête carrée, front bas et rétréci ; des cheveux qui lui descendent presque jusqu'aux sourcils; des yeux saillants et sots, un nez fort court et fort pincé, des pommettes très-animées, une bouche bête, enfin une physionomie commune, et,

malgré cela, un air d'assurance et presque
d'impertinence, quand il croit qu'on le regarde : tel est ce personnage que la dame,
sa voisine, appelle indifféremment : M. Saint-
Godibert... ou, mon bon chéri... ou, petit-
homme... ou, mon époux... le tout suivant
la disposition d'humeur dans laquelle cette
dame se trouve ; mais en voiture, c'était
presque toujours de M. Saint-Godibert que
la grande femme se servait pour interpel-
ler son mari.

Après ce monsieur est un jeune homme
de vingt et quelques années, mis comme
tous les jeunes gens de Paris qui ont de
l'aisance et qui se mettent bien. Celui-ci
n'est pas joli garçon, quoique ses traits
n'offrent rien de disgracieux ; mais son nez
aquilin, sa bouche serrée, ses yeux bleu-
faïence et la couleur de ses cheveux châtain clair, qui sont irréprochables pris en
particulier, forment un ensemble insigni-

fiant qui manque de charme; enfin ce jeune
homme n'a pas l'air ouvert, et ses yeux un
peu patelins semblent avoir pris l'habitude
de ne regarder que de côté; peut-être doit-
on mettre la réserve de ses manières sur le
compte de la timidité qu'il semble toujours
éprouver en présence de M. Saint-Godibert,
son père, et surtout de sa mère, qui paraît
vouloir exiger de son fils beaucoup de sou-
mission et de respect.

La personne qui vient ensuite et qui occupe l'autre coin, parce qu'il reste une
place vacante de ce côté, est un homme âgé,
presque caché sous un paletot, une lévite,
un bonnet de soie noire, une énorme perruque et une casquette de voyage bordée de
fourrure; car, quoique l'on soit à la fin
d'août, ce monsieur est couvert comme s'il
gelait. En entrant dans la voiture, il tenait
sous son bras plusieurs de ces ronds en
cuir vert que l'on a l'habitude de mettre

sur son fauteuil ou sa chaise lorsque l'on est affecté d'une certaine maladie qui gêne beaucoup pour s'asseoir. Ce monsieur a commencé par mettre à sa place deux de ces ronds, qu'il a posés l'un sur l'autre; après s'être consulté pour savoir s'il mettrait encore le troisième rond qu'il tenait sous son bras, il s'est décidé à s'asseoir sur deux ronds seulement, ce qu'il a fait en poussant des gémissements accompagnés de jurons et de grimaces horribles; et pendant tout le voyage, il conserve l'air rechigné et presque colère qu'il a pris en s'asseyant.

Un tel compagnon de route n'est pas de ceux qu'on recherche; mais comme sous les fourrures et doubles gilets de ce vieux monsieur, on apercevait une épingle en diamant magnifique, comme à ses doigts brillaient deux solitaires de la plus grande beauté, les époux Saint-Godibert le regar-

daient avec un air de considération, et plus
d'une fois même le mari avait poussé l'attention jusqu'à dire à son fils :

— Julien, prenez garde de gêner monsieur... laissez-lui beaucoup de place... il
paraît incommodé... ne vous approchez pas
trop de lui !...

Le jeune homme ne tenait nullement à
s'approcher du monsieur posé sur des ronds
de cuir, et celui-ci ne répondait aux politesses de M. Saint-Godibert que par des es
pèces de grognements dans lesquels on dis-
tinguait ces mots :

— Ah! bigre... ah! oui... ah! de la
place !... j'en ai assez !... Ah ! sacredié !...
s'ils avaient ce que j'ai !... ils ne se remue-
raient pas tant.

Sur l'autre banquette, on voyait d'abord
devant madame Saint-Godibert, un monsieur bien frisé qui avait l'air enchanté de
lui, enchanté de se trouver en chemin de

fer, et enchanté de sa compagne de voyage ;
ce monsieur au teint frais, aux lèvres ver-
meilles, et qui ressemblait à ces figures de
cire que l'on voit si bien coiffées dans la
boutique d'un artiste en cheveux, n'était
pas deux minutes sans regarder les bouts
de sa cravate de satin, et sans caresser ses
favoris. Ce personnage embaumait les par-
fums, c'était un mélange de vanille, de jas-
min, de rose et de patchouli, dans lequel il
était difficile de se retrouver, mais qui vous
montait sur-le-champ au nez, et vous donnait mal à la tête.

Près de ce monsieur, était une femme
jeune et jolie, figure piquante, éveillée,
provoquante même, de beaux yeux bleu
foncé, qu'on ne baissait pas souvent, une
bouche fraiche et bien garnie, sourire malin, les cheveux bruns, enfin un ensemble
fort agréable auquel un embonpoint modéré, en faisant valoir des formes et une

taille ravissantes, donnait encore plus de charmes.

La mise de cette jeune femme était coquette, calculée pour faire valoir ses avantages, et annonçait enfin plutôt la femme de plaisir que la dame comme il faut. Le petit chapeau à la glaneuse qu'elle portait était fort avancé sur ses yeux, et ne faisait voir sa figure mutine que lorsqu'elle le voulait bien ; mais ceci était encore une manière de provoquer les regards et les désirs ; les hommes sont toujours bien plus amoureux de ce qu'ils ont de la difficulté à voir, que de ce qui s'offre sur-le-champ à leurs yeux.

Les chapeaux qui avancent, seront toujours appréciés par les femmes qui comprennent leurs intérêts ; voulez-vous en avoir la preuve ? Allez dans un endroit public avec plusieurs dames, qu'une seule ait un chapeau qui laisse à peine voir ses traits,

tandis que les autres seront coiffées de façon à ne rien cacher de leur jolie figure,
les hommes feront beaucoup moins attention à la beauté qui se montre, qu'à la
femme qui semble éviter les regards, et
c'est sur celle-ci qu'ils braqueront presque
continuellement leurs prunelles et leurs
lorgnons.

Le personnage aux odeurs ne devait pas
être le mari de cette jolie femme; cela se
voyait sur-le-champ à la manière dont il lui
parlait, et à la crainte qu'il témoignait de
la chiffonner ou de cogner son chapeau. De
son côté, la dame, tout en répondant à son
compagnon de route, paraissait beaucoup plus occupée de faire la coquette, et
surtout de répondre aux œillades très-
expressives que lui lançait son voisin de
droite.

Ce voisin était un jeune homme fort élégant, assez beau garçon, et ayant surtout

cet air parfaitement mauvais sujet qui suffit souvent pour séduire une femme. C'était
un brun à l'œil hardi, au sourire moqueur.
Son front large et un peu bombé était om-
bragé par une forêt de cheveux d'un noir
irréprochable ; ses moustaches et le collier
qui frisait en encadrant le bas de sa figure
étaient de même couleur. Le jeune homme
était grand , bien fait , bien tourné, et paraissait connaître parfaitement tous ses
avantages.

Après ce beau brun , était encore un
jeune homme qui semblait être plus âgé
que son voisin, et qui du reste formait un
contraste frappant avec lui, non pas par la
mise, car chacun de ces messieurs était fort
bien et fort élégamment habillé , mais par
la taille et la figure.

Ce dernier était de taille moyenne et assez bien prise, mais son visage, horriblement mutilé par la petite vérole, était d'une

excessive laideur. Ses yeux, cachés par des bouffissures de chair, ressemblaient à deux petits trous éclairés au fond par une mauvaise veilleuse; sa bouche avancée ne s'ouvrait que pour laisser voir une absence presque totale de dents, et son nez, victime aussi de la petite vérole, avait une narine infiniment plus ouverte que l'autre.

Tout cela formait un ensemble peu flatteur pour ses vis-à-vis, et l'expression de la physionomie de ce jeune homme, qui semblait annoncer l'envie, la méchanceté, le dépit d'être laid, n'était pas de nature à diminuer ce que ses traits avaient de désagréable.

Enfin la cinquième place, qui se trouvait être à l'autre coin, était remplie ou plutôt occupée par un homme fort maigre, qui pouvait avoir une quarantaine d'années et était parfaitement sale, depuis les pieds jusqu'à la tête. Ce monsieur avait une vieille

redingote noire râpée, tachée, reprisée en
plusieurs endroits , et qui lui descendait à
peine jusqu'au milieu de la cuisse ; venait
ensuite un pantalon en drap olive, ou jau-
nâtre, il était difficile d'être certain de la
couleur. Le susdit pantalon, également ta-
ché à plusieurs endroits , avait de plus à
chaque genou une grande pièce carrée, qui
étant beaucoup plus neuve que le reste de
l'étoffe , jouissait encore d'un certain brillant qui tranchait parfaitement avec tout le
corps du vêtement. Ce pantalon , quoique
ne descendant qu'à la cheville, était revêtu
d'un sous-pied à la jambe gauche , l'autre
en était privée , probablement par suite de
quelque accident imprévu ; de grosses bottes
éculées , qui paraissaient avoir fait beaucoup de chemin sans que jamais on les eût
décrottées, terminaient par le bas le costume
de ce personnage.

Le haut répondait au reste. Un petit bout

d'étoffe noire, éraillée et effiloquée, indiquait un gilet; un mouchoir de couleur, roulé en corde, servait de cravate; il était tellement serré autour du cou, qu'on aurait pu croire que ce voyageur avait voulu essayer de s'étrangler pendant la route. Mais le plus curieux du costume était un petit collet, en vieux drap noir, qui était adapté sur la redingote, servant de crispin, de manteau ou de balandras, à la volonté du propriétaire, mais, par le fait, ne servant pas même à le garantir du froid ou de la pluie, parce qu'il descendait à peine jusqu'au milieu de l'avant-bras.

Un chapeau rond, qui n'était ni en castor, ni en soie, complétait la toilette de ce monsieur. Ce chapeau, unique dans son genre, et qui certes valait la peine d'être vu, paraissait avoir été fait avec un morceau de mérinos. La forme en était fort basse, les bords très-exigus, et tout autour de la forme, l'étoffe formait des plis peu amples mais fort inégaux.

Sous ce singulier chapeau, représentez-vous une tête de Cosaque, une absence presque totale de nez, ce qui en tenait lieu étant tellement rentré par le milieu, qu'on n'apercevait que deux ouvertures menaçant le ciel. Voilà le personnage qui se trouve, en face du monsieur qui trône sur les ronds de cuir, avoir une des places du coin, et semble peu habitué à se trouver assis mollement en si belle compagnie; il passe son temps à tâter avec ses mains, entièrement dépourvues de gants, l'étoffe du coussin sur lequel il est assis, et murmure ensuite entre ses dents :

— C'est beau... c'est bon... ça doit coûter cher... belles voitures... on est fièrement bien ici... mais si je n'avais pas été pressé d'arriver, ah ! merci... le plus souvent que je me serais mis là dedans! ils vous disent

que les waggons sont complets... qu'il n'y
en a plus... c'est pour vous forcer à payer
plus cher... heureusement, c'est Bichat qui
payera le voyage!

Ces monologues avaient commencé dès
le moment où le monsieur en chapeau de
mérinos était entré dans la voiture, et il y
était entré le premier, ce qui lui avait permis de prendre un des coins.

A chaque personne qui était venue après
lui dans la voiture, le monsieur sale ôtait
son chapeau et murmurait :

— Salut, monsieur, madame et la compagnie.

Cette politesse était peu appréciée par les
voyageurs, la plupart n'y répondaient pas ;
souvent, après avoir regardé celui qui leur
faisait ce salut, plus d'un détournait la tête
d'un air dédaigneux, comme ne se souciant
pas de lui adresser la parole.

La famille Saint-Godibert s'était d'abord

placée en face de l'homme au chapeau de mérinos, mais celui-ci s'obstinant à les saluer et à leur sourire, la dame·avait brusquement changé de coin, son mari et son fils s'étaient rangés près d'elle, et tous les trois avaient tourné la tête vers la portière opposée, espérant que cela mettrait fin aux agaceries que le voyageur se permettait pour entrer en conversation avec eux ; tentative qu'ils trouvaient fort inconvenante de la part d'un homme aussi mal couvert.

Le particulier bien frisé et la dame qui l'accompagnait avaient reçu les mêmes salutations. La brune piquante avait d'abord pris la place du coin, mais lorsque le beau brun était entré dans la berline, cette dame avait donné sa place à son monsieur, sous prétexte que la vue de la campagne lui faisait mal aux yeux quand on allait si vite.

Quant au vieux monsieur assis sur des ronds de cuir, il n'avait répondu aux poli-

tesses de son vis-à-vis que par des grognements sourds accompagnés de jurons assez
distincts, et il avait regardé l'homme au
chapeau de mérinos d'un air de si mauvaise
humeur, que celui-ci n'avait plus osé ni lui
sourire, ni le saluer.

Le grand jeune homme brun a poussé
une exclamation de surprise en apercevant
dans la voiture la famille Saint-Godibert, et
il s'est écrié :

— Comment, ma tante!.. mon oncle!..
et Julien en chemin de fer... Ah! cette rencontre... Par quel hasard!.. Ma tante qui
avait peur de voyager de cette manière...

— C'est-à-dire, répond la grande dame,
que c'est votre oncle qui redoutait les chemins de fer, et non pas moi!.. Je lui avais
cent fois témoigné le désir d'aller ainsi à
Rouen... Oui, Frédéric... oh! vous avez
beau rire... Ah! c'est monsieur Richard
qui est avec vous, je crois...

2.

Ces paroles s'adressaient au voisin de
M. Frédéric, le jeune homme qui avait une
narine plus ouverte que l'autre. Il s'empresse de faire un profond salut à madame
Saint-Godibert et à son mari, puis il tend
la main à leur fils, en lui disant :

— Bonjour, Julien... ça va bien?

— Très-bien, je vous remercie, répond
le jeune Saint-Godibert qui vient déjà d'é-
changer une poignée de main avec son cousin Frédéric.

Cependant, M. Saint-Godibert qui était
en train de se moucher et n'avait pas encore répondu à sa femme, dit alors d'un
air important :

— Je n'ai jamais eu la moindre frayeur
des chemins de fer, ma bien bonne!...
Mais je ne voulais pas vous contrarier... et
que par complaisance pour moi vous fissiez
ce qui ne vous aurait pas plu...

— Il me semble, monsieur, que ce n'est

pas mon habitude... Pourquoi avez-vous absolument voulu aller à Orléans, quand je désirais voir Rouen?

— A cause des tonnelles, ma bien bonne...

— Des *tunnels,* mon oncle! s'écrie le grand jeune homme en riant et en lançant un regard à la jolie brune sa voisine, laquelle y répond sur-le-champ par un sourire fort encourageant.

— *Tunnels!..* oui, je savais bien que je me trompais... enfin, ce sont toujours des souterrains... Tu ne les aimes pas, Angélique ; tu détestes l'obscurité, puisqu'il te faut même de la lumière pour dormir...

— C'est vrai, j'avoue que voyager sous terre... cela me semble bien hardi... Mais puisque j'y étais décidée...

— A quoi bon te faire du mal !... Je t'ai menée d'abord à Orléans parce qu'il n'y a

point de longs souterrains à passer ; nous
irons à Rouen plus tard.

— Décidément ils ont peur tous les
deux... dit le jeune homme grêlé en se
penchant à l'oreille de son voisin, et celui-
ci, qu'on appelle Frédéric, reprend en
poussant doucement le genou de la séduisante brune :

— Moi, j'adore les *tunnels*, je ne trouve
rien d'amusant comme de voyager dans
l'obscurité avec des personnes que l'on ne
connaît pas !..

— On a des lampes... On m'a dit qu'il y
avait des veilleuses allumées dans les voitures... sans çà... dame ! Ah ! ah ! on en
ferait de ces bêtises !

Ces paroles viennent d'être prononcées
par la tête de Cosaque coiffée du chapeau
à plis. Personne ne répond à ce monsieur.
Les Saint-Godibert prennent leurs grands
airs, la jolie brune arrange ses cheveux,

son monsieur caresse ses favoris, et le vieux qui a des diamants geint et jure entre ses dents :

— Ah! sapré nom!... Ah!.. voyagez donc avec ça... Qu'est-ce que ça me fiche qu'on voie clair ou non!.. Ouf!..

— Comme cela , reprend le grand jeune homme brun, c'est une partie de plaisir que vous avez faite à l'impromptu... n'est-ce pas, cher oncle... et seulement à vous trois?

— Nous avions proposé à mon frère l'homme de lettres d'en être ainsi que sa femme, mais ils nous ont refusé sous prétexte qu'ils ont déjà été à Fontainebleau cet été.

— Ah! en effet... je me rappelle que... il y a six semaines environ, mon oncle Mondigo me proposa de l'accompagner dans une partie de campagne... J'avais même bien promis à ma jolie tante que je les re-

joindrais avec Dernesty... mais je n'ai pas
pu... Et puis je me souviens aussi que les
Marmodin et M. Roquet devaient se trouver
de la partie, et franchement cela ne m'avait
pas trop engagé à en être... Oh! s'il n'y avait
eu que madame Marmodin, à la bonne heure;
elle est aimable, elle cause bien... elle est
fort gaie même; mais son mari! ah! grand
Dieu! cet homme est vraiment assommant
avec sa manie de vous parler sans cesse des
Romains... de la chaussure, du manteau, de
la tunique qu'ils portaient... Je vous demande un peu ce que cela me fait, à moi...
que le patricien ait eu d'autre chaussure que
le plébéien!... Je ne suis pas du tout amateur des anciens... J'aime mille fois mieux
contempler un petit bonnet... une charmante capote sur la tête d'une jolie femme,
que de connaître toutes les modes anciennes...

— Et d'ailleurs, reprend M. Richard en

poussant du coude Frédéric et lui montrant la tête de Cosaque placée à sa droite; nous avons aussi maintenant des coiffures fort curieuses!...

Le grand jeune homme, tout occupé jusqu'alors de sa voisine, n'avait pas fait attention au monsieur qui n'avait qu'un sous-pied, mais en apercevant ce chapeau en mérinos et à plis, en examinant le personnage qui est dessous, Frédéric part d'un éclat de rire prolongé, et sa gaieté se communique à M. Richard et à sa voisine; le monsieur qui est avec la jolie brune croit devoir rire aussi, quoiqu'il ne sache pas pourquoi.

— Ah! vraiment c'est délicieux!... c'est impayable! s'écrie Frédéric en riant aux larmes... Voilà qui vaut tout le voyage d'Orléans... on ne voit pas toutes ces choses-là à l'exposition des produits de l'industrie!...

— Cela mériterait cependant un brevet d'invention! dit le jeune homme grêlé.

— D'autant plus que cela doit être à l'épreuve du renfoncement... Ah! ah! j'ai bien envie d'en faire l'essai!...

Un regard sévère de sa tante empêche M. Frédéric de risquer cette folie, qu'il serait, sans cela, très-capable de faire. La jolie voisine partage sa gaieté, et lui lance des regards de côté, tout en se couvrant la figure de son mouchoir pour rire plus à son aise. Les époux Saint-Godibert croient qu'il n'est pas de leur dignité de rire; mais leur fils fait comme son cousin, et le monsieur aux odeurs se penche vers sa dame, et lui dit, tout en ricanant :

— Ma chère Irma... qu'est-ce qu'il y a donc de drôle?... Je n'ai pas bien entendu.

La jeune femme fait un petit mouvement d'épaules en répondant :

— Ah! ma foi! si vous ne devinez pas ce

qui saute aux yeux de tout le monde, que voulez-vous que je vous dise, moi!...

— Ah! bon!... ah! si... Ah! j'y suis! s'écrie ce monsieur qui veut avoir l'air d'être aussi malin que les autres, mais qui ne comprend pas davantage.

Le vieux monsieur aux diamants est le seul qui jure, geint et fait des grimaces pendant cet accès de gaieté. Quant à celui qui l'a fait naître, il est bien loin de croire que c'est de lui que l'on rit, et il regarde par les deux portières en disant :

— Qu'est-ce qu'on a vu... Je n'ai rien vu, moi... ça passe si vite... Bichat m'avait écrit : « Tu me raconteras ce que tu auras remarqué en chemin... » Mais prout!... remarquez donc quelque chose quand on file comme un oiseau.

Frédéric, qui a examiné du haut en bas l'homme au chapeau de mérinos, dit à demi-voix :

2.

— Mais c'est que tout répond à la coiffure!... Le petit collet, le pantalon, toute la tenue enfin!... Oh! il faut absolument que je sache ce que c'est que ce monsieur.

Et au bout d'un moment, M. Frédéric se penche vers le voisin de son ami Richard, et lui dit :

— Monsieur, vous ne vous êtes peut-être pas aperçu qu'il vous est arrivé un accident en route et que vous avez perdu quelque chose?

— Moi? répond le particulier, j'ai perdu quelque chose... En tout cas ce n'est ni ma montre ni mon mouchoir, car je n'en ai pas !... je n'en ai jamais.

Tout le monde se regarde et M. Richard s'éloigne de son voisin, en murmurant :

— Il n'a pas de mouchoir... comment fait-il donc quand il éternue?... ça devient effrayant.

— Monsieur, reprend Frédéric avec un

grand sang-froid, je ne voulais pas parler de ces deux objets ; j'ignorais d'ailleurs que vous professiez le plus profond mépris pour les montres et les mouchoirs.

— Je ne les méprise pas ! un instant ! répond le voyageur en souriant ; mais les montres ! c'est trop cher pour ma bourse ! Quant aux mouchoirs... je m'en sers si peu... et puis on a la fourchette du père Adam.... eh ! eh !

M. Richard se serre encore plus contre Frédéric. Madame Saint-Godibert dit entre ses dents :

— Comment un homme comme cela n'est-il pas dans les waggons !

Le monsieur parfumé affecte de tirer son mouchoir qui est au patchouli, et se mouche à plusieurs reprises, afin sans doute qu'on ne croie pas qu'il professe les mêmes principes que l'individu qui est si mal mis.

M. Saint-Godibert dit en secouant la tête d'un air capable :

— Ah! je suis bien fàché que mon frère
l'homme de lettres ne soit pas avec nous!...
lui, qui est très-observateur... et qui aime
les choses... que... C'est qu'il a diablement
d'esprit, Mondigo!...

— Sans que cela paraisse, murmure
M. Richard.

Frédéric s'adresse de nouveau à l'homme
du coin :

— Monsieur, la perte que vous avez faite
n'est pas bien considérable... cependant
elle doit vous gêner... il vous manque un
sous-pied... votre pantalon en est privé à
votre jambe droite.

L'homme au visage cosaque se tape sur la
cuisse droite et répond en riant :

— Ah! ben... mon dessous-de-pied!...
Ah! il y a plus de six mois que je n'en ai
plus de ce côté-là!... je voulais toujours
en remettre un... mais ils veulent encore
vous vendre deux ronds un petit morceau

de cuir... j'ai dit : Bah ! c'est pas la peine, je finirai le pantalon comme ça.

— Il me semble, murmure M. Richard avec un grand sérieux, que le pantalon méritait bien encore qu'on fît pour lui cette dépense-là.

— Vous trouvez ?... Hum ! il se fait mûr pourtant... mais il faut qu'il aille, j'en ai pas d'autre !

— Nous voilà déjà fixés sur une partie de la garde-robe de ce monsieur, dit Frédéric à demi-voix.

— J'ai peur qu'il ne professe pour les chemises le même mépris que pour les mouchoirs ! répond Richard à son ami.

— Aïe ! aïe !... ah ! bigre !... ah !... cré coquin !

— Qu'est-ce qu'il y a ? dit madame Saint-Godibert... est-ce qu'il est arrivé un accident à la machine ?...

— Non, non, ma tante, rassurez-vous ;

3.

vous voyez bien que nous fonctionnons
toujours; c'est monsieur... ce vieux monsieur qui est dans le coin là-bas, et qui paraît souffrir.

— C'est vrai, dit M. Saint-Godibert en
jetant un regard respectueux sur le monsieur aux diamants. Ce monsieur semble
incommodé... et quand on voyage... c'est
gênant d'être malade...

— Mais nous sommes dans une voiture
qui ne secoue pas... murmure le monsieur
parfumé; on pourrait jouer aux dominos ici.

Et, comme s'il était enchanté de ce qu'il
vient de dire, ce monsieur regarde tout le
monde en souriant, et ne remarque pas
que la main droite de sa compagne de
voyage et la main gauche du grand jeune
homme brun ont disparu toutes les deux,
probablement pour se rencontrer à l'abri
des regards indiscrets.

— Heureusement, reprend M. Saint-Go-

dibert, nous ne sommes que quatre de ce
côté... ce qui nous permet d'être plus à
l'aise... J'en suis enchanté pour ce vieux
monsieur indisposé... qui a l'air très comme
il faut.

— A quoi voyez-vous cela, mon oncle?
répond Frédéric à demi-voix ; est-ce aux
ronds de cuir que ce monsieur a placés
sous son derrière?

M. Saint-Godibert fronce le sourcil en
grommelant :

— Vous êtes toujours le même, mon neveu !.... toujours moqueur... étourdi!... et
parlant à tort à travers !

— Oui, dit à son tour la grande dame
d'un air courroucé, et oubliant le respect
que vous devez à des parents qui vous ont
élevé à leurs frais!... et aussi bien que leur
fils ! C'est presque toujours ainsi que l'on est
récompensé du bien que l'on fait!...

— Ah ! ma chère tante, comment ! vous

allez vous fâcher pour une plaisanterie...
Allons, Julien, intercède donc pour moi...
dis à ta mère que je ne suis pas un ingrat...
et la preuve, c'est que je vante partout la
générosité, la bienfaisance, la grandeur
d'âme de mes chers parents.

— Ma mère ne t'en veut pas, répond le
jeune Julien en se hâtant d'interrompre son
cousin qui, tout en faisant l'énumération
des qualités nombreuses de son oncle et
de sa tante, avait encore l'air de se moquer
d'eux.

La route se fait pendant quelque temps
en silence; mais, sans se parler, M. Frédéric et sa voisine semblaient s'entendre fort
bien.

Bientôt, cependant, le grand jeune
homme, qui n'est pas ami du silence, s'a-
dresse de nouveau à la figure de Cosaque :

— Monsieur, vous allez me trouver bien
curieux, et ma question vous semblera

peut-être indiscrète, mais je ne puis m'empêcher de vous la faire. Vous avez un chapeau qui cause mon admiration, je n'ai
encore vu son pareil nulle part; voudriez
vous bien me dire où l'on peut se procurer
de ces chapeaux-là?

— Mon chapeau?... Ah! ma foi, c'est moi
qui l'ai fait avec un morceau de mérinos
qui me restait d'une robe de ma défunte,
dont j'avais déjà tiré deux gilets.

— Vous avez tiré deux gilets de votre
défunte?

— Oui, monsieur, de sa robe. J'ai arrangé ça moi-même sur la forme de mon
vieux feutre... Dame! c'est à la bonne flanquette!...

— Ah! vous appelez cela un chapeau à
la bonne flanquette?... C'est fort gracieux...
je donnerais quelque chose pour avoir une
flanquette comme cela... c'est infiniment
préférable aux gibus!... A coup sûr vous

êtes chapelier, monsieur, sans quoi vous n'auriez pas aussi bien réussi dans cette coiffure.

— Moi, pas du tout! je suis boutonnier.

— Boutonnier... quel est cet état?

— Je fais des boutons d'os.

— Ah! vous faites des boutons... très-bien... Mais il paraît que vous ne travaillez pas pour vous, car il en manque plusieurs à votre redingote.

—Ah! vous connaissez le proverbe : Les cordonniers sont les plus mal chaussés. Au reste, c'est un fichu état que le mien... encore si je faisais les queues, je gagnerais bien plus.

— Ah! vous faites des boutons sans queue?...

— J'ai déjà essayé plusieurs états... j'ai été culottier pendant longtemps... j'ai été gabelou... rat de cave... un tas de choses!... Je n'ai pas de chance.

— C'est que vous n'avez pas su trouver votre véritable vocation. Je vous assure, monsieur, que vous devriez vous faire cha-pelier.

— Vous croyez? Ma foi, je vais à Paris, je ne sais pas pour quoi faire, mais Bichat m'a écrit : Viens tout de suite, j'ai quelque chose de bon à te proposer... prends le che-min de fer, je payerai ton voyage... Alors, vous entendez bien que je suis parti aussi-tôt.

— Bichat est un de vos parents ?

— C'est mon ami, mon compère... Quand ma défunte est morte, j'ai tiré de son ar-moire six paires de bas dont j'ai fait cadeau à Bichat.

— Vous avez tiré une foule de choses de madame votre épouse... Ses bas auraient sans doute été trop petits pour vous, et votre ami Bichat a un petit pied.

— Ah! ouiche! un bœuf! mais ma dé-

funte était deux fois grosse comme madame
que v'là... Jugez du volume.

Et le particulier sale désignait madame
Saint-Godibert, qui détourne la tête d'un air
courroucé, en murmurant :

— Je ne comprends pas quel plaisir mon
neveu peut trouver à causer avec cet individu !

Mais, pendant la conversation précédente,
la jolie brune et les jeunes voisins de Frédéric laissaient de temps à autre échapper
des éclats de rire qui prouvaient qu'ils ne
partageaient pas l'avis de madame Saint-
Godibert. Et le grand jeune homme brun,
qui semble s'inquiéter assez peu de contrarier son oncle et sa tante, continue sa conversation avec le boutonnier.

— Il paraîtrait, monsieur, d'après ce que
vous venez de dire, que madame votre épouse
était fort belle ?

— Oh! un muid!... une tour... J'ai tiré

ce petit collet d'un de ses spencers... quant aux bas, j'en ai fait cadeau à Bichat, parce que je n'en porte jamais.

M. Richard fait encore un mouvement pour s'éloigner du boutonnier, la jolie brune éclate de rire dans son mouchoir, et Frédéric reprend :

— Ah! vous ne portez point de bas... vous préférez les chaussettes?

— Non, monsieur... rien du tout!... A quoi que ça sert d'avoir de tout ça dans ses chaussures?...

— Je vois que vous êtes comme les Écossais qui vont les jambes nues...

— Et puis tout ça coûte de l'argent. Ah! si on ne m'avait pas dit qu'il n'y avait plus de places dans les waggons, vous pensez bien que je ne me serais pas mis ici... mais c'est peut-être une frime des employés pour qu'on prenne des places qui coûtent plus cher.

— L'administration est bien coupable! dit

M. Saint-Godibert en fronçant son petit nez.
Elle expose les gens riches... à se trouver...
à... Enfin je me plaindrai aussi... moi !...

— Eh ! mon Dieu, mon cher oncle, que
voulez-vous y faire ?... Vous n'allez pas dans
les omnibus... alors !...

En ce moment la conversation est interrompue par une secousse assez forte, que
l'on ressent dans la voiture, et qui est bientôt suivie d'un temps d'arrêt.

La terreur se peint sur beaucoup de visages. Madame Saint-Godibert et son époux
poussent des cris affreux !... la jolie femme
devient pâle et tremblante, et son monsieur
s'écrie :

— Il est arrivé quelque chose au convoi !... nous allons tous périr !...

Le vieux monsieur geint et s'agite sur ses
ronds comme s'il voulait essayer de se lever... Frédéric tâche de rassurer sa voisine, et s'oublie alors jusqu'à passer son

bras derrière elle, de manière à lui prendre la taille ; mais le compagnon de cette dame est alors trop effrayé pour faire attention à cela. Pendant ce temps, le boutonnier a passé sa tête en dehors de la portière, et bientôt il la rentre dans la voiture en disant :

— C'est rien du tout!... un petit éboulement de terrain qui venait de se faire, et qu'on n'avait pas eu le temps de signaler;... mais voilà que la route est nettoyée, et nous allons rouler comme de plus belle.

En effet, au bout de quelques minutes, le convoi se remet en marche ; alors la sérénité reparaît sur les visages.

— C'est égal! dit M. Saint-Godibert, si cela était arrivé sous une tonnelle... turnell... dans un souterrain enfin, c'eût été bien effrayant et peut-être fort dangereux.

— Décidément je n'irai pas à Rouen, s'écrie madame Saint-Godibert.

— Mais, ma tante, il n'y a pas de danger, et vous comprendrez facilement qu'il n'y a point d'éboulement de terrain à craindre dans un tunnel, puisque alors l'endroit où l'on est se trouve maçonné de tous côtés.

— C'est égal, mon neveu, je n'irai à Rouen que quand les souterrains seront à ciel ouvert.

Quelques moments après cette conversation, une odeur infiniment désagréable se fait sentir dans la voiture, et prend au nez de chaque voyageur; mais c'est surtout du côté du vieux monsieur aux ronds de cuir qu'elle semble avoir le plus d'intensité.

— Ah! mon Dieu, qu'est-ce que cela? s'écrie la grande dame; Frédéric, ouvrez les portières... Ah! quelle horreur!... mon Dieu! que se passe-t-il donc dans cette voiture?

— C'est probablement une suite des effets de la peur, dit Frédéric en riant.

— Le fait est que ça sent fièrement mauvais ! dit le boutonnier.

— Je donnerais cent sous d'une prise de tabac, reprend M. Saint-Godibert.

Le vieux monsieur est le seul qui ne dit rien, et semble fort indifférent à l'odeur ; il a même l'air plus satisfait, et gémit beaucoup moins qu'auparavant.

Le monsieur frisé a tiré une tabatière de sa poche, il s'empresse de l'ouvrir et de la présenter à la compagnie en disant :

— Voilà du tabac ! en voilà... Je prise fort peu... mais en voyage c'est quelquefois d'un grand secours... comme maintenant, par exemple.

M. Saint-Godibert, son épouse et les trois jeunes gens se sont empressés de puiser dans la tabatière qu'on leur présente. Le boutonnier va en faire autant, déjà il penche son corps et avance sa main pour saisir une prise, lorsque le jeune homme grêlé l'arrête et repousse brusquement sa main en lui disant :

— Oh! non, monsieur... non pas, s'il vous plaît!... Vous ne pouvez pas priser, vous... cela vous est défendu.

— Eh pourquoi donc ça? s'écrie l'homme au chapeau à plis en regardant son voisin d'un air surpris. Puisque monsieur offre des prises à tout le monde, pourquoi n'en aurais-je pas comme les autres?

—Comment! pourquoi?... parce que vous n'avez pas de mouchoir, monsieur. Vous nous avez dit vous-même que vous ne vous en serviez jamais, et quand on n'a pas de mouchoir on ne prise pas, parce que cela expose à éternuer et à une foule de choses qui seraient fort désagréables pour vos voisins.

— Qu'est-ce que vous me chantez?... j'éternuerai si je veux... ça ne vous regarde pas...

— Mais au contraire, cela me regarde beaucoup, vu ma position.

— Je vous dis que je prendrai une prise, et que ce n'est pas vous qui m'en empêcherez...

— Moi, je vous dis que vous n'en prendrez pas!...

La querelle semble s'animer. Le monsieur frisé tient toujours sa tabatière ouverte, et a l'air de ne pas savoir ce qu'il doit faire; mais sa jolie partenaire trouve sur-le-champ moyen de terminer la dispute : d'un revers de sa main, elle fait tomber la boîte et tout ce qui est dedans.

— Voilà la question jugée! s'écrie Frédéric.

— Ah! Irma! dit le monsieur parfumé en se baissant pour chercher sa tabatière, vous me faites perdre là du tabac délicieux... du pur Robillard!

— Je l'ai bien fait exprès, dit à demi-voix la jolie brune en se tournant vers Frédéric, qui profite de la position du monsieur pour répondre :

— On n'a pas plus d'esprit, et on ne saurait être plus séduisante... Est-ce que vous ne me permettrez pas de vous revoir ? Vous êtes de ces personnes dont la rencontre est un bonheur... mais si on ne vous revoyait pas, ce serait à donner des regrets éternels...

— Vraiment !...

— C'est singulier, je ne la trouve pas !... murmure le monsieur frisé qui s'est mis presque à quatre pattes dans la voiture. Pardon, messieurs, voudriez-vous un peu déranger vos pieds ?...

— Il ne la retrouvera que quand je le voudrai !... dit mademoiselle Irma en souriant à Frédéric. J'ai eu soin de mettre mon pied dessus.

— Oh! répondez-moi, de grâce... où

vous reverrai-je à Paris... peut-on aller chez vous ?

— C'est impossible... je demeure avec lui !...

— Irma, ma chère amie, dérange donc un peu ton pied, que je cherche sous ta robe.

— C'est inutile, monsieur, la boîte n'a pas roulé par là.

— Alors donnez-moi un rendez-vous... Ah ! je vous en supplie, ne me refusez pas...

— Eh bien !... demain... à midi... dans la cité Bergère...

— Demain, à midi !... oh ! vous êtes charmante !

— Ah ! voilà... la voilà qui roule !... je la tiens !

Et le monsieur montre sa tête et se remet à sa place en s'écriant :

— J'ai mon affaire !... la voilà... Ah ! par

exemple, il n'y a plus une seule pincée de tabac dedans.

— Alors, mon ami, tenez-vous un peu tranquille maintenant.

— Oui, ma chère Irma.

Et pendant que tout ceci s'est passé, le boutonnier s'est renfoncé dans son coin, d'un air très-vexé, en murmurant :

— Ah! c'est bien dommage que la tabatière soit tombée! sans ça on aurait vu!... M'empêcher de prendre une prise... en v'là une sévère!... Qu'est-ce que ça lui fait que je n'aie pas de mouchoir?.,. est-ce que nous n'avons plus la liberté?... est-ce que la charte ordonne à chaque Français d'avoir un mouchoir dans sa poche? Ça fait de l'embarras! il n'a peut-être pas payé ceux qu'il a, lui! ce monsieur.

Le convoi s'arrête; on est à la station de Corbeil. Bientôt la portière de la voiture s'ouvre, et une jeune fille paraît sur le marchepied ; elle regarde timidement à droite et à gauche en disant :

— Mais je ne vois pas de place ici...

Un des employés paraît et fait entrer la nouvelle venue dans l'intérieur de la voiture en disant :

— Pardonnez-moi , mademoiselle... Tenez , de ce côté, on n'est que quatre ; il y a une place... on tient cinq... vous le voyez bien...

Le jeune Julien s'est rapproché de son père ; mais le vieux monsieur reste immobile sur ses ronds de cuir, et a l'air de défier qu'on le fasse bouger. Il faut donc que Rose-Marie se contente de la petite place que lui fait le jeune homme ; car c'est la fille de Jérôme, qui vient de quitter la voiture de Fontainebleau, et s'est hâtée de se rendre au chemin de fer, afin d'avoir une place au passage du premier convoi se rendant à Paris.

L'arrivée d'un nouveau personnage cause toujours dans une voiture publique un mouvement de curiosité. Quand la personne qui va faire route avec nous se trouve être une femme jeune et jolie, alors la curiosité se prolonge; elle prend chez les uns l'aspect de l'intérêt, chez les autres celui de la bienveillance ou de la jalousie. La présence de Rose-Marie devait nécessairement faire sensation dans un petit espace où les hommes étaient en majorité. La jeune fille est trop bien pour que l'on ne fasse pas attention à sa beauté; puis son air décent, honnête et modeste achève de prévenir en sa faveur; car ces airs-là plaisent toujours, et ceux même qui ne peuvent plus les avoir ne peuvent s'empêcher de leur rendre justice.

Le jeune Saint-Godibert, tout en ne regardant que de côté, a vu tout de suite quelle charmante voisine le hasard venait de lui envoyer, et tout en serrant son père pour qu'elle ait plus de place, il n'est cependant pas fâché de se sentir frôlé et pressé par elle.

M. Richard lance sur la jeune fille des regards dévorants ; il voudrait sans doute la fasciner, il ne parvient qu'à lui faire baisser les yeux.

Frédéric, quoique très-occupé de sa voisine, ne peut cacher son admiration pour Rose-Marie, et il regarde beaucoup moins souvent à sa gauche ; le monsieur parfumé murmure entre ses dents :

— Voilà une bien jolie personne.

M. Saint-Godibert répond par un signe affirmatif : il n'est pas jusqu'au monsieur dépourvu de bas et de mouchoir, qui, en regardant la jeune fille, ne roule ses yeux comme s'il voulait tâcher de leur donner du brillant, et ne s'avise de rajuster son petit collet sur ses épaules.

2.

Quant aux femmes, il est fort rare qu'elles soient satisfaites en voyant arriver une personne qui peut leur disputer et leur enlever la palme de la beauté. La grosse dame à la figure de Bédouine aurait dû ne plus avoir de prétentions ; mais il est si rare que l'on se juge avec impartialité ! Madame Saint-Godibert, qui se croit fort belle femme, toise la jeune personne du haut en bas, et se redresse d'un air satisfait qui voulait dire :

Cela n'approche pas de moi !

Et, en effet, il n'y avait pas la moindre comparaison à établir.

La piquante Irma commence par donner un grand coup de pied à son compagnon, pour lui apprendre à faire tout haut des réflexions sur les voyageuses, puis elle jette un regard de dépit sur la jeune fille, un autre sur Frédéric, et chaque fois que le jeune homme regarde Rose-Marie, elle lui applique un coup de coude dans les côtes.

Celle qui causait tout ce mouvement et faisait travailler toutes les imaginations était bien loin de s'en apercevoir ; intimidée en se voyant renfermée avec tant de monde, et surtout avec des personnes qui lui semblent appartenir au grand monde, elle n'ose porter ses regards ni devant ni autour d'elle, elle se tient sans bouger à sa place, et tâche d'en prendre le moins possible pour ne point gêner ses voisins.

Et pourtant le jeune Julien lui disait de temps à autre avec une voix mielleuse :

— Approchez-vous, mademoiselle, n'ayez pas peur... je serai toujours bien, moi.

Enfin le vieux monsieur aux ronds de cuir, voyant toutes les précautions que prend la jeune fille pour ne point être trop contre lui, tourne la tête de son côté, sans faire la grimace, puis il marronne entre ses dents :

— Ah!... bigre!... ah! si j'avais moins mal... sapristi... je vous en ferais de la place... Aïe!... je vous aurais prise sur mes genoux autrefois !

— La petite qui vient d'arriver est fièrement bien ! dit M. Richard en se penchant contre l'oreille de son ami Frédéric ; ceci est autre chose que ce qui est à ta gauche.

— Oui, répond tout bas le grand brun, cette jeune fille est ravissante ; mais cela n'empêche pas que ma voisine de gauche ne soit très-gentille et très-agaçante.

— Agaçante, c'est possible... mais on en trouve cent dans son genre contre une pareille à celle-ci... Ton cousin Julien n'est pas fâché de l'avoir près de lui.

— Julien !... oh ! est-ce qu'il pense aux femmes?... il a si peur de fâcher son père et sa mère !

— Tu crois cela, parce qu'il a un petit

air tout patelin ; mais c'est un gaillard qui fait ses coups à la sourdine.

— Oh ! ma foi, si celui-là fait ses farces, cela m'étonnera bien.

— Tu es occupé avec ta voisine de gauche ; Julien n'osera pas quitter ses parents ; mais moi, qui suis libre comme l'air, j'aurai soin de faire connaissance avec ce petit trésor-là.

— Vraiment !... ah ! Richard, vous êtes un scélérat ! Le fait est qu'elle est bien jolie cette jeune fille... quels yeux !... quels beaux cils !... et les contours de ce visage font si bien le...

Un grand coup de coude interrompt M. Frédéric dans son énumération des charmes de Rose-Marie ; il se mord les lèvres en souriant et porte ses regards ailleurs.

Tout à coup l'homme au chapeau de mérinos se penche vers Rose-Marie en s'écriant :

— Mam'zelle, il me semble que vous

5.

n'êtes pas très-bien là... vous êtes un tas de grosses personnes sur votre banquette... Prenez ma place... dans le coin, vous serez mieux, et moi, ça m'est égal... d'ailleurs, je suis bien partout, moi.

Et le boutonnier se levait déjà pour changer de place ; mais la jeune fille lui répond avec un doux sourire :

— Je vous remercie, monsieur, mais je ne veux déranger personne ; d'ailleurs, je me trouve très-bien.

— Mais ça ne me dérangera pas... prenez donc ma place... pas de façons...

— Vous êtes trop bon, monsieur, mais je suis fort bien... je vous remercie.

Le boutonnier se laisse retomber dans son coin en disant :

— A votre aise !... mais c'est de bon cœur que je vous offrais ça... parce que pour être poli, il n'y a pas besoin d'avoir un mouchoir dans sa poche !...

Ces mots sont accompagnés d'un regard colère adressé à **M**. Richard, qui se contente de rire en répondant, mais bien bas :

— Où la galanterie va-t-elle se nicher !...

Puis le voyage se fait assez silencieusement. Depuis l'arrivée de la dixième personne, la physionomie intérieure de la voiture avait changé. Les femmes avaient de l'humeur, les hommes semblaient très-préoccupés ; et le brillant Frédéric lui-même avait perdu son jargon, tout occupé qu'il était d'admirer en face et d'être aimable de côté.

Et comme on arrive très-vite en chemin de fer, même lorsque la route se fait sans causer, les voyageurs s'aperçurent bientôt avec surprise que leur voiture s'arrêtait : ils étaient arrivés ; ils se trouvaient au débarcadère qui est sur les boulevards neufs, près du Jardin des Plantes.

— Tiens !... déjà ?... dit le boutonnier en

se précipitant vers la portière. Ah bien, on va joliment !... c'est une justice à rendre aux chemins de fer... et pas cahoté du tout... tiens, nous sommes contre le Jardin de l'histoire naturelle... avant d'aller voir Bichat, je vais entrer regarder les ours.

La famille Saint-Godibert est montée dans un fiacre. Le jeune Julien a plus d'une fois tourné la tête pour regarder encore la jolie personne qui était assise près de lui, mais son père et sa mère l'appellent ; il monte en fiacre d'un air fort contrarié de ne pas être maître de faire ses volontés.

Quant à Frédéric, il a déjà dit adieu à son oncle et à sa tante; puis après avoir regardé en souriant Rose-Marie et fait un signe d'intelligence à son ami Richard, il s'est mis à marcher sur les pas du monsieur frisé, qui s'éloigne par le pont d'Austerlitz en donnant le bras à la séduisante Irma ; et celle-ci, tout en retroussant sa robe de manière à faire voir une très-jolie jambe, tourne souvent la tête en arrière comme pour s'assurer que Frédéric la suit, et lui lance alors des regards qui disent fort clairement :

—Si vous ne venez pas de mon côté, et si vous restez près de cette jeune fille qui était avec nous en chemin de fer, vous pourrez bien m'attendre inutilement demain dans la cité Bergère !

Vous·voyez qu'avec leurs yeux les dames vont encore plus vite que les sténographes avec leurs signes !... Quelle que soit la dextérité et la science de ces derniers, je les défie de suivre le langage de certains yeux, dans certains moments.

II

Tous les voyageurs avaient quitté les voitures, ou les diligences, ou les waggons, excepté pourtant le vieux monsieur aux ronds
de cuir, qui ne se déplaçait pas facilement, et attendait d'ailleurs que son domestique, qu'il avait fait mettre dans un waggon,
vînt lui donner le bras et l'aider à se mettre
en marche.

Rose-Marie se voit dans le vaste embarcadère où l'arrivée, ainsi que le départ d'un
convoi, produisent toujours un mouvement,
une agitation qui étonne et surprend les
personnes qui n'ont pas l'habitude des voyages en chemin de fer.

Puis de tous côtés ce sont des voyageurs
qui causent, s'arrêtent, appellent des com-
missionnaires ; ce sont d'anciens amis qui
ne s'étaient pas vus depuis longtemps,
quoiqu'ils habitent chacun à Paris, mais
dans des quartiers différents, et qui se re-
trouvent à l'embarcadère, parce que là tous
les quartiers viennent se rejoindre ; que le
Marais, le faubourg Saint-Germain et la
Chaussée-d'Antin s'y confondent, et que
vous y rencontrerez souvent des personnes
que vous chercheriez en vain pendant plusieurs années dans les rues ou dans les pro-
menades de la ville.

Rose-Marie s'est d'abord informée de sa

malle. On lui dit qu'elle est à sa disposition ; mais la jeune fille pense qu'il ne sera
pas fort commode de se promener dans Paris
avec une malle et un commissionnaire en
cherchant la demeure de ses oncles ; ensuite, il lui semble que se présenter sur-le-
champ avec son bagage chez des parents
qu'elle ne connaît pas, c'est en quelque
sorte leur dire : Je viens m'installer chez
vous, et il faut que vous me gardiez, quand
même cela ne vous plairait pas.

Rose-Marie, qui ne partage pas entièrement l'opinion de son père, et n'est pas
bien persuadée que ses oncles lui feront
l'accueil que Jérôme espère pour elle, a
trop de fierté dans le caractère pour vouloir
s'installer chez des personnes qui ne la recevraient pas avec joie. Déjà la jeune fille
s'est dit en elle-même qu'il vaudrait mieux
travailler, se mettre dans quelque magasin
et y utiliser ses petits talents en couture et

2.   6

en broderie, que de vivre chez des parents auxquels elle serait à charge. Le résultat de toutes ces réflexions est de s'informer si elle peut laisser sa malle au bureau des chemins de fer. Après avoir reçu une réponse affirmative, elle donne son nom, afin qu'on ne remette sa malle qu'à quelqu'un qui viendrait de sa part, puis elle se met en route pour la demeure de son oncle Nicolas Gogo, tout en se disant :

— Si par hasard je pouvais rencontrer M. Léopold... il serait bien surpris de me voir à Paris... cela lui serait bien égal sans doute... oh! je ne lui parlerais pas... mais je le prierais seulement de me dire ce qu'il a fait de mon portrait... car enfin, quand on ne pense plus aux personnes, il est bien probable qu'on ne garde pas leur portrait !

Pendant que la jolie voyageuse va et vient dans l'embarcadère, se trompant toujours

de chemin, s'égarant dans les salles, et se
perdant sous les vastes galeries, il y a un
homme qui ne la perd pas de vue, et, sans
en avoir l'air, la suit de loin et observe tous
ses mouvements.

Vous savez déjà que c'est le jeune homme
qui est fort laid et que l'on nomme Richard.
Ce monsieur, qui ne séduit jamais au premier coup d'œil et déplaît souvent au second, n'en a pas moins la prétention de
triompher des femmes qui lui plaisent. S'il
avait de l'esprit et était aimable, cela pourrait encore se concevoir ; mais sans être une
bête, M. Richard n'a point d'esprit, car on
ne doit pas donner ce nom à cette habitude
de se moquer et de tourner en ridicule tout
ce que font les autres ; son seul avantage
est d'avoir de la mémoire, et comme il a lu
beaucoup, cela lui est d'un grand secours
dans la conversation, où il tâche de se donner l'air d'un homme fort lettré ; mais il n'est

pas aimable, parce qu'il est envieux, et que chez lui le dépit d'être laid et de n'avoir point de fortune perce continuellement dans ses discours. Quels sont donc ses moyens de séduction?... l'obstination, la persévérance et la calomnie ; il obsède, il fatigue une femme de ses hommages, de ses déclarations ; il est sans cesse sur ses pas, il fait son possible pour la compromettre ; il y parvient quelquefois, et ne consent à discontinuer ses poursuites que si l'on couronne ses feux.

Et il y a quelques femmes assez faibles pour céder à de pareils hommes ! Mais hâtons-nous d'ajouter aussi qu'il y en a bien plus qui les font repentir de leur insolence, et que les séducteurs de la trempe de M. Richard reçoivent souvent des corrections dont ils n'ont garde de se vanter.

Rose-Marie s'arrête dans la grande cour qui donne sur le bord de l'eau ; elle tire de sa poche le papier sur lequel elle a écrit les adresses des deux frères de son père. Nicolas Gogo demeure rue Saint-Lazare. C'est donc là qu'elle doit se rendre d'abord; elle s'approche d'un cocher de fiacre et lui demande quel chemin elle doit prendre pour aller rue Saint-Lazare.

— Prenez le pont d'Austerlitz, que vous voyez là-bas; suivez alors les boulevards tout droit devant vous, passez la porte Saint-Martin, la porte Saint-Denis, et puis quand vous serez à la rue du Mont-Blanc, prenez-la, et au bout vous êtes dans la rue Saint-Lazare; mais c'est fort loin, mamzelle, et vous feriez bien de prendre une voiture pour vous y conduire, surtout si vous ne connaissez pas Paris.

Mais la jeune fille n'est pas fatiguée, elle aime mieux faire le chemin à pied. Il n'est pas tard, elle est arrivée à Paris à quatre heures. Le temps est superbe, et elle n'est

6.

pas fâchée de faire un peu connaissance avec cette ville dont on parle tant, et qui, dit-on, n'a pas sa pareille dans l'univers.

Peut-être y a-t-il encore une autre raison qui fait que Rose-Marie préfère aller à pied. Est-il besoin de vous la dire? non, vous devinez ce qui se passe dans le cœur de cette jeune fille, qui ne sait pas encore que Paris est une ville immense et très-peuplée, sans cesse encombrée par une foule qui va, vient, court, se remue, s'agite, se pousse, se presse, et dans laquelle on peut se promener bien longtemps sans rencontrer les personnes que l'on connaît.

M. Richard a vu la jeune fille tirer un papier de sa poche, le consulter et s'adresser à un cocher de fiacre ; il a facilement deviné qu'elle demandait une adresse ; s'il s'était trouvé plus près d'elle, il se serait empressé d'offrir ses services ; mais il n'est plus temps. Après avoir remercié le cocher, la jeune voyageuse s'est mise en marche. M. Richard la suit en se disant :

— Attendons une occasion pour l'aborder, il est probable qu'elle ne tardera pas à se présenter.

Rose-Marie traverse le pont d'Austerlitz, puis elle suit les boulevards qui longent le canal ; de temps à autre elle regarde autour d'elle avec curiosité, mais elle n'a encore rien vu qui fixe son attention. Le boulevard Bourdon est peu fréquenté : d'un côté, les greniers d'abondance, puis le vieux quartier de l'Arsenal, la vieille bibliothèque ; de l'autre, un grand fossé plein d'eau, voilà tout ce que cette promenade offre aux regards des promeneurs, qui pour ce motif sans doute ne se portent pas en foule de ce côté. Et la jolie fille d'Avon, jugeant déjà Paris par ce qu'elle en aperçoit, se dit en marchant :

— Mais ce n'est pas bien beau tout cela...

je ne rencontre pas beaucoup de monde...
les boutiques sont bien rares à ce qu'il paraît! et on m'avait dit que Paris était si gai!
si bruyant, si peuplé!... je ne trouve pas
cela, moi... et il me semble que... on peut
très-bien se rencontrer... se voir dans les
rues... Certainement, si M. Léopold passait
par ici, je le verrais tout de suite.

Mais Rose-Marie ne remarquait pas ce
monsieur qui marchait à quelques pas d'elle
et semblait modérer ou hâter le pas suivant
qu'elle pressait le sien; à la vérité, M. Richard se tenait encore à une distance respectueuse, souvent même il restait en arrière,
car alors il pouvait plus à son aise examiner la taille de la jeune fille, remarquer son
pied, sa jambe, sa tournure. Le résultat de
cet examen était tout à l'avantage de la
charmante Rose, et ne faisait qu'affermir le
vilain jeune homme dans ses desseins.

Arrivée à la place de la Bastille, la fille

de Jérôme commence à trouver Paris plus gai. C'est qu'alors seulement la grande ville lui apparaît avec ses habitants, ses marchands, ses promeneurs, ses voitures, ses boutiques, son bruit, son mouvement, sa vie enfin. Alors elle s'arrête indécise, elle regarde autour d'elle, elle admire cette belle colonne, puis cette longue avenue qui se présente devant elle ; mais bientôt se rappelant tout ce qu'on lui a conté sur cette belle promenade de Paris appelée les boulevards, elle se dit :

—Oh ! les voilà... à la bonne heure... voilà bien comme on me les avait dépeints... Ce cocher m'a dit que c'était mon chemin... Allons... que de monde à présent... ah ! s'il passait il ne m'apercevrait peut-être pas.

Rose traverse la place et s'avance sur le boulevard Beaumarchais ; mais maintenant elle marche avec moins d'assurance. Tout ce monde qui passe l'intimide, le bruit des voitures l'étourdit, les cris des marchands ambûlants l'étonnent, et les regards que l'on arrête sur elle lui font souvent monter le rouge au visage. C'est qu'à Paris il y a des hommes qui ont une singulière façon de regarder une jolie personne, et qui, pour lui faire comprendre qu'ils la trouvent à leur gré, ne voient rien de mieux que de lui faire des mines fort indécentes ou de lui adresser de sales paroles.

Déjà Rose-Marie a reçu plusieurs de ces grossiers compliments lancés à brûle-pour-point par des gens qui passaient près d'elle. Loin d'en être flattée, elle se sent confuse et regrette que son chapeau ne la cache pas davantage aux regards. Elle voudrait mar-cher plus vite, mais pour quelqu'un qui n'a pas l'habitude de parcourir Paris, il est souvent difficile d'avancer au milieu de tout ce monde qui va, vient et se croise sans cesse autour de vous. Plus la jeune fille avançait, et plus elle rencontrait de monde sur son chemin ; parvenue sur le boulevard du Temple et rencontrant toujours plus de monde , Rose s'arrête effrayée en se disant :

— Mon Dieu !... mais si cela continue, je ne pourrai plus avancer tout à l'heure... et moi qui croyais qu'il me serait facile de le rencontrer !... ah ! comme je me trompais ! C'est effrayant tant de monde !...

Cependant, malgré son effroi, la charmante Rose s'arrête devant une petite fille qui n'a pas encore cinq ans et qui lui présente un petit éventaire qui est attaché devant elle en lui disant :

— Mamzelle, achetez-moi des allumettes chimiques... c'est pour maman... nous sommes six enfants... Maman est malade... elle n'a pas d'ouvrage depuis longtemps et il n'y a pas de pain à la maison.

— Pauvre enfant ! s'écrie Rose en cherchant vivement sa bourse. Si jeune... et déjà connaître le malheur ! la misère... Oh ! que je suis contente que mon père m'ait donné de l'argent !

Et aussitôt la jeune fille tire deux pièces de cinq francs de sa bourse et les met dans les mains de la petite marchande d'allumettes chimiques en lui disant :

— Tiens, ma pauvre petite, va porter cela à ta mère, et pendant quelque temps au moins vous serez à l'abri du besoin.

L'enfant regarde d'un air tout surpris les deux pièces de cent sous qui sont dans sa main ; puis, sans même remercier celle qui vient de les lui donner, elle s'éloigne en courant, en poussant des cris de joie et en laissant tomber sur le boulevard une partie de ses paquets d'allumettes.

Mais Rose est heureuse du bonheur de la petite fille ; elle pense qu'elle n'est si empressée de s'éloigner qu'afin de courir plus vite porter à sa mère l'argent qu'elle a reçu, et la fille de Jérôme regrette de ne pas lui avoir donné davantage. Cependant il ne lui reste plus dans sa bourse que douze francs, mais elle espère n'avoir pas besoin d'argent à Paris.

Rose voudrait savoir si elle approche de la demeure de son oncle, car il lui semble qu'elle a déjà beaucoup marché. Elle s'arrête et regarde autour d'elle, décidée à demander encore son chemin. En ce moment, M. Richard, qui juge l'occasion favorable, s'approche de la jeune fille et lui dit :

— Vous semblez chercher votre chemin, mademoiselle ; peut-être ne connaissez-vous pas bien Paris, car si je ne me trompe, nous avons voyagé ensemble sur le chemin de fer ; vous êtes montée en voiture à Corbeil ?

Rose-Marie regarde le monsieur qui lui parle et le reconnaît ; car M. Richard avait

une figure très-reconnaissable ; elle lui répond en inclinant la tête :

— C'est vrai, monsieur, je suis venue par
le chemin de fer ; je viens de Fontainebleau... de plus loin même, car je suis du
village d'Avon, et je me rends chez des oncles que j'ai à Paris. J'ai bien leur adresse,
mais je suis embarrassée pour trouver leur
rue. Je vais d'abord rue Saint-Lazare... est-ce
encore loin, monsieur ?

— Oui, mademoiselle ; mais je vais justement de ce côté, et si vous me le permettez, je me ferai un plaisir d'être votre
guide.

Rose-Marie ne se sent pas une grande confiance dans le monsieur qui lui fait cette
offre ; la figure de M. Richard ne lui plaît
point, non pas tant parce qu'elle est laide,
mais à cause de l'expression hardie de son
regard. Cependant en plein jour et au milieu de tant de monde, Rose ne redoute pas

le moindre danger ; aussi répond-elle en baissant les yeux :

— Vous êtes bien honnête, monsieur.

M. Richard, très-satisfait de ce consentement, se met à marcher auprès de la jeune voyageuse en se disant :

— Allons doucement, ne l'effarouchons pas ; d'abord ce n'est point une grisette de Paris... Tout à l'heure je lui offrirai un bras qu'elle sera très-flattée d'accepter.

Puis M. Richard reprend la conversation dans laquelle il se promet d'éblouir la provinciale par son savoir et ses saillies.

— Étiez-vous déjà venue à Paris, mademoiselle ?

— Non, monsieur, jamais.

— Je n'en suis que plus enchanté d'être votre cicerone... Nous sommes sur les boulevards ; c'est une promenade de Paris qui n'a point sa rivale dans aucune autre ville de l'Europe. Elle commence à cette colonne

que vous avez aperçue tout à l'heure, et s'é-
tend jusqu'à la place de la Madeleine que
vous verrez plus tard. Cette longue suite de
boulevards qui traverse une partie de Paris,
fait l'admiration des étrangers et le délasse-
ment des habitants de cette capitale. Il y a
bien ensuite des boulevards neufs qui tournent autour de la ville, mais ils sont encore
déserts, et lorsqu'on cite la promenade des
boulevards de Paris, il ne s'agit jamais de
ceux-là. Tout cet espace, aujourd'hui si peuplé, si brillant, si commerçant, n'était cependant, dans l'origine, que des fossés
creusés pour défendre Paris contre les attaques des Anglais. En 1536, on fit des tran-
chées et l'on creusa depuis la porte Saint-
Honoré jusqu'à la porte Saint-Antoine. Ces
fortifications furent, heureusement, inutiles;
petit à petit les fossés furent comblés, et vers
l'année 1671, on commença cette promenade
en y plantant des arbres. Aujourd'hui les

boulevards de Paris n'ont plus rien qui rappelle les fossés, n'est-ce pas, mademoiselle?

Rose-Marie n'écoutait pas M. Richard ; elle
venait de voir passer un jeune homme qui
avait la tournure de Léopold, elle avait senti
son cœur battre avec violence, et même
après avoir acquis la certitude que ce n'était
pas celui auquel elle pensait, ses yeux
avaient suivi longtemps la personne qui le
lui rappelait.

M. Richard, ne recevant pas de réponse à
sa question, se dit :

— Je suis trop savant pour cette jeune
fille... je lui parle de choses qu'elle ne comprend pas... Mettons-nous à sa portée.

Le vilain jeune homme tousse, avance la
tête pour regarder Rose-Marie, et reprend :

— Je ne vous parlerai pas du boulevard
Bourdon sur lequel vous avez passé en quit-
tant le pont d'Austerlitz... il est si triste, si
désert que je ne le compte pas. Le boulevard

7.

Beaumarchais, que vous avez parcouru le premier, n'est pas encore très-vivant : bordé d'un côté par une rue basse avec des chantiers de bois, de l'autre il n'a encore que fort peu de boutiques... Son seul avantage pour le moment consiste dans de vieux arbres assez touffus qui ombragent des bancs de pierre placés dans les contre-allées. C'est là où se rendent le soir les couples qui recherchent la solitude ; et il est certain que lorsqu'on se promène avec une jolie femme, la solitude a bien son prix... Eh ! eh !...

M. Richard rit tout seul, Rose-Marie se contente de détourner la tête pour regarder un joueur d'orgue et une femme qui chante en s'accompagnant avec un violon.

Le monsieur, s'apercevant que ce qu'il appelle une saillie n'a point produit d'effet et que son rire n'est point communicatif, se décide à reprendre la parole :

— Vous avez vu ensuite, mademoiselle,

le boulevard des Filles-du-Calvaire, dans le quartier du Marais, quartier assez calme où l'on se promène sans prétention, sans 'toilette. L'habitant du Marais sort pour prendre l'air ; le vieux rentier s'appuie sur le bras de sa femme de charge ; la respectable bourgeoise de la rue du Pas-de-la-Mule vient sur le boulevard faire jouer ses enfants... Oh ! c'est tout à fait *rococo!*... Si l'on n'y rencontrait pas quelquefois de jolies grisettes, ce serait à ne jamais passer par là!... Du reste, je défie que l'on y voie une figure plus charmante que la vôtre!... Oh! si elle y existait, je le saurais... Je connais tous les jolis minois de Paris!... J'ose m'en flatter !

Rose-Marie vient de s'arrêter devant un petit garçon qui est à peine vêtu et lui présente une petite boîte remplie de paquets de cure-dents, en lui disant à voix basse :

— Achetez-moi des cure-dents, mademoiselle... Je n'ai pas mangé depuis deux jours...

mon père est à l'hôpital, il s'est blessé en tombant d'un bâtiment... je suis tout seul pour nourrir ma petite sœur.

La jeune fille met une pièce de cent sous dans la main du petit garçon en se disant :

— Allons! j'ai bien fait de ne pas tout donner à la petite fille, car je puis au moins secourir aussi celui-ci.

Le petit marchand de cure-dents s'est éloigné en remerciant Rose, et M. Richard se rapproche de celle-ci en lui disant :

— Mademoiselle, je vois que vous êtes très-charitable et je vous en fais mon compliment; mais croyez-moi, cependant, défiez-vous de ces petits misérables qui, sous le prétexte de vous vendre ces objets fort minimes, tâchent d'émouvoir votre cœur par le récit de peines chimériques, de malheurs qu'ils ont inventés. Tenez, par exemple, ce petit drôle auquel vous venez de donner

cinq francs est allé sur-le-champ chez le
pâtissier voisin ; il va se bourrer de gâteaux,
de galettes ; ensuite il jouera avec des gamins de son espèce ce qui lui restera de
monnaie, et voilà à quoi aura servi votre
charité.

Rose porte sur M. Richard des regards
incrédules en murmurant :

— Ah ! monsieur ! quelle pensée... Il faudrait donc repousser tous les malheureux...
ne jamais croire à leurs prières, à leurs larmes même...

— Ce serait le meilleur moyen pour n'être
jamais dupe.

— J'aime mieux être dupe quelquefois
qu'insensible à la prière de celui qui souffre
réellement.

— Vous en avez le droit, mademoiselle...
Au fait , avec des yeux comme les vôtres,
ce serait fort mal de se montrer insensible...
et...

— Et le boulevard où nous sommes, monsieur, comment l'appelez-vous ?

— Le boulevard du Temple , mademoiselle ; oh! celui-ci mérite votre attention ,
surtout si vous aimez la gaieté populaire ,
les spectacles en plein vent. Ce boulevard
tient une foire perpétuelle, il n'a pas son
pareil parmi les autres... Il a son passage,
son jardin public... le seul, hélas ! qui reste
maintenant de ce genre à Paris , où les
jardins disparaissent pour faire place aux
moellons... Veuillez vous arrêter un instant,
mademoiselle, et regarder en face de vous
sur le côté du soleil, je vous assure que cela
est curieux. D'abord, un café immense avec
des billards à tous les étages ; on en placera
bientôt sur les toits , et la bille jouée avec
trop de force sautera dans le tuyau d'une
cheminée et redescendra ainsi au billard
du premier où elle amènera un carambo-
lage. Après ce café, un traiteur où l'on fait

une grande consommation de noces ; vous ne passerez point un samedi soir devant ce traiteur sans voir les salons illuminés, sans entendre le son de la musique, sans apercevoir au travers des carreaux une société plus ou moins élégante qui saute, se balance, se trémousse et se livre à toutes les douceurs de la pastourelle et de la queue du chat!... C'est une noce ! il y a des samedis où l'on en fête jusqu'à quatre dans les salons de ce traiteur, et il n'est pas rare alors que les personnes invitées au bal ne commettent quelques méprises, et ne se trompent de noces ; vous croyez être en face de la personne avec qui l'avocat que vous connaissez vient de se marier, et vous saluez la nouvelle épouse d'un épicier en lui disant :

— Madame, je ne doute pas que désormais M. votre mari ne gagne toutes ses causes !

· Et la mariée vous répond en faisant la révérence :

— Nous tâcherons, monsieur, de contenter toutes nos pratiques !...

Vous trouvez le mot fort joli, vous vous
éloignez persuadé que cette dame est pleine
d'esprit, jusqu'à ce que la vue du marié
vous apprenne enfin votre quiproquo. Après
ce traiteur, un autre café, fréquenté particulièrement par les plébéiens ; puis un autre
café d'un genre bourgeois ; puis un spectacle de curiosités, un nain, ou un géant, ou
une femme velue comme un ours, ou des
animaux hideux, ou n'importe quoi !...
mais toujours des choses curieuses. Puis, à
la porte, la parade ! la ravissante parade !
qui a fait le bonheur de nos pères, qui fera
le nôtre et celui de nos enfants. Ce n'est
plus le célèbre Bobèche et le facétieux Gali-
mafrée ! mais d'autres artistes les ont rem-
placés ; à Paris, les paillasses ne sont pas
rares et la parade ne mourra jamais ! Après
ce spectacle en plein vent, encore un café,

puis un théâtre, le Cirque Olympique ; puis un autre café suivi d'un autre théâtre, celui des Folies-Dramatiques. Après cela, pour varier, vous trouverez un café et toujours un théâtre, celui de la Gaieté; puis encore un spectacle, les Funambules ; puis encore un théâtre, les Délassements; puis un petit spectacle, Lazary; et tout cela flanqué d'autres cafés, d'autres curiosités et d'une foule de pâtissiers... Vous voyez, mademoiselle, que j'avais raison en vous disant que ce boulevard n'avait pas son pareil.

Rose-Marie, qui avait bien voulu s'arrêter un moment pour regarder ce que ce monsieur lui montrait, se remet en marche en disant :

— Mais, monsieur, pourquoi donc, à mesure que j'avance sur les boulevards, rencontré-je toujours plus de monde?

— Ah! mademoiselle, c'est que vous vous rapprochez du centre de Paris, du quartier

2. 8

marchand, commerçant, élégant. Nous voici
sur le boulevard Saint-Martin... Ceci est le
Château d'eau, qui est presque sans cesse entouré de tourlourous, de bonnes d'enfants,
de gamins et de personnes qui se promènent
seules en attendant quelqu'un. Par ici les
dandys, les petits-maîtres sont encore rares ;
vous rencontrez peu de bottes vernies et de
gants jaunes, mais en revanche beaucoup
d'actrices des boulevards ; pas encore d'équi-
pages, de cavaliers sur des chevaux frin-
gants, mais beaucoup de cabriolets-milords
et de petites citadines dont les stores sont
fermés... Eh ! eh !...

— Sommes-nous encore loin de la rue
Saint-Lazare, monsieur?

— Oh ! certainement, mademoiselle...
vous pourrez, avant d'y arriver, voir à peu
près tous les boulevards... Mais si vous êtes
fatiguée, je vous offre une voiture... voulez-
vous?...

— Je vous remercie, monsieur, je veux aller à pied.

Et la jeune fille se met à doubler le pas, car la conversation de M. Richard ne l'intéresse pas, ce n'est pas par cet homme qui lui est inconnu qu'elle désire connaître Paris ; elle espérait dans le fond de son âme que le jeune peintre se ferait un plaisir de lui faire voir tout ce que cette capitale renferme de curieux. Mais plus elle avance dans cette ville immense, et plus elle sent cet espoir s'évanouir.

M. Richard est presque obligé de courir pour suivre la jeune fille ; enfin il est de nouveau à côté d'elle et lui dit :

— Voici la porte Saint-Martin... là-bas c'est la porte Saint-Denis... quartier marchand, quartier populeux... Mais vous allez bien vite, mademoiselle.

— Ah ! c'est que je voudrais être arrivée, monsieur.

— Ceci est le boulevard Bonne-Nouvelle...
Les bonnes d'enfants, les ouvriers, les gens
mal vêtus commencent à devenir plus rares.
Les dames élégantes apparaissent... bientôt
elles seront en majorité, nous approchons
du beau quartier. Sur le boulevard Poisson-
nière, que nous allons prendre, cela devient tout à fait bon genre. Les lingères
ont des boutiques ravissantes... les chemi-
siers, les modistes et les magasins de cho-
colat sont du meilleur goût... A propos...
si j'osais vous offrir un petit gâteau, quelque
chose enfin...

— Je vous remercie, monsieur, je n'ai
pas faim... je ne veux rien prendre.

— Elle ne veut rien prendre! se dit Richard. J'avais bien raison! ce n'est pas une
grisette de Paris! mais ce sera une connaissance fort agréable!

Rose-Marie marche toujours très-vite.
M. Richard est essoufflé; mais il n'ose pas

le laisser paraître. Ils sont sur le boulevard Montmartre, et le monsieur s'écrie :

— Ah ! mademoiselle, vous êtes maintenant dans le centre !... dans le beau quartier. Voyez cette rue large, droite, spacieuse... où une partie des maisons ont des grillages dorés... c'est la rue Neuve-Vivienne... Tenez, admirez ces tilburys, ces landaus, ces chevaux qui caracolent... et ces cafés ! Quelle richesse ! quelle magnificence !... Ah ! nous sommes bien loin du Marais !... Et toutes ces femmes... quelles tournures coquettes !... quelles toilettes !... Je suis sûr que vous êtes dans l'admiration de ce que vous voyez ?...

— Et la rue Saint-Lazare, monsieur... c'est donc à l'autre bout de Paris ?

— Nous approchons... un peu de patience. Nous voilà sur le boulevard des Italiens. C'est la Chaussée-d'Antin ! c'est la patrie des agents de change, des dames de

8.

l'Opéra, des jeunes gens qui ont de la fortune à dissiper, des artistes excentriques,
des lorettes, des banquiers, des carrossiers
et des marchands de pastilles du sérail.
Ah ! sentez, mademoiselle... respirez un
peu... ne trouvez-vous pas que l'air est
embaumé?... D'abord, toutes ces dames qui
passent par ici sont parfumées de la tête
aux pieds. Ah! nous sommes au sein de
l'opulence et des grandeurs.

Rose-Marie, au lieu de répondre, s'arrête
devant un vieillard aveugle qui est assis au
pied d'un arbre, ayant devant lui son chien
qui tient une sébile dans sa gueule. L'aveugle joue d'une espèce de serinette, afin d'attirer sur lui les regards des passants.

La jeune fille s'approche du vieillard ;
ses cheveux blancs, son front sillonné de
rides, son infirmité et les haillons qui le
couvrent, arrachent un soupir à la jolie
Rose, et fouillant bien vite à sa poche, elle

y prend la dernière pièce de cinq francs qui lui reste, et la place dans la sébile en s'écriant :

— Pauvre homme !... à votre âge... aveugle et sans pain peut-être !...

Puis Rose-Marie se remet en route, sans écouter les bénédictions du vieillard, et dit au monsieur qui marche à côté d'elle :

— Il paraît, monsieur, que dans le quartier de l'opulence et des grandeurs on peut aussi trouver des malheureux ?

— Ah ! vous voulez parler de cet aveugle, répond Richard en ricanant ; mais vous ne savez pas que cet homme fait des journées de cent sous à six francs ! et quelquefois plus.

La fille de Jérôme éprouve un sentiment de répulsion pour cet homme qui ne veut pas faire la charité, et qui, de peur d'être dupe, trouve plus commode de nier l'infortune.

— Mais, monsieur, répond Rose, cet
homme est très-âgé, et il est privé de la
vue ; il me semble qu'on ne peut pas douter
de son malheur, à lui !

— Il est âgé... oui... cela prouve que
jusqu'à présent il a eu de quoi vivre ;
aveugle, c'est possible... mais ce n'est pas
prouvé !... il y a tant de *Gusmans d'Alfarache*
à Paris !... Voici les bains chinois, mademoiselle... nous touchons à la rue de la Chaus
sée-d'Antin, que nous allons prendre, et qui
vous conduira rue Saint-Lazare. Excepté le
boulevard de la Madeleine, vous aurez parcouru toute cette promenade qui vous a
fait connaître Paris sous différents aspects :
élégant, commerçant, populeux. Depuis
que l'on a dallé et bitumé les boulevards,
depuis surtout qu'ils sont magnifiquement
éclairés au gaz par ces candélabres que
vous voyez de chaque côté de la chaussée,
à des distances fort rapprochées, cette pro-

menade est aussi agréable et aussi sûre la
nuit que le jour. Il y a cependant des gens
qui regrettent l'obscurité et la crotte... Eh
bien!... où donc est-elle passée cette petite?...

M. Richard s'arrête, se retourne... Il
aperçoit la jeune fille qui vide le reste de
sa bourse dans la main d'une pauvre femme
qui allaite un enfant, en tient un autre sur
son bras, et donne la main à un troisième.
Cette femme ne mendie pas, mais elle est si
pâle, si mal vêtue, elle jette sur ses petits
enfants des regards si tristes, qu'il est difficile de ne point se sentir ému en la regardant.

Aussi Rose revient vers M. Richard avec
des larmes dans les yeux, et elle se remet
en marche en murmurant :

— Ah! dussé-je toujours être dupe des
apparences, je ne verrai jamais sans en être
attendrie un tableau aussi triste et aussi
touchant.

— Décidément cette jeune fille n'a rien à elle! se dit en lui-même Richard; elle est sensible à l'excès! ce sera une conquête très-facile.

III

En entrant dans la rue de la Chaussée-
d'Antin, M. Richard se rapproche de Rose
et lui dit du ton d'un homme qui est certain
de causer un grand plaisir :

— Il me semble, jolie voyageuse, que
vous devez être fatiguée? Du Jardin des
Plantes ici, il y a fort loin ; tenez, prenez

mon bras sans façon , et nous cheminerons ensemble en faisant plus ample connaissance...

Et le jeune homme présentait son bras ; mais au lieu de passer bien vite le sien dessous, comme il pensait que la jeune fille allait le faire, celle-ci se recule en répondant :

— Je vous remercie, monsieur, mais je ne suis pas fatiguée , et je préfère aller seule.

M. Richard fronce le sourcil et se dit :

— Hum !... elle fait plus de façons que je ne croyais ; je ne veux pas cependant en être pour ma course !...

Il se rapproche de Rose en reprenant :

— Comme il vous fera plaisir, mademoiselle ; mais je vous prie de croire que je n'offre pas mon bras à tout le monde !... J'occupe à Paris une très-belle position, je suis fort riche... fort recherché dans le monde... et surtout très-généreux avec les femmes!... Vous avez un pied charmant... vous ferez de nombreuses conquêtes à Paris!... vous avez déjà fait la mienne.

Rose-Marie n'écoute plus, elle marche encore plus vite. M. Richard la rejoint en se disant :

— Cette petite est dératée... il n'est pas possible autrement.

On était au bout de la rue de la Chaussée-d'Antin; la jeune fille s'arrête alors.

— Et la rue Saint-Lazare, monsieur?

— Vous y êtes, mademoiselle; la voilà devant vous à droite et à gauche.

— Ah! quel bonheur!...

— Mais ça n'est pas tout, mademoiselle, il s'agit de savoir à quel numéro vous avez affaire... Ne courez pas ainsi... prenez donc garde aux voitures.

Rose-Marie n'écoutait plus M. Richard; elle savait que c'était au numéro 62 qu'elle devait trouver son oncle Nicolas. Elle a déjà regardé les chiffres des maisons, elle voit avec joie qu'elle n'est pas loin de celui qu'elle cherche; elle court , elle arrive , elle entre dans une·belle maison , et s'adresse, tout essoufflée, au concierge en s'écriant :

— Monsieur, mon oncle Nicolas, s'il vous plaît... Nicolas Gogo... à quel étage?

Le concierge auquel la jeune fille vient de s'adresser a été jadis suisse dans une grande maison et en a conservé tout le décorum. Enveloppé dans une redingote qui traîne presque à terre, et coiffé d'une casquette dont les côtés sont rabattus sur ses oreilles, il trône dans sa loge entre son chien et son chat, et semble vous faire une grâce en vous répondant. Il commence donc par toiser la jeune fille d'un air impertinent, se mouche, passe sa·main sur le dos de son chat et murmure :

— Hein?... de quoi?... qu'est-ce que vous demandez?

— Je demande à quel étage je dois aller pour trouver mon oncle Nicolas Gogo?...

— Gogo!... est-ce que je connais ça!... est-ce que nous avons cela dans la maison!...

— Comment, monsieur, vous ne connaissez pas mon oncle Gogo, mais pourtant je ne me trompe pas, je suis bien à l'adresse qu'on m'a donnée, rue Saint-Lazare, numéro 62.

— Tiens, Mouton, prends cela... et ne te bats pas avec Turc surtout... Allons... donnez la patte! la patte tout de suite!

Rose-Marie attendait avec anxiété que le concierge répondît; mais celui-ci, tout occupé de ses animaux, n'a plus l'air de s'apercevoir que la jeune fille lui parle. Elle reprend avec impatience :

— Monsieur, répondez-moi donc... vous voyez que j'attends.

— Comment? qu'est-ce?... Ah! vous êtes encore là... Qu'est-ce que vous voulez donc encore?

— Mon oncle, monsieur?

— Quoi! votre oncle! est-ce que je connais votre oncle? est-ce que je suis obligé de savoir où sont vos parents?... Ici, Turc, ici... tu vas à la pâtée de Mouton, gourmand; mais je te vois, et si je me lève, tu en recevras des coups de houssine.

La fille de Jérôme est toujours à l'entrée de la loge du concierge; elle tient à la main le papier sur lequel elle a écrit l'adresse de son oncle, elle le présente au rébarbatif portier en reprenant :

— Tenez, monsieur, c'est cependant ici que l'on m'a dit que demeurait mon oncle Gogo... vous voyez bien que je ne me trompe pas.

Le ci-devant suisse se lève d'un air courroucé, et repousse la jeune fille en criant comme s'il parlait à des chevaux :

— Savez-vous que vous commencez à m'ennuyer avec votre oncle Gogo?... Est-ce que vous n'allez pas me laisser tranquille, mademoiselle?... A bas, Turc, à bas ! Combien de fois faudra-t-il vous dire que je ne connais pas cela... qu'il n'y a point de Gogo dans la maison?... Il me semble pourtant que je parle français.

Rose-Marie, presque effrayée par le ton insolent du concierge, se retire en murmurant :

— Pardon, monsieur... alors... c'est que notre cousin se sera trompé.

Et la jeune fille s'en retourne dans la rue, toute triste, toute chagrine, et M. Richard, qui était resté à la porte de la maison dans laquelle il avait vu pénétrer celle qu'il poursuivait, s'empresse d'aller à elle en lui disant:

— Eh bien, qu'avez-vous donc, mademoiselle? Vous semblez tout attristée... est-ce que votre parent est malade?... est-ce qu'on vient de vous apprendre une mauvaise nouvelle?

— Non, monsieur, non... ce n'est pas cela... mais... je n'y comprends rien... mon oncle Gogo ne demeure pas dans cette maison... c'est pourtant notre cousin qui m'avait donné son adrese... et il n'y a pas bien longtemps... Qu'est-ce que cela veut dire?... comment se fait-il qu'il se soit trompé?... je n'y comprends rien.

M. Richard est enchanté de l'événement, parce qu'il pense que l'embarras de la jeune fille la mettra à sa discrétion, et il se frotte les mains en répondant :

— Ah! mademoiselle! si vous avez cru qu'à Paris une jeune fille pouvait se passer de guide, de protecteur, vous vous êtes bien trompée!... Même pour les personnes qui habitent cette ville depuis longtemps, il est quelquefois fort difficile de découvrir ceux qu'elles ont besoin de voir; comment donc voulez-vous qu'une jeune fille qui vient à Paris pour la première fois puisse tout de suite savoir s'y diriger? Vous voyez bien que sans un appui, un ami, vous ne trouverez jamais votre oncle Gogo!... mais, quoique vous ayez refusé mon bras tout à l'heure, et que vous n'ayez pas répondu à mes déclarations, je veux bien encore me charger de vous faire trouver votre famille. Allons, petite méchante, prenez mon bras; je n'ai pas de rancune, moi, et je vous trouve toujours adorable!

Rose-Marie se recule encore du bras qui se présente à elle, et se contente de répondre en faisant une révérence :

— Je vous remercie, monsieur, mais je me passerai de conducteur. Grâce au ciel, j'ai un autre oncle à Paris... celui-là, il faut espérer que l'on ne se sera pas trompé en me donnant son adresse , et je vais sur-le-champ me rendre chez lui.

— Ah! vous avez un autre oncle à Paris?
répond Richard, qui est fort vexé de ce que
la jeune fille s'obstine à refuser son bras.
Diable! mais vous avez donc une foule d'oncles?... cela commence à me paraître équivoque!...

— Oui, monsieur, j'ai deux oncles ici, et
même plusieurs cousins, et comme je suis
assez grande pour demander mon chemin,
ne prenez pas la peine de venir de mon côté,
monsieur.

— Ah! vraiment! ah! vous le prenez
comme cela, petite!... mais vous avez beau
faire, j'irai du même côté que vous si cela
me plait, parce qu'à Paris, chacun est libre
d'aller où bon lui semble; et avant peu,
peut-être, serez-vous trop heureuse de me
trouver pour vous protéger.

La fille de Jérôme n'écoute pas davantage
les discours de M. Richard. Elle regarde le
morceau de papier qu'elle tient à la main, et

entrant dans la première boutique qu'elle aperçoit, elle demande son chemin pour aller rue de Vendôme ; puis, sur l'indication qui lui est donnée, descend la rue de la Chaussée-d'Antin pour regagner les boulevards et reprendre le chemin par lequel elle est venue.

M. Richard se remet alors à suivre la jeune fille en se disant :

— On voit bien que cela arrive de son village... refuser mon bras !.. petite sotte !.. Je devrais la dédaigner... mais elle est si jolie !... Diable ! si elle allait trouver son autre oncle... j'en serais pour mes courses, et elle me fait terriblement trotter, cette petite fille... Je n'ai pas dîné... je meurs de faim... mais c'est égal, je n'en aurai pas le démenti, il faut que je sache où elle va... Je saurai ce que fait l'oncle, c'est sans doute un boutiquier... j'irai tous les jours acheter ou marchander chez lui.

Le jour commençait à tomber, et la jeune

fille ne pouvait plus marcher aussi vite; car elle était épuisée de fatigue. Elle se rappelle alors qu'elle a donné tout l'argent qu'elle possédait, sans avoir rien gardé pour elle; mais elle ne se repent pas d'avoir fait la charité, et, tout en cherchant à retrouver des forces, se dit :

— Dieu me donnera du courage, il ne peut pas vouloir me punir d'avoir fait un peu de bien.

— Est-ce qu'elle va me faire arpenter encore tous les boulevards? se dit M. Richard en suivant Rose-Marie. C'est un cerf que cette petite... si je ne craignais de la perdre de vue, j'aurais déjà acheté des gâteaux chez un pâtissier... Ah! grâce au ciel, elle quitte le boulevard, nous approchons, j'espère.

En effet, Rose, qui a bien retenu le nom qu'on lui a indiqué, tourne et entre dans la rue du Temple, puis dans la première à sa gauche, elle est rue Vendôme, et elle trouve bientôt le numéro 14. Alors elle s'adresse de nouveau au concierge qui, cette fois, est représenté par une vieille femme qui a des lunettes sur le nez, et un vieux livre bien sale dans la main.

— Madame, voulez-vous bien me dire à quel étage demeure M. Eustache Gogo? demande Rose d'un ton bien doux, car elle craint d'irriter encore la concierge.

La portière était un peu sourde, cependant elle voit quelqu'un entrer dans sa loge, et elle pose son livre sur ses genoux en criant :

— Hein?... de quoi? que voulez-vous, ma petite?... J'en étais à un endroit bien inté-ressant... quand ce brigand de Roger veut détourner du bon chemin son fils *Victor*, qui est *l'Enfant de la forêt*... Ah! en voilà un ouvrage qui donne des frissons... je n'en ai pas pu dîner, ma parole d'honneur... Je m'intéresse tant à Victor et à sa Clémence!...

— Madame, je suis bien fâchée de vous

interrompre, reprend Rose, mais mon oncle Gogo... à quel étage ?...

— Vous avez lu l'ouvrage... n'est-ce pas que c'est superbe ?... et c'te pauvre Clémence, comment donc que vous pensez qu'elle finira ?... donnez-moi votre opinion pour que je la corrobore avec la mienne.

La jeune fille se rapproche de la vieille femme, et parle plus haut :

— Madame, je demande M. Eustache Gogo...

— Ah! oui que c'est beau... vous êtes de mon avis... mais ce gueusard de Roger ! queu chenapan ! et dire qu'il y a des brigands de cette force-là... comme je suis une honnête femme.

Rose est au supplice, heureusement elle aperçoit un cornet de fer-blanc sur un poéle, elle se hâte de le prendre et l'applique à l'oreille de la portière en renouvelant sa question.

La vieille femme ôte ses lunettes, considère la jeune fille et répond :

— M. Gogo, mon enfant?... ah ! c'est M. Eustache Gogo que vous demandez?... Excusez... c'est ce roman qui me trotte toujours dans la tête ; encore l'autre nuit, est-ce que je n'ai pas renversé mon vase nocturne dans mes draps, parce que je le prenais pour ce brigand de Roger, et que je croyais qu'il allait me violenter.

— Mais, madame, mon oncle... dans quel escalier ?...

— Votre oncle... ah ! c'est donc votre oncle, M. Gogo?... je ne connais pas ça, ma chère amie... Gogo ! drôle de nom !... si nous avions un Gogo dans la maison, j'en aurais été *souvenante*, mais je n'ai aucun locataire de ce nom-là.

Rose-Marie reste anéantie en perdant cette dernière espérance qui la soutenait ; elle comprend tout ce que sa position a de terrible. Elle regarde la portière avec des yeux pleins de larmes, mais déjà la vieille femme a remis ses lunettes, et elle reprend son livre en murmurant :

— Il faut que je sorte de l'endroit *ous'que* j'en étais... je ne peux pas laisser Victor en l'air avec sa Clémence !... Voulez-vous que je vous lise quelques pages, mon enfant ?...

— Ainsi, madame, vous êtes bien sûre... mon oncle Eustache Gogo ne demeure pas ici...

— Jamais il n'y a logé, chère amie... Pardi ! je le saurais, voilà trente-quatre ans que je suis à cette porte... c'est pourquoi on me garde malgré ma surdité... mais le soir quand je me couche, j'ai soin d'attacher mon cornet à mon oreille... et je dors sur l'autre... Ah ! le brigand de Roger, va... je ne me coucherai pas que tu n'aies ton compte !...

Rose-Marie sort de la loge, car elle voit bien que la portière ne lui en dira pas davantage. Elle retourne dans la rue, il est nuit alors; la jeune fille ne sait plus de quel côté porter ses pas. Elle pleure, et elle porte son mouchoir sur ses yeux en murmurant :

— Mon Dieu! mon Dieu! que vais-je donc devenir ?

Un jeune homme s'approche d'elle, et lui prend le bras en lui disant :

— Eh bien, ma petite cruelle... nous pleurons à présent; il me paraît que l'oncle du Marais est introuvable comme celui de la Chaussée-d'Antin.

Rose a reconnu le monsieur si laid qu'ila poursuit depuis son arrivée à Paris; mais en ce moment elle est tellement abattue, qu'elle n'a pas la force de repousser le jeune homme; elle se contente de répondre en pleurant :

— Mais qu'est-ce que cela veut dire?... comment se fait-il que mon cousin nous ait

donné de fausses adresses ? Pourquoi au-
rait-il voulu se moquer de nous?... O mon
pauvre pére ! vous qui m'avez envoyée à
Paris dans l'espérance que mes oncles m'ac-
cueilleraient bien... que je serais heureuse
ici... Ah ! si vous saviez que votre fille ne
sait plus où aller ni que devenir dans ce
Paris où elle ne connaît personne, combien
vous seriez malheureux !... Oh ! je retournerai à Avon près de mon père... dès demain... tout de suite, si cela est possible...
Monsieur, veuillez me dire comment je dois
faire pour retourner ce soir à Fontainebleau... de là, j'irai bien à pied jusque chez
nous... je serais si contente si je me voyais
seulement à Fontainebleau.

M. Richard se met à rire en répondant :

— Retourner ce soir à Fontainebleau !
mais vous n'y pensez pas, jolie tigresse !...
c'est absolument impossible... il est nuit, il
est déjà tard...

— Est-ce que le chemin de fer ne part pas la nuit, monsieur?

— Non!... d'ailleurs nous sommes extrêmement loin de l'embarcadère. Je vous répète qu'il ne faut pas songer à retourner ce soir dans votre pays...

— Mais, monsieur... il le faut pourtant... que vais-je devenir à Paris?... où passerai-je la nuit?... et je n'ai plus d'argent pour entrer dans une auberge... Oh! mais on me ferait bien crédit pour jusqu'à demain, j'espère, alors je courrai chercher ma malle... j'offrirai en payement quelques-uns de mes effets... n'est-ce pas, monsieur?... Ah! veuillez m'indiquer une auberge, monsieur.

— Ma petite, vous parlez comme un enfant... D'abord il n'y a pas d'auberge à Paris, il n'y a que des hôtels et des garnis; les premiers sont fort chers, les seconds fort suspects... ensuite on ne loge pas à crédit, surtout une jeune fille qui se pré-

sente toute seule... on aura de vous une
fort mauvaise opinion, et franchement, si
je n'avais pas fait avec vous le voyage en
chemin de fer, je n'ajouterais aucune foi à
l'histoire de vos oncles et du cousin qui
donne de fausses adresses.

— Que penseriez-vous donc de moi, monsieur? s'écrie Rose en retirant sa main que
M. Richard vient de prendre.

— Rien que de fort aimable, je vous le
jure ! Allons, ne nous fâchons plus ; accep-
tez mon bras... je vais vous conduire dans
un endroit où vous pourrez passer la nuit
à l'abri de tous dangers...

— Où cela, monsieur?...

— Ayez donc confiance en moi ; que
diable ! vous ne pouvez pas coucher à la
belle étoile... risquer de vous faire ramasser par la patrouille grise.

— La patrouille grise... Quelle est donc
cette patrouille-là, monsieur?

— Oh ! c'est quelque chose de très-effrayant pour les jeunes filles qui courent seules la nuit dans Paris. Elle vous conduirait à la salle Saint-Martin...

— Qu'est-ce que c'est que cette salle-là, monsieur?

— Un endroit où l'on dépose provisoirement tous les voleurs et les filles de mauvaise vie que l'on prend le soir dans Paris.

Rose-Marie pousse un cri d'effroi ; M. Richard profite de cet instant où la jeune fille est tremblante pour passer son bras sous le sien, en lui disant :

— Calmez-vous ! ne tremblez donc pas ainsi ! Avec moi vous n'avez aucun danger à courir... je vais vous mener chez... ma tante. C'est une femme respectable qui se fera un plaisir de vous traiter comme sa fille.

Rose lève des yeux suppliants sur le jeune homme en balbutiant :

— Monsieur, vous ne voudriez pas me
tromper... oh ! vous ne voudriez pas abuser
de la confiance d'une pauvre jeune fille qui
ne sait où trouver sa famille, et qui regrette tant à présent d'être venue à Paris...
Je ne vous mens pas, monsieur, vous le savez bien... mais, vous ?...

— Moi, vous mentir ! mon Dieu, que vous
êtes méfiante !... Allons, venez et appuyez-
vous sur moi... mademoiselle... Ah ! pardon, je ne sais pas votre nom.

— Rose-Marie, monsieur.

— Eh bien ! mademoiselle Rose... Rose-
Fleurie... voilà un nom qui a été fait pour
vous... prenez mon bras.

La jeune fille ne sait plus ce qu'elle doit
faire, car en se rappelant les propos que lui
a tenus le monsieur qui lui offre son appui,
elle redoute de se confier à lui ; mais elle
est accablée de fatigue, elle se laisse donc
conduire et s'appuie même assez fortement

sur M. Richard qui se dit à lui-même :

— Enfin ! elle est à moi ! je savais bien
que j'arriverais à mon but !... en toutes
choses il ne faut que de la persévérance.

Richard ramène la jeune fille sur les
boulevards ; mais comme il était aussi fatigué qu'elle , et que de plus il se mourait
de faim, il se dirige vers un restaurateur.
Le jeune homme est alors en fonds, ce qui
ne lui était pas habituel, et il dit à Rose :

— Avant de nous rendre chez ma tante,
ma belle enfant, il me semble que nous ne
ferons pas mal de dîner... je pourrais même
dire de souper, car il est assez tard pour
cela.

— Oh ! je vous remercie, monsieur, mais
je n'ai pas faim.

— Mais moi, mademoiselle, qui n'ai rien
pris depuis ce matin, je sens des tiraille-
ments d'estomac, ce qui, joint à la fatigue,
m'avertit qu'il faut réparer mes forces.

— Mais, monsieur, est-ce que vous ne pourrez pas manger chez madame votre tante ?

— J'ai peur qu'il n'y ait rien dans le buffet, d'autant plus qu'elle ne nous attend pas. Voilà un traiteur très-convenable, mademoiselle, et du meilleur genre... Si vous ne mangez pas, vous me regarderez ; mais au moins vous vous reposerez pendant ce temps-là, et certainement vous ne nierez pas que vous êtes fatiguée.

— En effet, monsieur... je suis bien lasse.

— Venez donc, et ne tremblez pas ainsi. Les dames et les demoiselles de Paris vont très-souvent dîner chez les traiteurs, et cela ne les effraye pas du tout ; au contraire, elles aiment beaucoup cela.

Richard entre avec Rose-Marie dans un restaurant du boulevard. Il n'y a plus personne dans les salons ; cependant le jeune homme demande un cabinet; et un garçon se dispose à les conduire, lorsque Rose, qui a jeté un coup d'œil sur le salon qui est encore éclairé et dont les portes vitrées donnent sur le péristyle, entre dedans en disant :

— Pourquoi ne dîneriez-vous pas là, monsieur?... voilà des tables toutes préparées.

— Parce qu'on est beaucoup mieux dans un cabinet, mademoiselle. Venez donc, quand on n'est que deux, ce n'est pas l'usage de se mettre dans un salon... d'ailleurs on va éteindre ici. N'est-ce pas, garçon?

Le garçon hésite à répondre, car l'air décent et inquiet de la jeune fille donne alors à ses traits une expression à laquelle il est difficile de résister; et puis le monsieur qui est avec elle est si laid, que le garçon traiteur, qui a nécessairement l'habitude des tête-à-tête, a deviné sur-le-champ qu'il n'y avait pas d'accord dans celui-là.

Mais Rose s'est déjà assise dans le salon, et elle dit à son conducteur d'un ton très-décidé :

— Allez où cela vous plaira, monsieur, mais moi je reste ici : j'y attendrai que vous ayez dîné.

— Voyez-vous ce petit caractère! se dit Richard. Ah ! comme tu me payeras cela plus tard, bégueule! comme je te ferai aller quand je t'aurai soumise!... mais maintenant je puis bien en passer par là ; puisqu'elle viendra coucher chez moi, je puis bien me passer maintenant d'un cabinet... Et après tout, cela vaut mieux : j'aurais pensé à des bêtises, au lieu qu'ici je ne songerai qu'à bien souper.

M. Richard se décide donc à entrer dans le salon : il dit au garçon de mettre deux couverts, puis il va à Rose et veut l'emme-ner à la table que l'on sert ; mais la jeune fille résiste et reste sur la chaise où elle s'est placée, en disant :

— Je vous ai dit que je n'avais pas faim, monsieur ; il est inutile que je me mette à table, je ne veux pas manger.

— Ah çà ! mais vous vivez donc de l'air du temps, chère amie?... pardon, mademoiselle... à ma connaissance, vous n'avez rien pris depuis fort longtemps...

— J'ai trop de chagrin, d'inquiétude pour songer à manger, monsieur.

— Vous ne devez plus avoir d'inquiétude du moment que je vous protège, que je suis votre chevalier... et que ma tante vous donnera l'hospitalité... Allons... mettez-vous en face de moi... à distance respectable ; nous aurons l'air de deux époux du Marais...

— Cela est inutile , puisque je ne veux rien prendre.

—Comme il vous plaira, alors ; mais moi

j'ai très-bon appétit et je vous préviens que je n'aime pas à me presser quand je suis à table.

— Je vous attendrai, monsieur...

M. Richard se met devant le couvert qui l'attend ; il demande du vin de Pomard, puis il se fait servir des côtelettes, du poulet, du poisson. Le chemin qu'il a fait à pied depuis qu'il a quitté l'embarcadère lui a donné un appétit de chasseur, et il arrose très-fréquemment ses morceaux. Enfin il est très-content de sa soirée et il se promet une nuit délicieuse. Tout cela le met de très-belle humeur ; sa bouteille de pomard est bientôt vide, et il demande du champagne en s'écriant :

— Ah ! ma foi ! je ne veux rien me refuser aujourd'hui !... je suis trop content de ma journée !... Un verre de champagne, ma jolie brunette... Rosette... vous ne me refuserez pas cela ?

Mais Rose refuse encore ; elle ne se sent nullement disposée à accepter, car depuis que le vilain jeune homme a avalé sa bouteille de pomard, ses yeux sont devenus comme des charbons ardents, et à chaque instant il les reporte sur la jeune fille, et alors son regard a une expression que la pauvre petite ne peut supporter. Aussi frémit-elle en voyant M. Richard déboucher une autre bouteille, se verser à plein verre et se reverser encore.

— Mon Dieu ! monsieur, est-ce que vous allez boire encore cette bouteille-là ? dit Rose d'un air inquiet.

— Et pourquoi pas, mon bijou ? il faut bien que je la boive seul, puisque vous ne voulez pas me tenir compagnie ; mais cela ne me fait pas peur ! j'en bois quatre comme cela sans être seulement étourdi !

M. Richard se vante, car il se grise au contraire très-facilement ; mais, ainsi que ces faux braves qui ne crient jamais si haut que lorsqu'ils ont peur, le jeune homme croit retrouver son aplomb en avalant force champagne ; plus il s'étourdit et plus il boit et bavarde en répétant que le vin n'a aucun pouvoir sur sa raison.

Onze heures ont sonné. Déjà plusieurs fois la jeune fille a murmuré timidement :

— Mais votre tante sera couchée.

— Ma tante !... ma tante !... ne vous en inquiétez pas ! répond Richard, dont la langue commence à devenir très-épaisse... ça me regarde cela... je vous réponds de tout !... c'est mon affaire.

Cependant, Rose-Marie se lève et Richard se décide à en faire autant. Ses yeux semblent vouloir sortir de sa tête ; il tâche de prendre un air grave en payant le garçon, mais il n'est pas solide sur ses jambes. Il s'avance vers la jeune fille et lui présente son bras en balbutiant :

— En route, maintenant.

Et le garçon traiteur, s'approchant de Rose, lui dit alors à l'oreille :

— Prenez garde, mademoiselle... ne vous fiez pas à ce monsieur.

Rose-Marie regarde le garçon avec effroi, elle ne sait ce qu'elle doit faire... mais M. Richard l'entraîne et elle se retrouve sur le boulevard avec lui. Il est tard et il ne passe plus que peu de monde. Le jeune homme, qui sent qu'il a quelque peine à se diriger, serre très-fortement le bras de Rose et veut marcher vite ; il tâche d'allonger le pas en fredonnant :

— *En avant marchons ! contre leurs canons !*... Ah ! ma foi ! j'ai bien soupé ! j'ai très-bien soupé !...

— Votre tante demeure-t-elle loin , monsieur ?

— Ma tante?... ah ! fichtre ! il y a des endroits glissants sur le boulevard... il me

11.

semble que le gaz n'éclaire pas aussi bien que de coutume... Tenez bien mon bras... n'ayez pas peur... je suis solide !...

Loin d'être solide, M. Richard trébuche à chaque instant; chez le traiteur il n'était qu'étourdi, mais depuis qu'il a pris l'air il est gris tout à fait et commence à ne plus savoir ce qu'il dit, ou du moins à oublier que, pour tromper la jolie personne qui est à son bras, il faut qu'il ait soin de lui cacher ses desseins.

Il n'y a pas cinq minutes qu'ils sont sortis de chez le traiteur, lorsque M. Richard cherche à passer son bras autour de la taille de Rose en lui disant :

— Eh bien, chère amie !... nous allons donc nous aimer tendrement !... nous ferons un petit couple adorable !... mais d'abord je voudrais bien un baiser... un tout petit baiser...

Rose-Marie repousse le monsieur et cherche à se dégager de ses bras en lui répondant :

— Finissez, monsieur, laissez-moi !... que signifient ces discours?...

— Comment ! encore des façons! de la rigueur! Tiens, mon ange! tout ça, c'est des bêtises et pas autre chose...

— Oh, mon Dieu !... mais vous deviez me protéger... j'ai donc eu tort de vous croire !

— Au contraire, il faut toujours me croire... allons, encore un caillou qui m'a fait tourner le pied... Appuyez-vous donc sur moi, ma mignonne...

— Non, monsieur, non, je ne veux pas aller davantage avec vous avant que vous ne m'ayez dit où demeure votre tante... et je vous préviens d'avance que je n'entrerai dans la maison où vous me menez que lorsque j'aurai la certitude que je vais chez une personne respectable...

— Ah ! ah ! ah ! une personne respecta-

ble!... c'est un calembour... il n'est pas
question de tout ça! vous me plaisez... je
vous plais!... tu viens chez moi!... les tan-
tes sont dans mon œil!... Tiens, petite,
guettons une voiture et nous monterons
dedans, afin d'être plus tôt chez moi... rue
des Jeûneurs... numéro... Allons, je ne sais
plus mon numéro... qu'est-ce que j'ai donc
ce soir?...

— Quelle horreur!... tromper ainsi une
jeune fille qui n'a personne pour la défendre, la secourir... Laissez-moi, monsieur,
laissez-moi.

Rose a retiré son bras que tenait Richard; celui-ci se précipite sur elle, et l'é-
treint de ses deux bras en s'écriant :

— Nous voulons nous en aller... le plus
souvent!... je te dis que je ferai ton bonheur... j'ai encore de l'argent sur moi, pre-
nons une voiture... je crois que nous arriverons plus vite, et je suis impatient de te

prouver ma tendresse! le champagne me rend très-amoureux.

Et le jeune homme, qui a passé ses bras autour du corps de la pauvre petite, approche sa vilaine figure de son visage frais et virginal ; il va flétrir ses charmes en leur donnant un baiser, lorsque Rose-Marie, à laquelle l'indignation et la colère ont rendu des forces, parvient à se dégager des bras qui l'enlacent, et repoussant avec vigueur Richard, au moment où il essayait de nouveau de la saisir, l'envoie rouler à quelques pas sur les dalles du boulevard.

Richard jure comme un forcené en cherchant à se relever, ce qui ne lui est pas facile, parce qu'il perd toujours l'équilibre ; mais tandis qu'il s'épuise et retombe sans cesse sur ses mains, celle qu'il a poursuivie toute la journée a pris la fuite, et lorsque enfin le jeune homme est parvenu à se remettre sur ses jambes, il regarde en vain de tous côtés, Rose-Marie a disparu.

IV

En s'éloignant de M. Richard, Rose a couru pendant fort longtemps sans s'arrêter; elle ne sait pas où elle va, ni dans quel quartier elle se trouve, mais peu lui importe; l'essentiel pour elle est de ne pas être rattrapée par cet homme dont les infâmes projets viennent de se dévoiler à ses yeux.

Enfin la jeune fille s'arrête, car la respiration lui manque, elle est dans une rue sombre et étroite ; elle aperçoit une borne et va s'asseoir dessus : elle regarde en frémissant autour d'elle ; au moindre bruit elle devient tremblante, puis le courage l'abandonne, de grosses larmes tombent de ses yeux, et en ce moment elle pense toujours à son père.

—Mon Dieu ! se dit Rose en levant ses regards vers le ciel, que vais-je devenir, si vous m'abandonnez ?... seule, la nuit, dans une ville que je ne connais pas, et que l'on dit si dangereuse !... Ah ! je n'aurais pas dû consentir à quitter mon père... Si je lui avais dit : Je me trouve bien heureuse près de vous, je veux passer ma vie dans notre village, il n'aurait pas songé à m'envoyer à Paris !... mais depuis longtemps je n'étais plus gaie chez nous... parce que... je rêvais à quelqu'un... Mon bon père a pensé que je m'ennuyais près de lui, et voilà pourquoi il a cru devoir m'envoyer chez mes oncles... Ah! c'est le ciel qui me punit; si j'avais eu plus de confiance en mon père, si je lui avais parlé de M. Léopold, je suis sûre qu'il m'aurait gardée près de lui, et maintenant je ne serais pas ici... sans asile et au milieu de la nuit.

L'horloge d'une église voisine vient de sonner minuit. Bientôt des pas sourds se font entendre. La jeune fille se lève précipitamment en se disant :

—Si c'était cette patrouille grise dont ce vilain monsieur m'a parlé... et qu'elle m'arrêtât... Il vaut mieux marcher que de rester là sur cette borne... au moins j'aurai l'air de suivre mon chemin ; si on me demande où je vais, je dirai que je rentre chez moi.

Les pas que Rose-Marie avait entendus étaient en effet ceux de cette mystérieuse patrouille qui sort à minuit , et fait ses rondes dans Paris jusqu'au moment où les paysans arrivent pour approvisionner les marchés, et où le jour commence à poindre, car alors les voleurs sont obligés de battre en retraite et le danger cesse.

Ce que l'on nomme patrouille grise est une escouade composée d'agents de police. de sergents de ville, vêtus en bourgeois, et parfois de quelques-uns qui ont conservé leur uniforme. Ces hommes , habitués aux ruses des voleurs, sont plus adroits pour les surprendre que les patrouilles ordinaires , faites par la troupe de ligne ou la garde nationale.

La patrouille grise s'avance en silence ; on ne cause point dans les rangs ; tous ceux qui en font partie semblent avoir le talent de marcher sans faire de bruit. Souvent, en entrant dans une rue, la patrouille se sépare en deux parties : les uns prennent la droite, les autres la gauche ; puis ces hommes se tiennent à quinze ou vingt pas de distance les uns des autres, et se glissant ainsi le long des maisons, dont leur capote a la couleur, ils ressemblent à des ombres dont la présence n'est pas bien certaine et qui souvent échappent aux regards d'un passant un peu préoccupé. Aussi, en traversant Paris, à deux ou trois heures de la nuit, vous avez quelquefois rencontré plusieurs patrouilles grises et vous ne les avez pas vues ; mais elles n'auront pas manqué de vous apercevoir.

Cette patrouille connaît son monde : elle n'arrêtera jamais le jeune homme qui sort du bal, le viveur qui s'est attardé à table avec des amis, le galant qui a oublié l'heure près de sa maîtresse. Elle reconnaît ces gens-là rien qu'à leur tournure et elle ne s'y trompe pas ; mais elle avertit les personnes qui habitent un rez-de-chaussée ou un entre-sol bas, lorsqu'elles ont oublié de fermer une de leurs fenêtres donnant sur la rue ; elle tâche de surprendre les voleurs qui essayent de forcer une porte, de crocheter, de scier les volets d'une boutique. Elle réveille l'ivrogne qui s'est endormi au coin d'une borne, et le ramène à son logis si son ivresse est bien réelle ; enfin, elle fait une rafle sur tous ces vagabonds, ces gens sans asile qu'elle trouve sur son passage, et qui, pour la plupart, ne sont aussi que des voleurs, ou du moins aspirent à le devenir.

Autrefois les auvents des boutiques, les balustrades qui étaient en dehors des cafés, servaient à cacher ces malheureux qui n'ont point de domicile, qui ne possèdent pas même de quoi payer leur place dans le plus misérable garni, ou qui, par goût, aiment à passer la nuit à la belle étoile.

N'ayant plus ces cachettes que l'autorité a fait détruire, il leur reste les maisons en construction , l'entrée des théâtres qui ont des péristyles, ou les arches des ponts; c'est là qu'ils vont se blottir; aussi on en ramasse souvent sur les marches du théâtre de l'Odéon, sous le péristyle du théâtre de l'Ambigu-Comique. Une nuit, la patrouille grise découvrit un petit vagabond de douze à treize ans, blotti dans l'intérieur d'un tuyau de fonte laissé sur la voie publique, près d'un endroit où l'on réparait un égout.

Les gens qui vivent à Paris en état de vagabondage emploient toutes les ruses imaginables pour tromper la patrouille lorsqu'ils sont surpris par elle. Une des plus communes est de faire semblant d'être gris, ou d'avoir été attaqué et battu par des voleurs, ou de s'être trouvé mal d'inanition... Mais la patrouille grise est peu crédule; elle conduit à la préfecture tous ceux qui ne peuvent pas justifier d'un domicile.

Elle est encore fort gênante pour les locataires qui essayent de déménager la nuit et jettent par une fenêtre tous leurs effets à quelques amis qui servent de commission-naires ; le tout afin de partir le lendemain sans payer de terme.

Il est près de deux heures du matin ; les rues de Paris sont désertes ; la patrouille grise fait ses rondes. Un homme mal vêtu se glisse dans l'ombre, arpentant le haut de la rue du Temple ; cet homme porte sur son dos un sac assez gros et qui semble fort lourd, car de temps à autre il est obligé de s'arrêter pour le changer d'épaule. Cepen-dant cet individu s'efforce de hâter le pas, et va tourner la rue des Gravilliers, lorsque tout à coup plusieurs hommes l'entourent... il espère que ce sont des camarades... mais il frémit en reconnaissant la patrouille grise.

Le chef l'arrête.

— Un moment, l'ami, tu marches bien

vite, et pourtant ce que tu portes paraît devoir être lourd.

— Ah! monsieur... c'est que... à l'heure qu'il est, on est bien aise d'être rentré chez soi. Je me suis un peu attardé en buvant avec un ami, et j'ai peur d'être grondé par ma femme. Bonsoir, messieurs.

— Tu es bien pressé, que portes-tu dans ce sac?

— Ça, messieurs, ce sont des pommes de terre, des provisions pour ma famille.

— Tu t'y prends un peu tard pour acheter des pommes de terre.

— Je les ai achetées dans la soirée, c'est que j'avais oublié mon sac chez le marchand de vin.

— Voyons tes pommes de terre.

L'individu qui prétend porter des provisions à sa famille veut en vain s'opposer à ce que l'on visite son sac; quand il s'aperçoit qu'il n'y a pas moyen d'éviter cette inspection, il essaye de fuir en abandonnant ce qu'il portait ; mais on a prévu son intention et on l'empêche de s'échapper.

On ouvre le sac. Les pommes de terre se trouvent changées en débris de plomb provenant de gouttières.

— Où as-tu volé cela ? demande le chef de la patrouille.

Alors, ce monsieur, renonçant à son système de prévoyance pour sa famille, répond d'un air penaud :

— Je n'ai rien volé ! j'ai trouvé ce sac dans la rue, je l'ai ramassé.

— Où l'as-tu trouvé, ce sac ?

— Là-bas au coin du boulevard.

— Tu mens. Tu as volé cela rue de la Corderie, où l'on vient de surprendre ton camarade qui était encore en train de couper des plombs.

— Tiens ! il s'est laissé pincer !... Ah ! le vieux pingre !...

— Ce n'est pas là ton coup d'essai. Il y a huit jours, on a volé tout le zinc d'une maison de la rue des Blancs-Manteaux, est-ce toi?

— Oui.

— Qu'as-tu fait de ce zinc?

— Je l'ai vendu.

— Et quand tu as eu de l'argent?

— J'ai marché.

— Où couchais-tu?

— Dans les carrières, sous les buttes Saint-Chaumont.

— Et dans la journée, que faisais-tu?

— Tiens! j'allais à la cour d'assises voir juger... faut ben faire son droit!

La patrouille emmène cet habitué du palais. Dans une rue voisine, elle aperçoit quelque chose de roulé contre une maison et une borne. Cela ressemble de loin à un tas d'ordures; mais les agents ne s'y laissent pas tromper. L'un d'eux s'approche, et pousse avec son pied cette espèce de paquet qui geint et se déroule. C'est un homme.

— Hohé!... que faites-vous là?...

— Hem!... de quoi?...

— Que faites-vous là? répondez.

— Vous le voyez bien, je dors.

— On ne doit pas dormir la nuit dans la rue.

— Tiens, pourquoi donc ça? est-ce que le pavé n'est pas à tout le monde?

— Pourquoi ne rentrez-vous pas chez vous?

— J'étais si bien là!

— Allons, ne faites pas l'ivrogne, c'est inutile. Avez-vous un domicile?

— Pas si bête! pourquoi donc que je payerais un loyer! je préfère le coin de la borne.

— Nous allons vous en donner un, alors.

— Où donc que vous me logerez?

— Au dépôt de Saint-Denis.

— J'y resterai pas longtemps à votre dépôt !

— Allons, marche !...

— Minute !...

Le vagabond se baisse, et ramasse un chien mort en disant :

— Attendez! que je prenne mon traversin.

Un peu plus loin, la patrouille aperçoit un particulier arrêté devant les contrevents d'une boutique de faïencier, et cherchant à ouvrir une porte; mais l'individu est revêtu du costume de la garde citoyenne, et loin de paraître se cacher, il chante tout en essayant d'ouvrir sa porte :

—*Ah! quel plaisir d'être soldat!*... Sapristi! je suis bien content de rentrer me coucher, quoiqu'ça... J'ai dit au lieutenant que j'avais des coliques atroces... il s'est laissé attendrir... *Ah! quel plaisir d'être soldat!*... Pour quoi donc que mon passe-partout n'ouvre pas

ce soir?... il y a donc des ordures dans ma
serrure ?... *On sert et son prince et l'État...*
Comme Égérie sera contente de voir son petit homme revenir coucher avec elle¹...
comme elle le réchauffera, son petit!... *Et
gaiement, gaiement on s'élance!...* Mais, sacredié! on a donc abîmé ma serrure... ça ne peut
pas tourner à présent... ah! si elle tourne.
Et gaiement, gaiement on s'élance! Bon, elle
tourne et ça n'ouvre pas!... Dieu! que je
fais de mauvais sang!... je serai obligé d'appeler Égérie; moi qui voulais la surprendre
dans son dodo...

En ce moment le faïencier se retourne,
il aperçoit la patrouille grise qui l'entoure
et l'examine, il s'écrie :

— Messieurs, vous voyez un membre de
l'ordre public qui rentre se coucher, avec la
permission de ses chefs... C'est moi qui
suis le maître de cette boutique... et marié
depuis un an seulement, à une femme très-

jolie et remplie de moyens pour le commerce... Depuis que je l'ai épousée, mon
fonds est un des meilleurs du quartier ; j'ai
des pratiques par-dessus la tête. Tous les
jeunes gens de la rue se fournissent chez
moi... il y en a un entre autres qui m'achète
tous les matins une soucoupe, il paraît
qu'il en casse beaucoup!... J'ai pris pour
enseigne : *à la Faïence imperméable!*... c'est
une idée de moi... Mais je ne sais pas ce qui
est arrivé à mon passe-partout... je ne peux
pas ouvrir ma porte... je crains d'être obligé
de réveiller ma femme... mon Égérie.

— Voyons, dit le chef de la patrouille
en s'avançant, je serai peut-être plus adroit
que vous... je ferai peut-être aller la clef,
moi...

— Ah! ma foi, vous me rendriez un
grand service... M. le commandant.

L'agent de police a fait tourner la clef, et
il dit au faïencier :

— Votre clef va très-bien, mais vous res-
teriez là bien inutilement ; comment voulez-
vous ouvrir votre porte? on a mis la barre
de fer en dedans.

— Vous croyez, M. le commandant ?

— J'en suis sûr.

— C'est singulier, car je dis toujours à
mon épouse quand je suis de garde : Ne mets
pas la barre de fer à la porte, car si par hasard je puis revenir me coucher, je révien-
drai. Mais elle aura eu peur apparemment,
et elle s'est barrée pour qu'on ne puisse pénétrer chez elle... Pauvre petite chatte, il
faut que je la réveille.

Le faïencier se recule un peu, et tout en
regardant à l'entre-sol, se met à crier :

— Égérie !... c'est moi !... Égérie !... c'est
ton petit mari... Hum !... hum !... *Ah ! quel
plaisir d'être soldat !*... Il paraît qu'elle dort
profondément !... Mais avec le bout de mon
fusil, je vais cogner au volet...

Le faïencier cogne ses volets de l'entre-
sol, en criant de nouveau.

— C'est moi ! Égérie, n'aie pas peur... tu
as mis une barre, ma biche, et cela m'empêche d'entrer... Ote ce que tu as mis, Égérie, tu me feras plaisir... Ah ! elle ouvre la
fenêtre... elle est éveillée.

En effet, on entr'ouvre bien doucement
un volet de l'entre-sol, et une voix de femme,
qui semble fort émue, balbutie :

— Qui est-ce qui est là?

— C'est moi ! Égérie... c'est Joseph, ton
époux... Je reviens coucher... ôte le boulon,
chère amie... ôte ce qui m'empêche de rentrer.

— Ce n'est pas vrai !... vous n'êtes pas
Joseph, mon mari est de garde... Laissez-
moi dormir, je n'aime pas ces plaisanteries-là.

Et le volet se referme. Le garde natio-
nal se retourne vers la patrouille grise, en
s'écriant :

— En voilà une sévère, par exemple!...
Je ne suis pas son mari... elle ne reconnaît
pas ma voix... ce que c'est que la peur et le
sommeil... Mais je veux me coucher, je n'ai
pas envie de retourner au poste, on se mo-
querait de moi!... Holà! Égérie... ah! sa-
crebleu, éveille-toi donc tout à fait... C'est
moi, ton Joseph... Mon passe-partout ouvre... mais la porte est barrée en dedans...

Le volet de l'entre-sol s'entr'ouvre de nouveau.

— Comment! c'est toi, mon ami?...

— Eh! oui... c'est moi... Ah! elle me
reconnaît enfin... je savais bien que ce
n'était que l'effet du sommeil.

— Je croyais rêver, mon ami, je ne com-
prenais rien à tout ce bruit.

— Débarre-toi, chère amie, descends
m'ouvrir, que je puisse rentrer... mais
prends de la lumière, ne va pas tomber, te
cogner.

— Oh! je n'ai pas besoin de lumière, je vais descendre.

Le faïencier se frotte les mains en disant :

— Maintenant je suis sûr de ne point passer la nuit à la porte; messieurs, je vous souhaite bien le bonsoir... *Ah ! quel plaisir d'être soldat!*... Voilà ma femme qui descend... *Et gaiement on s'élance !*... *Ah ! quel plaisir, ah ! quel plaisir, ah !* comme je vais la réchauffer... ah !...

La patrouille s'éloigne ; mais à une centaine de pas, le chef fait signe à ses hommes de s'arrêter... puis tous restent immobiles et en silence, les yeux fixés sur la fenêtre de l'entre-sol du faïencier ; ils attendent le dénoûment de la scène qui vient de se passer.

Ce dénoûment ne tarde pas à arriver ainsi que la patrouille l'avait prévu. A peine le mari est-il rentré dans sa boutique et s'occupe-t-il à remettre les boulons et les

13.

barres de fer à sa porte, que les volets de l'entre-sol s'ouvrent davantage, puis un jeune homme paraît à la fenêtre, d'où il s'élance dans la rue au risque de se briser sur le pavé. Mais l'étage est bas, le jeune homme est tombé sur ses pieds et ses mains, il est aussitôt relevé et se met à courir à' toutes jambes. Il passe au milieu de la patrouille qui peut voir que ce monsieur n'est qu'à demi vêtu, et qu'il tient sa redingote sur son bras; mais la patrouille grise n'a garde de l'arrêter, elle le laisse courir, car elle sait fort bien que ce n'est pas un voleur.

Puis, dans une rue voisine, les agents de police rencontrent une jeune fille qui marche très-vite, mais qui s'arrête et devient toute tremblante en se voyant tout à coup entourée d'hommes qui ont eu l'air de sortir de dessous les pavés, et l'ont cernée avant même qu'elle ne les ait vus venir.

— Où allez-vous si tard, jeune fille? demande un des hommes en approchant une lanterne sourde du visage de Rose-Marie, car c'est elle que la patrouille grise vient de rencontrer.

— Messieurs... je vais... chez mon oncle... M. Eustache Gogo.

— Et où demeure-t-il, votre oncle?

— Il demeure... rue de Vendôme, n° 14.

— Et comment se fait-il que vous soyez seule à cette heure dans les rues?

— Monsieur... c'est que... je suis restée à causer avec quelqu'un...

— Avec votre amoureux, n'est-ce pas? mais il aurait bien dû vous reconduire alors, on ne laisse pas une jeune fille... comme vous, revenir seule, la nuit, dans Paris.

Rose-Marie baisse les yeux et ne répond pas. Les agents la regardent, puis ils se regardent entre eux, et bientôt le chef de la patrouille reprend :

— Voulez-vous que l'un de nous vous escorte jusque chez vous?

— Oh! je vous remercie, messieurs, mais j'irai bien toute seule...

En disant ces mots, la jeune fille se remet en marche et s'éloigne rapidement. La patrouille grise la laisse aller après l'avoir examinée. Les hommes de l'escouade l'auraient escortée, mais ils ne l'auraient point arrêtée.

V

Rose-Marie a marché longtemps en se félicitant de n'avoir pas été emmenée par la patrouille ; la peur qu'elle a éprouvée alors lui a rendu des forces ; pendant quelque temps, elle a pu encore parcourir diverses rues, et elle se dit :

— Si le jour pouvait venir... oh ! alors,

je demanderais le chemin de l'embarcadère,
je m'y rendrais, et aussitôt que les employés
seraient arrivés, je demanderais à partir
pour Corbeil.

Mais le jour n'était pas encore prêt à pa-
raitre; la jeune fille trouvait cette nuit
éternelle. Les nuits semblent toujours bien
longues à ceux qui souffrent moralement ou
physiquement.

Cependant la pauvre Rose ne pouvait
toujours marcher. Elle est arrivée à l'entrée
d'un pont; elle sent la fraîcheur de la ri-
vière, elle se demande si elle doit encore
avancer, lorsque ses yeux distinguent à une
centaine de pas, à peu près au milieu du
pont, une lumière rougeâtre dont la clarté
incertaine ne se projette que sur un cercle
fort restreint. Puis de temps à autre, cette
lumière disparaît, comme si quelqu'un venait de la masquer en se plaçant devant.

La jeune fille ne tarde pas à entendre

plusieurs voix, elle croit même distinguer comme des chants, puis des éclats de rire. Il est évident que plusieurs personnes sont rassemblées autour de cette lumière placée au milieu du pont; mais que font-elles là? Rose ne sait si elle doit avancer ou reculer, mais l'un et l'autre lui serait également difficile, elle est entièrement épuisée de fatigue, un banc de pierre s'offre à sa vue, elle s'assoit dessus en murmurant:

— Je ne puis aller plus loin... cela m'est impossible... mais ces gens qui sont là-bas ne doivent pas être des malfaiteurs, puisqu'ils ont de la lumière et que je les entends rire et chanter. D'ailleurs le ciel, qui m'a protégée contre la patrouille grise, veillera encore sur moi, et puis le jour va venir, et alors...

La jeune fille n'a plus la force de penser davantage, elle se laisse aller sur le banc de pierre, ses yeux se ferment, elle s'endort.

Rose-Marie se trouvait sans le savoir à l'entrée du pont Notre-Dame, et elle venait de s'endormir tout prés du *Café aux pieds humides*.

Il n'est pas inutile de faire connaître ce café ; les habitués de la Rotonde, des Provençaux, du Café de Paris, ne connaissent probablement pas, cet établissement. Les personnes qui fréquentent les cafés plus modestes de la capitale, et même les habitués d'estaminet, peuvent fort bien aussi n'avoir jamais entendu parler du Café aux pieds humides, qui cependant existe déjà depuis longtemps dans Paris. Mais quoique l'on ait beaucoup parlé des choses curieuses, secrètes ou mystérieuses de cette grande ville, on n'a pas tout dit, il en est encore beaucoup d'oubliées, et d'autres que l'on ne dévoilera peut-être jamais.

C'est au milieu du pont Notre-Dame que toutes les nuits, quand minuit a sonné à l'horloge de la cathédrale, une femme qui tient sous ses bras une table et deux ou trois chaises à peu près dépaillées vient dresser son établissement et commencer son commerce. Cette femme allume une chandelle qui est entourée de papier pour la garantir du vent; elle la pose sur la table, et sortant ensuite d'un vaste panier plusieurs tasses de faïence, avec ou sans anses, et toujours plus ou moins ébréchées, elle les place sur la table autour de la chandelle. Ensuite elle allume du charbon dans un grand fourneau de terre, puis elle met dessus une énorme cafetière de fonte ou de fer-blanc. Là dedans est une boisson composée en grande partie d'eau, puis de lait, puis de marc de café et de marc de chicorée, et dans laquelle on a fait fondre quelques morceaux de cassonade bise. Voilà ce que la débitante appelle du café à la crème; quelquefois il y en a aussi sans lait pour les véritables amateurs;

c'est cette boisson qu'elle vend dans des tasses, pour un ou pour deux sous. Enfin, elle place avec une certaine fierté sur sa table deux ou trois journaux du jour qu'elle a rachetés à bas prix de quelques cafés borgnes, à l'heure où ils ferment, et elle attend la pratique qui ne tarde pas à arriver, et qui prend son café debout autour de la table; les consommateurs seuls ont le droit de *lire les journaux*.

Voilà ce que l'on appelle le Café aux pieds humides, fort bien nommé, puisque les habitués sont obligés, tel temps qu'il fasse, de se tenir sur le pavé qui est bien rarement sec sur le pont Notre-Dame. Il s'ouvre, ou plutôt commence à minuit pour durer jusqu'au jour.

Vous devez deviner quelle espèce de société se trouve ordinairement à ce café en plein vent. D'abord beaucoup de ces messieurs qui n'ont pas de gîte, ou qui se trouvent aussi bien dans la rue que chez eux ; puis les paysans qui vont ou qui reviennent de porter leurs légumes, leurs fruits au marché ; mais ceux-là, après avoir pris leur jatte de café, continuent leur chemin, et s'arrêtent rarement pour causer. Ensuite viennent les charretiers, les chiffonniers, les balayeurs, tous ceux qui travaillent la nuit ; puis les ivrognes qui ne peuvent plus rentrer chez eux ; puis enfin les flâneurs, les gouapeurs, et tous ces êtres qui ne savent où passer la nuit, et qui esquivent souvent la patrouille en allant au Café aux pieds humides, où on lit les journaux et où l'on parle politique.

Les pratiques de cet établissement se renouvellent souvent pendant la nuit ; mais, ainsi que dans les véritables cafés, vous y voyez des habitués, des hommes qui arrivent peu de temps après que la chandelle a paru, qui s'emparent de la chaise dont la

limonadière ne fait point usage , et qui restent là jusqu'au jour , lisant tous les journaux
qui sont sur la table, et les retenant tous en
arrivant.

En ce moment le Café aux pieds humides
est dans toute sa splendeur : une dizaine
d'hommes y sont réunis, la plupart en
blouse ou en bourgeron , quelques-uns en
veste , la plupart ayant des trous , des ac-
crocs ou des pièces à leurs vêtements ; on y
aperçoit aussi plusieurs chiffonniers portant
leur *cabriolet* sur le dos.

La débitante distribue le café tout sucré
aux consommateurs. Quelques-uns ont apporté un énorme morceau de pain , et se
mettent à faire la trempette dans leur tasse.
Mais alors l'attention de toute la société est
fixée sur un petit homme à grosse tête, vêtu
d'un mauvais pantalon de velours olive et
d'un bourgeron bleu, qu'une ceinture rouge
fixe autour de son corps. Cet individu, qui

a la taille d'un nain et des membres d'une grosseur prodigieuse, est monté debout sur la table, et fait tout haut la lecture d'un journal à ces messieurs qui l'entourent, s'interrompant seulement pour fourrer la main sous sa casquette, et gratter avec une espèce de fureur dans ses cheveux roux et crépus.

L'homme-nain a une voix aigre et aiguë qui ne fait pas perdre un seul mot de ce qu'il dit à ses auditeurs; c'est pourquoi ceux-ci le chargent souvent de leur faire la lecture des journaux, que beaucoup d'autres, d'ailleurs, ne seraient pas en état d'épeler.

— Une tasse de deux sous, mère Chicorée! dit un jeune homme pâle et blême qui vient de s'approcher de la réunion, et dont la blouse grisâtre est toute couverte de boue depuis le bas jusqu'en haut.

— Tiens, c'est Féroce!... v'là Féroce!... s'écrient plusieurs voix en tendant la main

14.

au nouveau venu; tu viens bien tard cette nuit... est-ce que tu as nocé?

— Ah! dans quoi donc t'es-tu baigné? tu as l'air d'un caniche qui a fait les quatre coins de Paris ventre à terre...

— Ça... ah! c'est rien... c'est que j'ai eu quelques difficultés avec ma maîtresse, et nous nous sommes un peu roulés dans le ruisseau tous les deux!... Je ne veux pas qu'elle boive de l'eau-de-vie, moi!... quoi! c'est mon idée... du vin tant qu'elle voudra! mais du *sacré-chien*, jamais!... parce que je la connais; quand elle a bu des spiritueux, elle saute au cou du premier homme qui passe... Merci!... menez donc c'te femme-là dîner avec des amis!... vous serez coiffé avant le dessert!... Il est guère sucré le lolo, ce soir, mére Chicorée!

— Comme à l'ordinaire! toujours le même poids de cassonade! mais vous êtes friand, vous! il vous faudrait du caramel!

— Silence donc, les autres ! est-ce que vous ne voyez pas que Ratmort nous lit le journal ?

— Ah ! tiens, c'est vrai !... il est si grand, Ratmort, qu'on ne le voit pas même quand il est monté sur une table.

Cette saillie fait hurler de rire toute la société, excepté celui qui l'a fait naître. Le gros nain, après avoir labouré sa crinière avec ses doigts, tourne sur le jeune homme qu'on nomme Féroce ses petits yeux vert ardent en s'écriant :

— Dis donc, toi !... méchant blanc-bec, si je n'ai pas la taille d'un grenadier, apprends que j'en ai la force et la valeur !... Quand tu voudras en avoir la preuve, tu n'auras qu'à le dire... Si tu veux, je vas faire ton affaire tout de suite !... Qu'est-ce qui veut parier un litre avec moi que je le fiche à l'eau ?...

— Est-il rageur, ce petit Ratmort !... il

se fâche tout de suite !... Me jeter à l'eau !...
merci !... parce qu'il nage comme une carpe
qu'il est !...

— Ne m'ennuie pas, Féroce ! je vas t'é-
gruger, méchant grain de sel !...

— Allons, messieurs, est-ce que vous n'a-
vez pas fini ? dit d'un ton important un vieux
chiffonnier en s'appuyant d'un air fier sur
son crochet. Nous en étions à un article
très-intéressant du journal, il s'agissait des
intérêts du pays... et de l'économie politique
qu'on se propose de faire... sur les vins fal-
sifiés !... Quand on aime sa patrie, on doit
s'intéresser à cet article. Je demande que
Ratmort continue la lecture du journal.

— Oui ! oui ! la lecture du journal ! crient
plusieurs voix.

-— Je vas poursuivre, dit le petit homme
qui est monté sur la table ; mais s'il y a encore queuquez'uns qui s'avisent de me vexer
sur le plus ou moins de centimètres que j'ai

reçus de la nature, je demande le combat à outrance, tout de suite, sans délai... et... immédiatement.

Après avoir dit ces mots, le petit être qu'on nomme Ratmort reprend la lecture du journal.

— Hum!... hum!... où en étais-je?... « Le ministre de l'intérieur ne recevra pas aujourd'hui... mais il recevra la... »

— Queu que ça nous fiche à nous? s'écrie un grand homme d'une maigreur effrayante, qui a la tête couverte d'un énorme chapeau doublé de cuir et porte des bottes qui lui montent jusqu'au milieu de la cuisse. Est-ce que tu crois que nous voulons aller à la soirée du ministre?...

— Silence, Blairot!... si on m'interrompt à chaque instant, je perds mon fil et je ne me retrouve plus...

— Où en sommes-nous avec les puissances étrangères? demande un monsieur à

la figure animée, et dont le nez est enjolivé
d'une foule de rejetons. Ce monsieur porte
un habit qui n'a qu'un pan; il a des bottes
tellement éculées qu'on est toujours tenté
de croire qu'il est en train de les ôter. Enfin , sa tête est couverte d'un vieux bas noir,
dont le pied retombe en guise de gland
sur son oreille gauche; de loin cela joue le
bonnet de police.

— Ah! voilà Ladouille qui vient parler
politique, dit le jeune Féroce en ricanant.

— Eh ben, pourquoi pas?... on se doit à
son pays... à ses institutions... Ma patrie,
voilà mon Dieu... Qui est-ce qui me prête
une chique?... ne parlez pas tous à la fois!...
Ah! sont-ils cancres!... pas un pauvre petit
bout de chique pour l'amitié!...

— Sacré nom d'une pipe! s'écrie Ratmort
en frappant avec violence de son pied sur
la table , vous ne voulez donc pas que je
vous lise le journal?.... Vous jacassez tous

comme des pies... et on dit que les femmes sont bavardes !... je contredis ce proverbe... les hommes parlent plus que les femmes... quand ils ne s'arrêtent pas. Je quitte la tribune.

— Non, non !...

— Reste, Ratmort...

— Lis, nous écoutons.

— Nous attendons ! dit le chiffonnier qui se donne un air important en s'appuyant sur son crochet.

— « Le champ de foire à Rouen a encore été hier le lieu de l'exécution capitale d'un marchand de vin fraudeur... cent vingt-huit litres de vin falsifié ont été répandus en présence de M. le commissaire de police. Le liquide fraudé coulait par ruisseaux... »

— Ah ! nom d'un nom ! que j'aurais voulu barboter par là ! s'écrie l'individu coiffé d'un bas noir, comme je me serais débarbouillé dans le liquide !...

— Mais pisqu'on te dit, Ladouille, que c'était du falsifié!... du vin faux, quoi!...

— Faux ou non, zut! je lippe à mort! Et d'ailleurs, est-ce que nous buvons autre chose chez tous les cabaretiers où nous allons d'habitude?... Pour boire du bon, du vrai, du pur, faut aller hors barrière, c'est connu...

— Ah! ouiché! dit l'homme aux grandes bottes ; c'est pour ça que ces jours derniers, à la Courtille et à Vaugirard, on a fait aussi défoncer un tas de pièces dans les ruisseaux !...

— Silence, citoyens! s'écrie le vieux chiffonnier... laissez continuer la lecture du journal.

Ratmort gratte sa tête, tousse, crache au hasard sur la société, puis reprend :

— « Par ordonnance royale... a été nommé avoué, près le tribunal de première instance... »

— Après... après... c'est aucun de nous, ça ne nous touche pas...

— « L'état de la colonie d'Alger devient de plus en plus satisfaisant... les colons arrivent en masse. Abdel-Kader s'est retiré dans le désert... on lui a pris cent chameaux. »

— Après... après... va plus bas!...

— Du tout! crie le vieux chiffonnier ; je demande la continuation de cet article... ça m'intéresse... j'ai intention d'aller me coloniser avec ma famille... et mes neveux qui justement parlent marocain...

— Au fait!... dit M. Ladouille en balançant agréablement le pied de son bas sur sa tête, ce serait peut-être une bonne spéculation à faire... Vous arrivez là... on vous donne du terrain... des vivres... de l'argent... des lions tout apprivoisés ; vous vous faites bâtir une maison par les Bédouins ; vous vous formez un petit sérail avec cinq ou six Bédouines et autant d'Arabesques, et vous n'avez pas autre chose à faire qu'à fumer et à vous faire tatouer... Je pars avec toi, vieux Crochet !

— Toi ! je ne veux pas t'emmener, tu serais capable de boire la mer et les poissons en route.

— Eh ben, tant mieux, on irait à Alger à pied *sèche* alors.

— Silence ! vous autres. Lis, Ratmort !

— « Souscription pour le chemin de fer de Belgique... » Qui est-ce qui souscrit ?... Ohé !... allez donc porter vos fonds...

— J'offre ma culotte, qui n'en a pas.

— Moi, j'ai dix sous... j'ai envie de les risquer.

— T'as dix sous, vieux mufle !... comment ! tu es farci de numéraire à ce point-là ? J'espère bien que tu les mangeras ce matin avec les amis...

— Et si je ne veux pas...

— Je te les *grinche* alors !...

— Je t'en défie !... je les ai mis dans un endroit *ousque* tu n'iras pas les chercher !

— Je parie que si !

— Mais silence donc ! sacredié ! c'est embêtant, quand on veut entendre le journal, d'être entouré de bavards comme ça... Va, mon petit Ratmort... lis, mon bonhomme !

Mais au lieu de lire, l'espèce de nain se met à danser sur la table en faisant des poses grotesques, puis il chante à tue-tête en battant la mesure sur ses fesses :

— Ah ! cibouli, cibouli, ciboula !
Trala, zig la, trou la la !...
Ce sont les enfants d' Paris !...
Qui sont bleus quand ils sont gris !...
Le rendez-vous des amis
Et des buveurs intrépides
C'est l' Café des pieds humides!

Aussitôt la société se met à hurler en chœur le refrain de cette espèce de baccha-

nale, et plusieurs de ces messieurs termi-
nent par un pas de cancan dont la dernière
figure consiste à se mettre à plat ventre sur
le pavé, en faisant aller ses pieds et ses
jambes comme si l'on nageait.

Le vieux chiffonnier est le seul qui n'ait
pas pris part à la danse. Il est resté impas-
sible sur son crochet, et aprés le chœur, il
crie d'une voix forte :

— Je demande la continuation du journal et de l'article sur Alger...

— Moi, je demande le second couplet de
la ronde.

— Le journal !

— La chanson !... il nous embête avec
son Alger, ce vieux-là !...

Pour toute réponse, Ratmort se tape de
nouveau sur le derrière, en levant une
cuisse à la manière des chiens qui s'arrêtent contre une borne, puis il se remet à
chanter :

— Trala ! zig la ! trou la la !...
La plus grande société
Tient dans la localité.
Où prend-on en liberté
Les d'mi-tasses les plus splendides ?
Au Café des pieds humides !

La danse a recommencé ; M. Ladouille
vient d'enlever la limonadière de dessus sa
chaise, et il commence avec madame Chicorée une valse qui tient de la savoyarde et de
la cachucha, et pendant laquelle le jeune
homme appelé Féroce parvient à arracher au
danseur le dernier pan qui restait à son habit,
et à le fourrer sous sa blouse, probablement
pour en faire un fond à son pantalon.

Déjà plusieurs fois le monsieur coiffé du
bas noir a manqué de faire tomber sa val-
seuse sur le pavé, et il est probable que la
danse se terminera ainsi, lorsqu'un nouveau personnage se présente. Il perce le
cercle qui s'est formé autour des danseurs,

15

se met à rire aux éclats, et frappe dans ses mains en criant :

— Bravo !... Tiens, on s'amuse ici... Bien le bonsoir, messieurs, mesdames et la compagnie, est-ce qu'il n'y aurait pas moyen d'avoir une tasse de café au lait bien chaud? On m'a dit qu'on en tenait ici.

La mère Chicorée lâche son valseur qui va terminer une figure dans les pieds du chiffonnier, et pendant qu'elle se hâte de servir la nouvelle pratique, tous les habitués du café regardent d'un air méfiant et presque inquiet le particulier qui vient d'arriver, et qu'ils voient pour la première fois dans leur société. Ces hommes ont presque tous des raisons pour craindre qu'un mouchard ne se glisse parmi eux.

Mais le particulier qui vient d'arriver ne prend pas garde aux regards qu'on attache sur lui ; tout occupé de la tasse qu'on vient de lui présenter, il semble avaler avec

délices le liquide fumant qu'elle contient,
et s'écrie seulement de temps à autre :

— Tiens, c'est bon !... c'est vraiment du
café... C'est guère sucré, mais c'est très-
chaud, ce qui revient au même.

Pendant ce temps, les habitués font à
demi-voix leurs observations.

— Ah ! c'te tête...

— C'est un Cosaque déguisé.

— Il a l'air fièrement dégommé, toujours !...

— Pantalon arlequin... et ce collet à son
habit !

— En v'là un drôle d'uniforme !

— Ah !... et ce chapeau !... regardez
donc vous autres... ce chapeau à plis !...
c'est une nouvelle mode apparemment...

— Faut que je m'en donne un comme ça
pour Longchamp ; j'aurai l'air d'un lion de
Florence.

— Ma foi, j'aime encore mieux le bonnet

de police de Ladouille, au moins on voit ce que c'est.

Au portrait que ces messieurs viennent de faire du nouveau venu, on doit déjà avoir reconnu le boutonnier qui a voyagé en chemin de fer avec Rose-Marie ; c'est lui, en effet, qui vient de se présenter au Café des pieds humides. Il savoure la consommation.

Le petit Ratmort, qui s'est assis sur la table, d'où il considère d'un air goguenard le particulier coiffé du chapeau de mérinos à plis, lui dit bientôt :

— Il paraît que vous êtes friand sur le café, dites donc... vous, eh?

— Mais oui... je l'aime beaucoup... Au reste, j'aime tout ce qui se boit !

— Ah ! il n'est pas dégoûté, le paroissien. Dites donc, il me semble que c'est la première fois que l'on vous voit par ici.

— D'où donc que vous sortez comme ça, Cosaque? dit M. Féroce.

Ce mot est couvert de rires et de trépigne-
ments de joie. Celui auquel il s'adresse
prend très-bien la chose, et après avoir avalé
ce qui restait dans sa tasse, il répond d'un
air aimable :

— C'est en effet la première fois que je
viens ici, messieurs, et c'est pas étonnant, je suis arrivé à Paris d'hier... par le
chemin de fer ; je viens d'Orléans ; c'est
Bichat mon compère qui m'a écrit : Viens
vite, j'ai une bonne place pour toi. Je
suis parti tout de suite, car je gagnais si
peu là-bas dans mon état de boutonnier...
ma foi j'ai bien fait. Je suis content d'être
venu. J'ai bien fait de me presser ; il y avait
tant de concurrents pour cette place... si
j'avais tardé d'un jour elle m'échappait !...
mais je suis arrivé à temps. Bichat m'a présenté, je suis reçu... j'entre en fonctions ce
matin.

— Quelle place avez-vous donc?

— Inspecteur du balayage ! rien que ça...
et trente francs par mois... c'est gentil ! et
le service est presque toujours fini à trois
ou quatre heures, et on a toute sa soirée
à soi... je pourrai encore travailler à mes
boutons si je veux !

— Diable ! dit M. Ladouille en cherchant
le pan de son habit ; mais c'est un joli poste,
en effet... Qui est-ce qui m'a chippé mon
pan ?... On n'est donc pas en sûreté ici ? Les
amis se volent donc entre eux ?...

— Par exemple, reprend le boutonnier,
il faut se lever de bonne heure. A trois
heures du matin, l'été comme l'hiver, on m'a
dit qu'il fallait être sur pied... et ma foi,
comme j'avais peur de ne pas me réveiller
assez tôt aujourd'hui, je ne me suis pas
couché du tout. Et Bichat m'a dit : Va-t'en
au Café des pieds humides, sur le pont
Notre-Dame, tu y attendras le moment d'entrer en fonctions. Je me suis mis en route ;

mais je ne m'attendais pas que le café était en plein air... Farceur de Bichat, qui me dit qu'il est ouvert toute la nuit !... j'crois bien, et comment donc qu'on ferait pour le fermer ?...

— On emporterait la table, les tasses, la chandelle, et n, i, ni, plus personne, l'établissement disparaît !...

— C'est juste, au fait. Alors on ne dîne pas ici ?

— Non, mon fiston, s'écrie le jeune Féroce en allant frapper sur l'épaule du boutonnier ; mais si tu veux payer ta bienvenue avec les amis, je te mènerai tantôt dans un restaurant un peu soigné. C'est à l'entrée de la rue de Crussol, dans une échoppe, où l'on peut tenir jusqu'à cinq personnes à la fois, au *Petit Véry* enfin ! Pardi, c'est connu ! tout le monde t'enseignera ça ! et pour dix sous par tête nous dînerons comme des députés du centre !

— Ça va, je veux bien... Bichat m'a avancé trois jours d'appointements, et, ma foi ! je serai bien aise de connaître les bons endroits de Paris.

— Eh bien, viens, tu ne pouvais pas mieux tomber, gnia pas un lieu public un peu chouette que Féroce ne connaisse... demande plutôt aux amis.

— Féroce ?

— C'est mon nom... mon sobriquet, si tu veux... parce que je suis un peu brutal avec le sexe... c'est ma manière de me faire adorer.

— En revanche, dit Ratmort d'un ton moqueur, il ne l'est pas du tout avec les hommes, va !...

— Et toi, inspecteur du balayage, comment que tu t'appelles ?

— Moi, je me nomme Glureau... Désiré Glureau.

— Ah ! ce nom !... je t'appellerai Cosaque ; c'est plus gentil, et ça va mieux à ta frimousse.

— Cosaque... ah ! ah !... ça m'est égal, pourvu que je sois toujours Glureau.

En ce moment le vieux chiffonnier se rapproche de la table, et il tape plusieurs fois dessus avec son crochet en criant :

— Je demande la continuation du journal... je paye assez souvent des petits verres à Ratmort, c'est pour qu'il me tienne au courant des affaires de l'État. L'arrivée de l'inspecteur au balayage ne doit pas interrompre nos récréations.

— Ah ! quelle scie que ce chiffonnier avec son journal ! dit Féroce en faisant une pirouette.

— J'appuie la motion du vieux père Crochet ! dit l'individu aux grandes bottes. J'ai plusieurs égouts à nettoyer aujourd'hui, et tout en travaillant avec les confrères, je tiens à être au courant de notre situation politique sur la surface *quelqueconque* du globe !...

— Mais pourquoi ne les lisez-vous pas vous-même, les journaux, puisque vous tenez tant à savoir ce qu'ils chantent?

— Parce que je ne savons pas lire, apparemment, jeune serin.

— Ça ne sait pas lire, et ça veut raisonner sur les affaires du gouvernement.

— Tout de même, mon petit! ça n'empêche nullement. Il y a mieux : je veux fonder un nouveau journal ; je veux *t'être* directeur d'une feuille qui servira au peuple dans ses besoins... je l'intitulerai : la Gazette des Chiffonniers...

— Pourquoi pas des *récureurs?*

— Et pourquoi pas des paveurs?

— Et pourquoi pas des charretiers?

— Et pourquoi pas des regratteurs?

— Tiens, après tout, il devrait y avoir un journal pour chaque profession!

— Allons, allons, ne vous disputez pas, mes enfants ! crie la mère Chicorée, faut appeler votre journal la Gazette des Floueurs ; si tous ceux qui le sont s'y abonnent, je vous réponds que vous ferez de bonnes affaires !...

— Ah ! ah ! bravo ! la mère Chicorée !... C'est meilleur que son café, ça !...

— Allons, la lecture, Ratmort !... le journal !

Le nain s'est remis debout sur la table et il lit :

« L'année mil huit cent quarante-quatre verra probablement disparaître des rues de Paris le dernier réverbère. L'administration va mettre en adjudication la fourniture de mille lanternes à bec de gaz pour éclairer la voie publique. »

— Ils sont stupides avec leur gaz ! dit un petit homme déguenillé, et dont la figure hétéroclite a quelque chose du singe et du chat, vouloir illuminer Paris toutes les nuits... Qu'est-ce qu'ils feront donc les jours de fête, alors?

— Et puis t'aimes pas la lumière, toi, Flairon, n'est-ce pas? dit M. Féroce en souriant; tu préfères l'obscurité.

— Dame! c'est le seul moment de la journée où l'on peut s'amuser, faire ses farces, rire un brin!... Je les casserai tous, leurs becs de gaz... ils me font mal aux yeux...

— Est-ce qu'il n'y a point une séance de la chambre? demande le vieux chiffonnier en s'appuyant sur son cabriolet, voilà ce qui m'intéresse le plus, moi...

— Mais non, vieux, il n'y a pas de chambre maintenant... Comment! tu ne sais pas ça, toi, profond politique, qui veux fonder un journal?... Voilà le procès de trente-six voleurs, toute une bande qu'on a pincée d'un coup de filet... voulez-vous que je vous lise ça?

— Non, non, c'est inutile.

— Nous connaissons l'affaire aussi bien que ceux qui la jugent.

— Peut-être mieux, ajoute M. Flairon en tirant de sa poche une poignée de tabac à chiquer, qu'il mastique longtemps dans sa main avant de le fourrer dans sa bouche.

— Alors, voulez-vous que je vous lise les annonces?...

— Oui, oui; c'est quelquefois bon à savoir... ça peut servir.

— Et puis, on connaît les propriétés qui sont à vendre, dit le chiffonnier, et on a le droit d'aller les visiter.

— Pour les acheter, vieux Crochet?

— Non; mais pour ramasser les chiffons qui sont dedans...

— « *Association mutuelle d'assurances sur la vie des hommes...* »

— Ah! c'est pas bête ça, les amis; je propose de nous assurer mutuellement! s'écrie Ladouille ; ça vous va-t-il?

— Oui, dit Féroce, à condition que l'on ne payera que si l'on meurt.

— C'est pas ça... nous mettrons chacun autant, nous formerons une masse...

— Vois-tu cela... moi qui suis jeune et gaillard, j'irai payer autant que le père Crochet, qui flotte sur son déclin !...

— Je vivrai plus longtemps que toi ! répond le chiffonnier d'une voix rauque ; il est frais, le gaillard !... j'en enterrerai dix comme toi!...

— « *Médaille d'honneur, cafetières à flotteur, compteur et filtres mobiles...* » Ah ! mére Chicorée, ça vous regarde, ça, vous devriez bien vous faire cadeau d'une cafetière comme ça... Nous boirions du nanan, alors !

— Vraiment ! ce que je vous vends n'est peut-être pas bon?... Vous n'êtes jamais contents!... Pour un sou qu'ils me donnent, ne voudraient-ils pas avoir du pur moka avec de la crème double ?

— «A vendre : *usines, tannerie,* avec toutes sortes de facilités pour le payement...» Ah ! v'là ton affaire, père Crochet, tu peux acheter cela, tu donneras quinze sous par semaine...

—Fi donc ! une tannerie !... ça pue trop !... quand je prendrai un établissement, je veux quelque chose de plus huppé que ça !

— « *On demande des courtiers et correspondants en province,* pour un superbe ouvrage d'un placement facile ; il sera fait une remise très-forte sur la vente... »

— Tiens ! ça me va ! s'écrie Ladouille, le courtage, c'est mon élément... Si j'avais pas perdu les pans de mon habit, je me serais présenté demain... C'est égal, donne-moi l'adresse, Ratmort, je me présenterai comme commissionnaire.

— Rue des Mauvaises-Paroles, 15, demander monsieur P. T.

— Ah! quel fichu anonyme!... j'irai pas.

— « *Eau hygiénique pour la toilette*. Cette eau réparative, et d'un effet magique, fait disparaître à l'instant les taches de rousseur, rougeurs, boutons, callosités, et rend à la peau sa fraîcheur et son velouté... » Tiens! tiens! mais ça m'irait, ça, à moi!...

— Comben le flacon? demande le monsieur aux grandes bottes en passant sa manche sous son nez!...

— Ah! le récureur qui veut de l'eau *réparatoire* pour la toilette.

— C'est pas pour moi! mais j'ai ma femme qui a depuis trois mois deux grosses lentilles sur le nez que ça pousse, et que c'est pas joli du tout; si cette eau-là fait tout disparaître, je lui en ferai cadeau.

— Cinq francs le flacon.

— Merci! je sors d'en prendre... je croyais

que ça valait six sous. Mon épouse gardera ses lentilles.

— « *Bandoline pour lisser et embellir les cheveux...* »

— Oh! bandoline, qué que c'est que cette drogue-là?... s'écrie le jeune Féroce en riant.

— On te dit que c'est pour les cheveux...

— Ah! ouiche!... compris!... si j'avais de l'argent, j'en ferais une fameuse provision, de bandoline?...

— « *Col... cold... cré... cream...* » Nom d'une pipe, je crois que c'est du latin!...

— Non, dit M. Flairon, c'est de l'anglais, ça signifie colle et crème.

— Oh! mes enfants, que ça doit être bon! s'écrie Ladouille en se léchant les lèvres; si j'étais en fonds, je vous en payerais un pot, que nous mangerions entre nous... ça doit être parfait étalé sur des tartines de pain... Ces poussahs d'Anglais, ils sont très-gourmands. Je suis sûr que c'est une friandise qu'ils ont inventée pour prendre avec le thé.

— Ah çà! hé! chose! là-haut! dit un grand homme sec et barbouillé de suie, qui n'a pas encore parlé, est-ce qu'il n'y a pas un feuilleton à ton journal!... Lis-nous donc le feuilleton, ce sera plus amusant que les annonces...

— Mais c'est qu'il n'y en a pas de feuilleton, l'enfumé.

— Ah ben! v'là un joli journal, alors!... Pas de feuilleton!... j'en veux pas, de ce journal-là!... Mère Chicorée, faut nous en avoir un autre...

M. Ratmort se dispose à continuer la lecture des annonces, lorsque le jeune Féroce, qui s'était écarté un moment de la société, revient à pas précipités en disant à voix basse :

— Hohé! les amis!... laissez là le journal... je viens de faire une découverte... nous avons là tout près de nous quelque chose de plus intéressant que toutes les bamboches qu'on nous lit...

— Quoi donc?

— Qu'est-ce qu'il y a?...

— Je viens d'apercevoir une femme couchée et endormie... là-bas sur le banc de pierre...

— Ah! pardi! ne voilà-t-il pas quelque chose de bien intéressant, dit le chiffonnier, quelque coureuse... quelque voleuse, peut-être, qui couche là parce qu'elle ne peut pas aller ailleurs!

— Non, non, autant que j'ai pu voir, c'est beaucoup mieux que ça...

— Allons voir.

— Allons voir.

— Mère Chicorée, prêtez-nous pour un moment votre lampion, que nous sachions à qui nous avons affaire.

— Oui, car c'est peut-être un portefaix... nn maraîcher qu'il a pris pour une femme.

M. Ladouille a enlevé la chandelle de dessus la table, et il marche à côté de Féroce et suivi de toutes les pratiques du Café aux pieds humides. Ces messieurs se dirigent vers le banc de pierre sur lequel Rose-Marie est endormie. Ils sont bientôt devant la jeune fille ; Ladouille approche la chandelle de sa figure, et tous ces hommes poussent une exclamation de surprise à l'aspect du charmant visage qui s'offre à leurs regards.

— Eh ben ! dit Féroce, quand je disais que c'était une trouvaille !... Est-ce que ce n'est pas du coquet, ça?...

— Ah ! bigre !... c'est tout à fait soigné, ceci.

— Un vrai bouton de rose ! dit M. Ladouille en approchant encore la chandelle.

— Et joliment vêtue... regardez-moi toutes ces nippes...

— C'est propre du bas en haut.

— Et pas une mise bambocheuse !...

— C'est pas une fille de Paris, ça.

— Ça vient pour le moins de la banlieue. Prends donc garde, Ladouille, tu lui mets le lampion sous le nez, tu vas l'éveiller.

— Comme elle dort profondément ! faut qu'elle soit fièrement fatiguée, pour dormir ainsi sur cette pierre, et pourtant elle n'a pas l'air d'être accoutumée à coucher dans la rue.

— Messieurs ! dit le jeune Féroce, que cette jeune fille ou femme soit ce qu'elle voudra, je m'en accommode et je la prends pour mon épouse.

— Ah ! part à nous deux ! Féroce ! s'écrie le petit homme déguenillé en s'approchant du banc de pierre.

Mais M. Désiré Glureau, le boutonnier, qui jusque-là s'est contenté d'examiner en silence la jeune fille endormie, dit alors :

— Minute, messieurs, un instant !... je la

2.   17

reconnais, moi, cette jeune fille... oui! Oh!
je ne me trompe pas, elle était avec moi en
chemin de fer... elle est montée à la station de Corbeil... elle venait seule à Paris...
elle se sera égarée, perdue... elle n'aura
plus retrouvé la demeure des personnes
chez lesquelles elle allait.

— Eh ben ! balayeur, mon ami, qué que
ça nous fait que tu aies trimé en chemin de
fer avec ce bijou contrôlé? que prétends-tu
dire par là ?

— Je veux dire que cette jeune personne
est honnête, ça se voyait tout de suite dans
la voiture, elle n'osait pas lever les yeux, pas
souffler mot... Je lui ai offert ma place, j'a-
vais le coin, elle n'a pas voulu accepter,
de peur de me déranger...

— Eh ben, tant mieux, si c'est une fille
honnête ! je les préfère comme ça, d'autant
plus que ce sera de la nouveauté pour
moi.

— Moi, je vous dis que cette demoiselle n'ira pas avec vous !

— Vois-tu ça, Grigou ! Père Crochet, tu vas me prêter ton cabriolet, je vas mettre ma trouvaille dedans et je l'emporte sur mon dos, pas pu gêné que ça !

Le vieux chiffonnier ne semblait nullement disposé à prêter sa hotte, et Désiré Glureau regardait le jeune Féroce comme pour voir ce qu'il oserait faire, lorsque Rose-Marie, éveillée par le bruit que ces messieurs font autour d'elle, ouvre les yeux, puis les referme aussitôt en poussant un cri de terreur.

— Ah ! la petite souris est éveillée, dit M. Flairon.

— Elle a une voix qui vibre comme une cornemuse.

— Pourquoi donc qu'elle referme ses jolis quinquets ?... est-ce que nous lui ferions peur ?

Toutes ces figures qu'elle venait de voir étaient bien faites pour inspirer de l'effroi à Rose, et sa situation, la nuit, endormie sur un banc de pierre dans une rue de Paris, lui revenant à l'idée, elle comprend tout ce que l'on peut penser d'elle, et balbutie d'une voix que la peur rend tremblante :

— Oh ! messieurs, ne me faites pas de mal, je vous en prie... Je suis une pauvre fille... arrivée d'hier à Paris... je me suis perdue dans cette ville... et accablée de fatigue, je me suis assise et endormie sur ce banc de pierre, en priant le ciel de veiller sur moi !...

— Fichtre ! dit Ladouille, faut que vous ayez bien de la confiance en lui, pour dormir ainsi dans la rue !... avec une petite frimousse comme ça...

— N'ayez pas peur, bel ange, ouvrez les yeux, vous n'êtes entourée que de gens ai-

mables ! Et moi, pour ma part, je vous offre
ma chambre ! un cabinet superbe dans un
garni... qui ne l'est guère, et mon cœur,
ma personne par-dessus le marché !

Rose-Marie se recule vivement en voyant
celui qui vient de lui parler s'avancer vers
elle comme pour lui prendre la main. Mais
presque aussitôt le boutonnier, repoussant
M. Féroce avec une vigueur dont on ne
l'aurait pas cru capable, se place devant la
jeune fille et lui dit :

—N'ayez pas peur, mam'zelle, vous êtes en
pays de connaissance... J'ai fait route avec
vous en chemin de fer... c'est moi qui étais
dans le coin, qui vous ai offert ma place...
Oh! je suis un honnête homme, vous pouvez
vous fier à moi... Quoique, dans la voiture,
le jeune homme assis à côté de moi ait voulu
me vexer, parce que j'ai dit que je n'avais
pas de mouchoir... ça n'empêche pas que je
vaux peut-être mieux que lui !

17.

Rose regarde la tête de Cosaque, elle reconnaît celui qui lui parle et balbutie :

— Ah! oui... en effet, je me souviens... j'étais avec vous sur le chemin de fer.

— Eh ben, vous voyez que nous nous connaissons.... Tenez, mam'zelle, vous m'intéressez... car quoique vous dormiez au coin de la borne, je suis bien sûr que ce n'est pas de votre faute et que vous êtes honnête. Mais le plus pressé est de ne pas vous laisser là. Vous tremblez... vous avez froid... ça n'est pas bon de coucher dans la rue. Venez avec moi, je vas vous conduire tout de suite chez Bichat, mon compère, rue de la Huchette ; c'est un homme marié, établi... il demeure tout près d'ici... sa femme aura soin de vous... et quand il fera grand jour, vous verrez ce que vous aurez à faire.

La jeune fille ne connaissait l'homme qui lui parlait que pour avoir fait route avec lui. Mais tous les individus qui sont groupés autour d'elle ont dans leur figure une expression sinistre qui est si peu rassurante, qu'elle n'hésite pas un moment à se confier au boutonnier, qui, malgré sa laideur, n'annonçait ni la perfidie ni la méchanceté. Elle se lève donc et prend le bras que Désiré Glureau lui présente en répondant :

— Eh bien, j'accepte, monsieur... je vais aller avec vous chez les personnes que vous connaissez.

— Tiens! tiens! a-t-il de la chance l'inspecteur au balayage! s'écrie le petit homme déguenillé. C'est lui qui a fait la conquête de la belle !

— Dis donc, toi, l'ami ! s'écrie Férocé en faisant mine de vouloir empêcher le boutonnier d'avancer. Sais-tu que tu agis trop librement? En a-t-il du toupet, ce vilain Cosaque! De quel droit que tu m'emmènes cette petite, pisque c'est moi qui l'ai trouvée ?...

C'est avec moi qu'elle doit aller et pas avec toi ! Je veux pas que tu l'emmènes, je m'y oppose !

Mais sans avoir l'air d'écouter le jeune homme en blouse, le boutonnier continue d'avancer avec la jeune fille qu'il tient sous son bras, en disant :

— Laissez-nous donc tranquilles , est-ce que mam'zelle est faite pour aller avec vous ?...

— Pourquoi donc pas ?...

— Ah ! il l'emmène, Féroce ! il te la souffle tout de même ! dit M. Ladouille en allant reporter la chandelle à la limonadière.

Le jeune homme en blouse essaye d'arrêter l'homme au chapeau plissé en lui prenant le bras ; mais le boutonnier repousse M. Féroce en lui donnant dans l'estomac un coup de coude qui l'étend sur le pavé , et poursuit ensuite son chemin avec Rose-Marie.

Tous les autres hommes, témoins de cette scène, voient avec dépit la jeune fille leur échapper, et peut-être se seraient-ils déjà jetés sur Glureau, pour l'empêcher de l'emmener, si en ce moment le jour n'avait commencé à poindre.

Mais déjà les rues étaient moins désertes; les paysans passaient, les épiciers, les débits de consolation ouvraient leur boutique, et tous ces hommes si entreprenants, si audacieux, si tapageurs pendant la nuit, devenaient inquiets et prudents à l'approche du jour.

Quelques instants après, le Café aux pieds humides n'existait plus.

VI

La famille Gogo.

Tout est en l'air dans un fort bel appartement de la rue Saint-Lazare, situé dans la maison où Rose-Marie a en vain demandé son oncle, Nicolas Gogo.

Et pourtant son oncle demeure bien réellement dans cette maison où s'est adressée la jeune fille. Pourquoi donc le concierge l'a-t-il renvoyée en lui disant qu'il ne connaissait pas la personne qu'elle demandait? Vous l'avez déjà deviné sans doute; c'est que M. Nicolas Gogo a changé de nom, et que maintenant il se fait appeler M. Saint-Godibert, et même de Saint-Godibert, quand cela se peut.

Et pourquoi Nicolas Gogo a-t-il changé de nom? Pourquoi?... Est-il donc besoin de vous l'expliquer? Et ne rencontrez-vous pas chaque jour dans le monde, dans la société, de ces gens qui portent un nom qui n'a jamais été le leur? Car celui qu'ils ont reçu de leur père est commun, mesquin, ridicule; ou, bien plus souvent encore, en changeant de nom, ils veulent faire oublier leur origine. Leurs parents étaient de petits marchands, ou de simples paysans; quelquefois même des artisans, ou des gens à gages. Vous concevez qu'une telle origine ne peut plus convenir à des hommes qui ont amassé des écus, et qui veulent se faufiler dans la grande compagnie ! Être fils d'un cultivateur, d'un marchand ! fi donc !... on laisse cela aux petits bourgeois, aux petits esprits, aux êtres sans capacité ; on renie son père, on renie sa famille, son pays même si cela est nécessaire, et on prend un nom bien ronflant, bien distingué, bien sonnant à l'oreille, et on se donne de grands airs, on fait de l'embarras, on a horreur du peuple et de la canaille, on n'habite que le beau quartier, on ne fréquente jamais les petits théâtres du boulevard, et on ne comprend pas la campagne où l'on rencontre des grisettes et des gens qui portent des melons.

C'est ainsi que, dans la société, M. Benoît devient M. de Saint-Amarante, M. Baldaquin est le chevalier de Beaugaillard, Rousseau se transforme en M. de Grandpré ! etc., etc.

Pauvres sots ! qui croient se donner bien du mérite en se donnant un nom qui emplit bien la bouche, et qui ne comprennent pas que Nicolas, Nicodème ou Eustache, deviennent de fort beaux noms quand ils sont portés par de grands artistes ou des hommes de génie.

Il n'y a donc rien d'étonnant à ce que M. Nicolas Gogo, ayant fait fortune à Paris, ait songé à quitter un nom qui d'abord était le même que celui de son frère, le cultivateur, et qui ensuite n'avait rien de distingué et prêtait à la plaisanterie.

— Un homme qui a vingt mille francs de rente ne peut pas... ne doit pas s'appeler Gogo, dit un jour M. Nicolas en s'adressant à sa femme.

— Non, certainement, monsieur! répondit la grande femme, qui avait les mêmes prétentions que son mari. Cela me fait un mal affreux toutes les fois que je vais en compagnie et que l'on annonce : M. et madame Gogo !... ce nom-là est si bête.... d'autant plus qu'on l'a mis, à ce qu'il paraît, dans une pièce donnée avec un grand succès au boulevard ; il y avait, m'a-t-on dit, un M. Gogo, et l'on ne cessait pas de dire dans la pièce : *Que ce M. Gogo est donc canaille !*

— Alors, ma chère amie, je ne m'étonne plus si, très-souvent, je vois des personnes se retourner en riant, quand on prononce mon nom !... c'est qu'elles se rappellent la pièce dont vous parlez ; raison de plus pour le quitter... c'est décidé ! je n'en veux plus ! Comment me nommerai-je ?

Cette grande question avait été débattue pendant plusieurs jours ; enfin, un matin, le petit monsieur au petit nez que vous connaissez déjà ainsi que sa femme, puisque vous les avez vus sur le chemin de fer, s'était présenté à son épouse, et lui avait dit en se frottant les mains :

— Je le tiens !... je l'ai !... Saint-Godibert ! je m'appelle M. Saint-Godibert...
hein ! qu'en dis-tu ?

— Très-bien... il est fort convenable, il
faut l'arrêter... je veux dire, il faut nous le
rappeler.

— Je vais aller l'écrire dans ma chambre,
sur mon bureau, sur plusieurs cartes ; j'en
poserai partout ; comme ça, je retiendrai
très-vite mon nouveau nom ; et nous allons
déménager, afin que dans notre nouveau
local on ne nous connaisse que sous le
titre... je veux dire le nom de Saint-Godibert.

Or, lorsque M. Eustache Gogo, l'homme
de lettres, avait eu connaissance du changement de nom de son frère le richard, il
s'était dit de son côté :

— Ah ! Nicolas quitte son nom... pourquoi donc ne quitterais-je pas le mien
alors?... Moi qui veux travailler pour le

théâtre, me lancer dans la littérature, j'ai
bien plus de motifs que mon frère de ne
pas conserver le nom de notre père qui
sonne très-mal à l'oreille, et qui n'inspire
aucune confiance aux libraires et aux direc-
teurs. Quand je vais demander une lecture
et qu'on me dit : Quel est votre nom?...
je suis toujours certain qu'ils se mettent à
rire en l'entendant ; et en effet, je n'ai pas
plutôt dit : M. Gogo! que je les vois se pincer les lèvres, se regarder, ricaner entre
eux ; c'est fort désagréable... Ah! si j'avais
déjà une grande réputation, je m'en moque-
rais!... ils seraient trop heureux de venir
tous se mettre aux pieds de Gogo! mais
la réputation est longue à venir... J'aime
mieux me faire un nom tout de suite... et
un nom qui ne donne pas envie de me rire
au nez quand je me nommerai... ou quand
on me nommera comme l'auteur d'une pièce
nouvelle.

18.

Eustache Gogo avait eu aussi quelque peine à se déterminer pour le choix d'un nom; se débaptiser n'est pas une affaire aussi simple que vous pourriez le penser; enfin, après quelques semaines de réflexions, de recherches et d'étude dans le diction- naire des hommes illustres, l'homme de lettres s'était arrêté au nom de *Mondigo*, comme très-distingué, très-gracieux et très- original.

Et lorsque le cousin Brouillard avait eu connaissance du changement de nom de ses deux parents, il n'avait pas manqué de s'é- crier d'un air moqueur :

— Ah! l'un est Godibert et l'autre Mon- digo!... Allons! je vois au moins avec plai- sir qu'ils ont conservé une syllabe du nom de leur père; l'un l'a mise devant, l'autre derrière; c'est égal, c'est une marque de souvenir qui fait qu'on les reconnaîtra tou- jours pour des Gogo.

Ces changements de nom avaient eu lieu depuis plusieurs années déjà, en sorte que dans le monde, et surtout dans la nouvelle société qu'ils fréquentaient, les deux frères de Jérôme n'étaient plus connus que sous les noms de Saint-Godibert et de Mondigo. Le jeune Julien, élevé dans les principes ridicules de ses parents, n'aurait eu garde de dire que son père se nommait Gogo. Quant à Frédéric, le grand et beau brun que nous avons vu aussi en chemin de fer, et qui semblait avoir plus d'esprit que le reste de la famille, il savait très-bien le véritable nom de ses oncles, mais il se serait bien gardé de l'employer en leur parlant, car c'eût été le moyen de se faire défendre leur porte. Et comme sa tante Mondigo était jeune et jolie, et qu'il y avait quelquefois chez elle de gaies réunions d'artistes ; comme son oncle Nicolas, qui voulait singer le grand genre, donnait assez souvent de fort beaux dîners et des bals, où l'on jouait, Frédéric ne voulait pas se fermer la maison de l'un ni de l'autre de ses oncles, quoique lui-même ne fût pas le dernier à rire de leurs prétentions et de leurs ridicules.

Maintenant, dira-t-on, pourquoi le cousin Brouillard n'a-t-il pas parlé à Jérôme du changement de noms de ses frères? Est-ce dans la crainte de faire de la peine au bon cultivateur? Ce n'est pas probable! le monsieur au museau de renard semble éprouver trop de plaisir à lancer des mots piquants, à dire des méchancetés, pour qu'on puisse présumer que la crainte de blesser la sensibilité de Jérôme ait été sa pensée en gardant le silence sur ce chapitre. N'est-il pas plus supposable, au contraire, qu'en donnant au cultivateur la véritable adresse de chacun de ses frères sans lui dire leur changement de nom, il a pensé que cela amènerait des embarras... des cacophonies, des

disputes, et que ce serait pour lui une nouvelle occasion de rire aux dépens de ses cousins?

Quelle qu'ait été la pensée de M. Brouillard, nous avons vu quels événements
furent la suite de son silence sur un objet
si important. A présent, retournons chez
M. Saint-Godibert, qui donne un grand dîner dans son bel appartement de la rue Saint-
Lazare.

VII

On est en train de dresser dans la salle à manger un couvert de vingt personnes ; puis, dans le salon , on prépare les candélabres , les bougies , les tables de jeu. Dans une pièce voisine, on place sur une table des albums, des brochures, des caricatures.

Une petite femme de chambre d'une

vingtaine d'années, aux yeux noirs, au nez retroussé, au teint coloré, ayant enfin un minois très-émoustillant et des hanches rebondies qui semblent battre la mesure quand elle marche, va, vient, court d'une pièce à l'autre, et se donne beaucoup de mouvement. Elle est aidée dans ses préparatifs par un domestique qui ne paraît pas être encore très-habitué au service. C'est un garçon de vingt-cinq ans, haut en couleurs, bâti lourdement, ayant une tête normande et les cheveux taillés à la manière des marchands de salade.

Mademoiselle Fifine, c'est le nom de la femme de chambre, a fait dix tours dans la chambre avant que François, c'est le nom du domestique, ait posé une assiette sur la table.

Ensuite M. Saint-Godibert, à moitié habillé, va, court, passe au milieu de ses gens, regarde ce qu'on fait, donne ses ordres,

change de place les hors-d'œuvre, les cara-
fes, les salières, et, tout en agissant ainsi,
trouve encore très-souvent moyen de s'approcher de mademoiselle Fifine, et de pincer, de tâter tout doucement les belles formes qui battent la mesure sous son jupon.

Puis madame Saint-Godibert, la femme
forte, qui ressemble à une Bédouine, se
montre aussi par moments, et traverse les ap-
partements, vêtue seulement d'un corset et
d'une pile de jupons, et tenant ses deux
bras croisés sur sa poitrine nue en s'é-
criant :

— Ne regardez pas !... Quelle robe met-
trai-je, mon bon chéri?... Quelle robe dois-
je mettre ?... Ah ! grand Dieu, que c'est em-
barrassant ! Ah ! vous n'avez jamais un
conseil à me donner... Vous me voyez depuis une heure flotter dans l'incertitude !...
et vous n'avez pas pitié de ma position...
Voyons, M. Saint-Godibert, que me conseil-

lez-vous? Le satin... c'est très-cossu... le pou-de-soie... c'est coquet... la robe la- mée... ah! c'est très-riche...

— Ma foi, Angélique... si tu mettais... des anchois par ici... oh! des anchois, Fi- fine, ce sera mieux que du beurre...

— Mais, monsieur, cela va tout déran- ger... les anchois sont bien là-bas...

— Vous croyez?...

— C'est donc ainsi que vous me donnez un conseil, Saint-Godibert?

— Mon Dieu, ma chère amie... mais je ne sais que te dire... tu as tant de goût, tu te mets si bien!...

— Madame est superbe avec sa robe la- mée! dit la femme de chambre.

— Oui, Fifine a raison... ta robe lamée te serre, te pince... tu as l'air d'une baya- dère!

— Allons, puisque c'est votre avis, je le veux bien; cependant, il me semble que ma robe de pou-de-soie abricot... me dessine mieux la taille... elle m'amincit encore... cela me rend toute svelte, tout élancée.

— C'est vrai!... tu as raison... il faut mettre ta robe abricot... d'ailleurs, c'est une si belle couleur... ça se marie si bien... une femme et de l'abricot... Et des olives... et du thon ici... François, où est le thon?...

Le valet regarde son maître d'un air étonné en répondant :

— Le ton... ton quoi?... Qu'est-ce que c'est?... Qu'est-ce que monsieur demande?...

— Mon Dieu, que ce valet est borné! Il ne connaît rien! Comprend-on qu'un domestique de bonne maison vous demande ce que c'est que du thon!... Allez à la cuisine... dites à Babet de vous donner le thon...

Pendant que François s'en va à pas comptés à la cuisine, madame Saint-Godibert, qui a fait trois pas vers sa chambre à coucher, revient bientôt en disant :

— Puisque vous le voulez, mon ami, je mettrai ma robe abricot... mais, malgré cela, en y réfléchissant... le satin est très-bien porté... j'en ai vu à beaucoup de soirées... à des femmes de notaires, d'agents de change... cela drape fort bien, le satin... c'est noble, c'est majestueux... j'aurais préféré mettre ma robe de satin !... je vous assure que c'est bien plus habillé !...

— Mon Dieu, ma chère amie, mets-la !... mets-la ! je ne m'y oppose pas... Mais, alors, pourquoi donc viens-tu me demander mon avis ?...

— Ah! que vous êtes contrariant, Saint-Godibert !... que vous êtes sardonique !... Allons, décidément, je mettrai ma robe lamée !... Avez-vous placé les noms des convives sur chaque couvert ?...

« — Non, pas encore... je vais les mettre...

Mais est-ce bon genre, de mettre d'avance les noms de ses convives aux places qu'on leur destine ?...

— Il me semble que cela se fait.

— Cela. se fait... c'est-à-dire cela s'est fait... je ne sais pas si c'est toujours la mode.

— Pourquoi pas?... c'est beaucoup plus commode...

— Je ne crois pas que cela se fasse chez les ministres et chez le préfet...

— Mais il faudrait vous en assurer, alors...

— A qui demander cela, maintenant?... Où est donc notre fils Julien ?

— Il s'habille sans doute.

— Oh ! la toilette ! il ne songe qu'à cela... Quel argent ce garçon-là dépense pour sa toilette !... Croiriez-vous, madame, que pour des gants glacés seulement, il avait un mémoire de deux cent cinquante francs chez un gantier?... J'ai trouvé cela l'autre jour dans sa chambre !... Deux cent cinquante

19.

francs de gants... c'est hideux, il n'a pas
pu user cela à lui seul !

— Eh! monsieur, que voulez-vous... il
faut bien que notre fils se mette à la mode...
François! François!.., montez à la chambre
de mon fils, et dites-lui de descendre... nous
avons besoin de lui.

François, qui vient de revenir avec le
thon dans une coquille, s'en va avec la coquille pour faire ce qu'on vient de lui dire.
M. Saint-Godibert se met à crier :

— François! François!... où donc allez-
vous, brute?

— Je vas où m'envoie madame... chercher
M. Julien.

— Est-ce que vous avez besoin de porter
le thon à la chambre de mon fils?... est-ce
que vous ne comprenez pas que c'est pour
le dîner, ceci?...

— Non, monsieur, je ne savais pas... Ah!
c'est ça du thon?

— Allons, posez-le sur la table et montez chez mon fils, et tâchez de vous dépêcher un peu. Il me fait bouillir, ce garçon-là, il est d'une lenteur...

— Il se dégourdira! dit mademoiselle Fifine en espaçant les couverts.

— Tu crois, Fifine? tu crois, agaçante Fifine?...

— Eh bien! monsieur... voulez-vous finir!... Si madame vous voyait...

— Elle est occupée du choix de sa robe... ce sera encore long... Le pain est coupé, n'est-ce pas. petite?

— Oui, monsieur... il est là dans la corbeille.

M. Saint-Godibert va tâter le pain pour s'assurer s'il est bien rassis, ainsi qu'il l'a recommandé; car ce sont là de ces économies, ou plutôt de ces vilenies par lesquelles se trahissent toujours les parvenus qui veulent faire les grands, et qui n'ont jamais assez de véritable magnificence pour faire les choses entièrement bien. Ainsi, dans un dîner où ils font servir des mets recherchés et des primeurs, ils vous feront manger du pain rassis, et tâcheront, par une économie de quelques sous, de se rattraper sur les dépenses qu'ils sont obligés de faire pour qu'on vante leur manière de traiter.

M. Nicolas Gogo était nécessairement dans cette classe de gens qui veulent porter de beaux habits, se donner de belles manières, faire enfin les personnages comme il faut, mais qui ne se débarbouillent jamais assez bien pour qu'on n'aperçoive pas encore sur leur visage quelques restes de la crasse originelle.

— Fifine !... Fifine... venez donc m'attacher ma robe...

— J'y vais, madame...

— Voyons s'il y a des salières devant

chaque couvert... quelle mode bizarre!...
vouloir que chacun ait sa salière, maintenant! tout cela devient très-dispendieux!...
Enfin, puisque c'est bon genre... Et ces
verres... cette forêt de verres devant chaque
convive!... c'est effrayant... Je trouve que
le luxe de la table est poussé bien loin aujourd'hui!...

— M. votre fils va descendre, monsieur.

— C'est bon, François... ah! François,
écoutez bien ce que je vais vous dire : Aprés
le potage, vous verserez à chaque personne... c'est-à-dire, vous offrirez à chaque
personne du madère... Vous voyez bien
cette bouteille courte et carrée du haut qui
est là-bas...

— Oui, monsieur! oui, oh! je connais
bien le madère! je sais ce que c'est!... c'est
fameusement bon!

— Ah! vous savez que c'est bon... et où
donc en avez-vous bu, puisque vous arrivez

de votre Normandie, et que vous n'avez encore servi à Paris que chez moi?

M. François devient pourpre; il regarde ses souliers et répond au bout de quelque temps :

— J'ai dit que c'était bon pour avoir l'air de connaître ça, de savoir ce que c'est... Comme monsieur m'a grondé tout à l'heure parce que je ne connaissais pas le thon, j'ai pensé qu'il me gronderait encore si je ne connaissais pas le madère...

— Hum!... voilà une réponse qui me semble très-normande! N'importe, j'éclaircirai cela plus tard; revenons à ce que je voulais vous dire. Vous irez donc à chaque personne avec cette bouteille, et vous direz: Désirez-vous du madère?...

— Oui, monsieur, je comprends.

— Attendez donc!... Quand on vous dira non, vous n'insisterez pas, vous passerez bien vite à une autre... vous entendez?

— Oui, monsieur, je passerai bien vite
à une autre.

— Enfin, quand on acceptera, vous verserez, mais vous aurez bien soin de ne jamais remplir le verre plus haut qu'aux deux
tiers...

— Aux deux tiers?

— Tenez, prenez une carafe... versez
moi dans ce verre de madère;... là... assez...
jamais plus haut! vous êtes aux deux tiers.

— Ah! bon, monsieur! je vois la mesure
maintenant!

— Mais il est bien entendu que si la personne qui tient le verre le lève avant que
vous n'en soyez là, vous vous arrêterez
aussitôt.

— Ah! elles ne sont pas obligées d'avaler les deux tiers?

— Eh non, imbécile; il s'agit seulement
de ménager mon vin, d'en donner le moins
possible! Parbleu! on en boira encore assez.

— J'y suis, monsieur, je comprends parfaitement.

— C'est heureux.

Mademoiselle Fifine revient en regardant
ses pouces et en disant :

— Madame est agrafée enfin !... Ah !
Dieu ! si j'avais su que François fût descendu, je l'aurais appelé, j'ai les pouces
abîmés.

Le jeune Julien arrive en grande tenue
de dandy, mais l'air toujours contraint et
gêné devant son père.

— Arrivez donc, M. mon fils ! que vous
êtes longtemps à votre toilette. A votre âge,
je m'habillais en deux minutes et sans voir
clair.

— Pourquoi donc sans voir clair, mon
père ? Vous vous leviez donc de bien bonne
heure ?

M. Saint-Godibert, qui s'aperçoit qu'il
a dit une bêtise, s'empresse de reprendre :

— Dites-moi, Julien, vous dînez assez souvent en ville, met-on les noms des convives d'avance sur la table?

— Les noms, mon père?

— Oui, les noms, pour indiquer les places.

— Ma foi, je n'ai pas fait attention!...

— Alors, monsieur, à quoi pensez-vous donc? et à quoi sert l'éducation que je vous ai fait donner, l'argent que j'ai dépensé pour vous, si vous ne remarquez pas des choses aussi essentielles, des choses aussi importantes pour quelqu'un qui va dans le beau monde?...

— Qu'y a-t-il donc, mon ami? demande madame Saint-Godibert en arrivant avec sa robe lamée dans laquelle elle ressemble à une idole du paganisme.

— Il y a que notre fils ne sait pas si on met ou si on ne met pas les noms des convives sur la table!... à son âge!... et il dîne... chez tout ce qu'il y a de mieux... à ce qu'il nous dit du moins quand il dîne dehors, ce qui lui arrive fréquemment... Ah! si nous avions là mon neveu Frédéric, comme il nous aurait dit cela tout de suite! il n'aurait pas hésité une minute! C'est un dépensier, un assez mauvais sujet, c'est vrai! mais il faut convenir qu'il a un excellent ton!... des manières de prince!... un air noble même!... il sait tout ce qui se fait dans la haute compagnie... aussi je l'ai invité... Il m'emprunte souvent de l'argent le soir pour jouer... c'est désagréable... mais il est très-utile pour les renseignements... Il voit des secrétaires d'ambassade!... des lords d'Angleterre... Oh! il est lancé... Mais monsieur mon fils court toute la journée et tous les soirs... je ne sais où... chez des grisettes, peut-être!... Si je te savais capable de fréquenter des grisettes, je te renierais!... Ne pas savoir si on met les noms sur la table!... et il a appris le latin encore!

— Mon Dieu ! ne vous emportez pas, mon
père ; je me rappelle maintenant qu'on les
met... oui, oui, on les met...

— En es-tu bien certain ?

— Oui, mon père... je me rappelle... la
dernière fois que j'ai dîné chez le comte...
Cornihoff... cela était ainsi.

— Le comte Cornihoff !... diable !... ce
doit être un grand personnage, cela !... dit
M. Saint-Godibert en regardant son fils d'un
air plus aimable. Tu vas chez des comtes
Cornihoff, et tu ne nous le dis pas ?

— Ah ! c'est par hasard, mon père... c'est
Dernesty qui connaît ce seigneur russe, et
qui m'a conduit chez lui...

— Il fallait donc nous amener ce seigneur ; je l'aurais invité à dîner... j'aurais
été flatté d'avoir un comte russe à ma table.

— Il n'aurait pas pu venir, mon père ; il
est reparti pour Saint-Pétersbourg.

— C'est fâcheux ; mais M. Dernesty vien-

dra, j'espère. Il est revenu d'Angleterre,
n'est-ce pas?

— Oui... oh ! il viendra dîner.

— Encore un jeune homme qui a un
genre exquis... des façons nobles... un langage éblouissant!...

— Oui, dit madame Saint-Godibert en se
regardant dans une glace du salon; oui,
M. Dernesty est très-comme il faut... n'est-il
pas marquis?

— Je ne crois pas, ma mère.

— Oh! il doit être titré, il doit être au
moins chevalier... Il y a des gens qui gar-
dent l'incognito sur leur noblesse... pour ne
pas être obligés de tenir maison. Ah! si j'a-
vais une fille, voilà le mari que je lui voudrais, n'est-ce pas, Bibi?

Bibi, qui était alors dans la salle à manger, et fort près de mademoiselle Fifine,
s'en éloigne vivement, en répondant :

— Je suis de cet avis, Angélique... pourvu

que les réchauds ne s'éteignent pas sur la table comme la dernière fois?... On croit manger chaud et les plats sont froids... c'est bien désagréable... François, qu'est-ce que vous faites là-bas?

— Je débouche les bouteilles, monsieur.

— Mais n'en débouchez donc pas tant d'avance!... à quoi bon?... vous avez une fureur pour déboucher les bouteilles!... qu'est-ce que cela signifie? attendez donc que je vous le dise.

— Monsieur, il en faut encore une sur la table, mam'zelle Fifine vient de me le dire.

— Que ce soit la dernière.

—Oui, mon fils, reprend la grosse dame en continuant de se regarder dans la glace, M. Dernesty est un jeune homme que vous devriez prendre pour modèle. Il me semble que vous ne le fréquentez plus aussi souvent qu'autrefois; pourquoi cela?

20.

— Mais pardonnez-moi, ma mère ; seulement, je ne pouvais pas voir Dernesty pendant qu'il était en Angleterre.

— Voyons, Julien, prenez des cartes, et écrivez vite le nom de chaque convive ; car le temps se passe, on ne finit à rien, et puis la société arrivera...

Le fils de la maison va chercher des cartes, une écritoire, une plume, et il porte tout cela sur le poêle de la salle à manger. Tout en allant et venant, il a rencontré aussi dans son chemin la piquante Fifine, qui se donne un mouvement continuel, et alors sa main a fait en passant une légère pression à ses attraits. La femme de chambre reçoit tout cela comme choses auxquelles elle est parfaitement accoutumée.

— Me voici prêt, mon père ; les noms de vos convives, s'il vous plaît ?

— Voyons, nous sommes vingt. D'abord, trois d'ici... ensuite mon frère, l'homme de lettres, et son épouse... puis le cousin Brouillard, cela fait déjà six.

— Ah! vous avez invité votre cousin Brouillard? dit madame en haussant les épaules. Vous êtes bien bon... un homme qui a toujours l'air d'avoir envie de vous piquer... Il est méchant comme un âne, votre cousin Brouillard!

— Mais, mon Angélique, tu te trompes; d'ailleurs tu sais que j'ai assez l'habitude de l'inviter, et s'il savait que j'ai donné un grand dîner sans l'avoir... oh! il serait furieux, il ne me le pardonnerait pas!...

—Et vous avez peur de lui!... et vous l'invitez parce que vous craignez sa méchanceté, sa langue venimeuse!... dites donc cela! avouez-le donc.

Madame Saint-Godibert avait parfaitement raison. Son mari faisait des politesses au cousin Brouillard parce qu'il le craignait, et qu'il le savait capable de l'appeler Gogo devant tout le monde. Si M. Brouillard eût été un de ces hommes bons et bienveillants comme il s'en rencontre quelquefois, nul doute qu'on lui eût fait beaucoup moins de politesse.

A ce compte-là, ce serait donc tout bénéfice d'être méchant, puisque dans le monde les faveurs, les récompenses, les places, les honneurs, les hommages sont bien plus pour ceux que l'on craint que pour ceux qu'on estime! Espérons que ces derniers trouvent dans leur cœur et dans leur conscience quelque chose qui les dédommage de l'indifférence de la foule, et de l'injustice de ceux qui sont les dispensateurs des récompenses.

— En tous cas, reprend madame Saint-Godibert, j'espère que vous ne placerez pas M. Brouillard à côté de moi... Je n'en veux pas !

— Sois tranquille, Angélique, tu ne

l'auras pas... Julien, avez-vous écrit ces six noms?

— Oui, mon père.

— Ah ! maintenant, votre cousin Frédéric... M. Dernesty, M. et madame Marmodin... M. Roquet... cela fait déjà onze.

— Et les cornichons, monsieur !... Je ne vois pas de cornichons ! s'écrie François en regardant de tous côtés sur la table.

— De quoi vous mêlez-vous, nigaud? s'il n'y en a pas, c'est qu'il n'en faut point, apparemment !... Voilà six coquilles de hors-d'œuvre... c'est bien assez... beurre, olives, radis, anchois, thon... et beurre... N'est-ce pas, Fifine, qu'on ne sert plus de cornichons?

— Non, monsieur, car je l'ai demandé chez la domestique de ce riche député en face... où l'on donne de superbes dîners.

— Ah! ben! dit François en allant prendre une bouteille de vin de Champagne, placée avec les vins fins dans un panier à part, et qu'il lorgnait depuis longtemps, chez nous, on ne dînerait pas bien sans cornichons! Ça, et des harengs saurs, ça ne quitte pas la table!

— Taisez-vous, François, on ne vous demande pas ce qui se fait dans votre pays. Vous parlez beaucoup trop pour un domestique. Avez-vous écrit les onze noms, Julien?

— Oui, mon père.

— Mon ami, mettez près de moi M. Dernesty, cela me fera plaisir.

— Mais, Angélique, être à côté de la maîtresse de la maison est toujours un honneur... une faveur, et nous avons des personnages... majeurs! auxquels nous devons peut-être la préférence.

— Et qui donc, monsieur, qui donc? Ce n'est pas M. Marmodin, j'espère... qui ne parle que de Rome et des Romains... Si vous croyez que cela m'amuse!

— C'est un savant, ma chère... on dit qu'il sera quelque jour de l'Institut.

— Quand il en sera, je consens à le mettre à mon côté, pas avant. Ah ! tenez, mettez-moi M. Roquet ! il est fort aimable... fort galant avec les dames...

— C'est impossible, Angélique ! Roquet est un homme très-agréable en société... mais nous sommes sans cérémonie avec lui !... Il faut réserver les places d'honneur pour les personnes dont on peut avoir besoin. Je vous passe Dernesty pour votre gauche, mais à droite il faut choisir avec beaucoup de soin... Ah ! nous avons M. Cendrillon, un capitaliste... qui a l'intention d'entreprendre un chemin de fer pour lui seul, pour se transporter de sa maison, de son département à Paris ; il a énormément de fonds ; voilà un homme à considérer.

— C'est possible ; mais je ne veux pas de lui près de moi pour dîner : cet homme-là est tellement sans façon, et puis il parle si haut! il a une voix si forte que c'est étourdissant! ensuite M. Cendrillon a de bien vilains mots... Ah! il est quelquefois très-libertin dans ses propos... je n'aime pas cela?

— Madame, un homme qui peut se faire un chemin de fer pour lui seul a bien le droit de dire par-ci par-là quelques gaudrioles!... c'est permis aux gens riches!...

— Enfin, j'en désire un autre près de moi.

— M. Doguin et son épouse, écrivez toujours, Julien, cela fait quatorze... M. Doguin est employé supérieur dans les bureaux particuliers du ministre de l'intérieur!... c'est un homme qui pourrait être fort utile si on avait quelques demandes à faire... pour être député, par exemple...

— En effet, mon ami, en effet, et je ne vois pas pourquoi vous ne seriez pas député, et ensuite plus encore... Vous devez arriver à tout, M. Saint-Godibert! vous le devez... mais je ne veux pas de M. Doguin auprès de moi.

— Et pourquoi cela, Angélique?

— Parce qu'il a une infirmité horrible par les pieds!... Oh! c'est une chose que je ne puis supporter!...

— Comment! est-ce que par hasard avec ses pieds il marche sur ceux de ses voisins?

— Eh non, monsieur! Quoi! vous ne comprenez pas que c'est l'odorat qui est affecté d'une manière insupportable?...

—Comment! M. Doguin... aurait ce désagrément?... Je ne m'en suis jamais aperçu!

— Mettez-le à côté de vous alors, et vous m'en direz des nouvelles.

— Continuons, Julien : M. Soufflat et sa fille... seize... Veux-tu Soufflat près de toi, Angélique, tu ne diras pas qu'il n'est point aimable... quel caractère gai!... riant sans

cesse! de tout, sur tout!... On lui dirait :
Soufflat, votre père vient de mourir ou
votre fille est fort malade, je crois qu'il rirait!
Ah! c'est un bien joli caractère! et puis,
électeur éligible dans son endroit.

— Où est son endroit?

— Je ne sais pas, chère amie; mais enfin
il a un endroit où il y a eu un ballottage de
voix pour le nommer député... et il paraît
que cela n'a tenu qu'à un fil. Si Soufflat avait
eu seulement dix voix de plus, il était
nommé... Mais il paraît qu'il n'y avait que
six électeurs dans le pays... C'est de M. Doguin que je tiens ces faits.

— C'est très-bien; mais ne mettez pas
M. Soufflat près de moi; il est trop gai, trop
remuant; il joue avec son couteau, avec sa
fourchette!... il fait semblant de laisser tomber l'assiette qu'on lui passe... tout cela me
fatigue... enfin il est trop bouffon, ce monsieur.

— En ce cas, je te mettrai M. Villarsec...
Ah! voilà un homme du bon ton!... voilà
un homme qui a des formes distinguées!...
et puis un ancien attaché... à une ambassade... qui devait avoir lieu... en Chine, je
crois... un homme qui a voyagé dans toutes
les parties du monde... qui a ramené avec
lui des nègres et des diamants bruts... Il a
découvert des mines! il est énormément
riche...

— Je ne dis pas le contraire; mais il est
trop sérieux!... Il ne sourit jamais, ce monsieur! il est sans cesse d'une gravité qui
m'empêche de manger.

— Il ne me reste plus que les jeunes
époux de Broussaillon... et le major Krouteberg...

— Ah! mettez-moi le major... j'accepte
le major... homme aimable... galant!... un
vrai chevalier près des dames...

— Mais... le major... certainement il va

dans le beau monde, malgré cela je ne vois pas trop en quoi il pourrait rendre des services, et...

— Je veux le major ou M. Roquet! arrangez-vous comme vous voudrez, mais je n'accepte que l'un ou l'autre pour ma droite...

M. Saint-Godibert est fort embarrassé ; il ne sait auquel de ces deux personnages il doit faire l'honneur de le placer prés de sa femme. Cependant le couvert est entièrement dressé. Il n'y a plus que les cartes à mettre et il faut se décider, car l'heure approche où la compagnie va arriver. Pour en finir et aller achever sa toilette, le maître de la maison va placer le nom du major à la droite de celui de sa femme, lorsqu'une détonation inattendue, suivie d'un arrosement qui couvre bientôt une partie de la table et des personnages qui sont auprés, vient changer toute la scéne.

Depuis quelques minutes, M. François

avait été s'emparer d'une de ces bouteilles dont le bouchon et le goulot, recouverts d'une capsule de plomb , intriguaient beaucoup son imagination. D'abord, il avait cru avec un simple tire-bouchon pouvoir facilement déboucher la bouteille ; mais, après de vains efforts, il s'était pourtant aperçu que des fils de fer retenaient le bouchon ; alors, le valet normand avait pris un couteau, et il s'était mis à farfouiller le bouchon, les fils de fer et les ficelles, et, après un long travail et au moment où il commençait à désespérer de réussir, le bouchon avait fait explosion, et la mousse petillante s'était élancée avec d'autant plus de force, que M. François essayait maladroitement de la retenir, tantôt avec un doigt , tantôt en plaçant le goulot de la bouteille sous son aisselle.

Madame Saint-Godibert a poussé un cri d'effroi, son mari fait un saut, leur fils laisse tomber toutes les cartes qu'il tenait, et ma-

21.

demoiselle Fifine se laisse aller sur une chaise
d'un air désespéré. Puis on n'entend de tous
côtés que ces mots :

— Ah! le malheureux !... le couvert est
abîmé.

— Et ma robe lamée perdue...

— Il y a du vin dans les anchois !

— J'en ai plein la tête !...

— Ah! le butor !...

— Ah! l'animal !...

— Le couvert est à remettre entièrement !...

— Et j'étais si bien coiffée !...

— C'est épouvantable !...

Au milieu de ces cris de fureur qui s'é-
lèvent contre lui, M. François répond en
criant aussi à tue-tête :

— Est-ce que c'est ma faute ?... est-ce
que je peux deviner ça, moi ?... est-ce que je
vas me douter que vous avez des feux d'ar-
tifice dans vos bouteilles... des fusées,

des jets d'eau… et que ça part comme un canon ?… Fallait me prévenir, au moins !…

M. Saint-Godibert ne se possède plus ; dans sa fureur, ne trouvant pas sa canne sous sa main, il prend la coquille aux olives et veut la briser sur la tête de François, et, loin de retenir son mari, Angélique s'écrie :

— C'est un polisson !… il mériterait d'être fouetté jusqu'au sang !… Saint-Godibert, mettez-le nu comme un ver, et fustigez-le des pieds à la tête.

Mais Julien retient le bras de son père, qui a renversé toutes les olives sur le plancher, et Fifine fait signe à François de se sauver, ce qu'il fait aussitôt, mais en emportant avec lui la bouteille qui a causé cet orage.

— Surtout, qu'il ne reparaisse jamais devant moi ! dit M. Godibert en se mettant à quatre pattes pour ramasser les olives. Oh !

si je le revoyais... je pourrais me porter à
des excès!...

— Et moi! dit madame, si j'apercevais ce
drôle, je serais capable de le mutiler.

Fifine fait remarquer qu'on n'a pas de
temps à perdre et qu'au lieu de s'occuper de
François, il vaut bien mieux remettre le couvert, tandis que madame ira passer une autre
robe et rarranger sa coiffure. Cette réflexion
de la femme de chambre étant trouvée d'une
grande justesse, chacun se met à l'œuvre.
Le père et le fils aident mademoiselle Fifine;
en peu de temps, la table est débarrassée,
puis on met une nappe blanche, et enfin le
couvert reparaît. Le maître de la maison
songe alors à mettre les cartes qui indiquent
à chacun sa place. Cela lui prend encore
beaucoup de temps, il tourne et retourne
autour de la table en murmurant:

— Mon épouse entre Roquet... Non, le
major Krouteberg et Dernesty... Moi, entre

madame Doguin et mademoiselle Soufflat...
Non, il vaut mieux placer mademoiselle
Soufflat près de mon fils... C'est un parti
fort riche, que cette demoiselle, et, en passant une assiette, en offrant à boire, on peut
être galant... Julien, vous serez très-galant
avec mademoiselle Soufflat, que je mets à
côté de vous.

— Oh! mon père! mademoiselle Soufflat
est si laide! elle a un nez d'une longueur...
et qui s'en va en trompette... J'aime bien
mieux madame de Broussaillon et madame
Marmodin.

—Monsieur mon fils, il n'est pas question
de savoir qui vous aimez... Vous n'épou-
serez pas ces deux dames qui sont déjà
mariées, tandis que mademoiselle Soufflat
est un parti de deux cent mille francs au
moins... et il me semble qu'une aussi belle
dot doit diminuer la longueur du nez de
cette jeune personne.

— Mais, mon père...

. — Silence encore une fois, monsieur !
Est-ce que vous croyez que je donne un
dîner d'apparat , que je vais dépenser un
argent fou, et cela sans tirer parti des politesses que je fais?... Apprenez, monsieur,
qu'un dîner doit toujours servir à quelque
chose... je l'ai entendu dire souvent à
M. Cendrillon : un dîner est un agent di-
plomatique très-adroit ! surtout lorsqu'il est
truffé... et le mien est pétri de truffes. Vous
serez donc entre mademoiselle Soufflat et
M. Doguin... madame Marmodin à côté de
Frédéric... mon frère l'homme d'esprit prés
de M. Marmodin le savant... M. Cendrillon...
où diable vais-je placer M. Cendrillon?... un
homme qui se fera un chemin de fer rien
que pour lui... il lui faut une très-belle
place !... Et dire que ma femme ne l'a pas
voulu prés d'elle... les femmes sont quelquefois bien contrariantes... Ma foi, je le mets

près de madame de Broussaillon... et de ma belle-sœur... Ah! mon cousin Brouillard, maintenant... en voilà un qui est difficile à placer... il est si mauvaise langue... Si je pouvais le mettre entre deux sourds... Ah! M. de Broussaillon... il n'écoute jamais quand on lui parle... et Soufflat... il rit sans cesse, mais je crois qu'il ne sait pas non plus pourquoi... Quel casse-tête!... je ne voudrais pas avoir souvent vingt personnes à dîner. D'abord, c'est ruineux.

Madame revient; elle a mis sa robe de satin, et réparé le désordre que le champagne avait mis dans sa coiffure. Elle jette un coup d'œil sur l'ordre des places, et veut y apporter des changements; mais alors son époux s'écrie en se mouchant avec fureur :

— Ma foi, Angélique, si vous changez quelque chose à ce que j'ai fait, je vous préviens que je ne me mêle plus de rien pendant le dîner... cela ira comme ça

pourra... Je ne veux pas m'être donné **une**
peine de galérien pour qu'on vienne déranger ma besogne !...

— Calmez-vous, mon petit ! répond Angélique, et répondez-moi. Qui avez-vous invité
pour la soirée?

— Oh! ma foi, une douzaine de personnes... Julien, avez-vous dit à votre ami,
M. Richard, de venir ce soir?

— Oui, mon père, il viendra. Je lui ai
donné votre nouvelle adresse; car il vous
croyait encore rue des Mathurins.

— Aurons-nous des artistes... de ces mu-
siciens qui chantent de petites choses qui
font rire... avec accompagnement de piano?

— J'en avais engagé deux ou trois, chère
amie; mais ils se sont permis de me refuser... du reste, sois tranquille, M. Dixcors,
ce monsieur qui fait un tas de petites drôle-
ries... qui imite tous les animaux, et qui joue
même des scènes de ventriloque, m'a pro-

mis de m'amener un de ses amis qui chante tout ce qu'on veut, et des mélodies de Chou... de Chou... ma foi, je ne sais plus de quel Chou !

— De Schubert, mon père.

— Oui, je crois que c'est cela... Choubert... Je savais bien qu'il y avait du chou.

— Avez-vous invité M. Ramonot?

— Ramonot? non, certainement... je ne l'ai pas invité!... je m'en serais bien gardé! Dernièrement je l'ai rencontré sur le boulevard, il avait un pauvre habit si râpé... enfin, il était fort mal mis... ma foi, j'ai vite tourné la tête pour ne pas le saluer, parce que rien ne compromet comme de saluer quelqu'un qui est mal couvert.

— Mais vous m'étonnez!... car M. Ramonot vient, m'a-t-on dit, par la protection de sa fille, d'obtenir une fort belle place à la préfecture de police.

—Vraiment!... ah! diable... je le saluerai

la première fois que je le rencontrerai, et de
très-loin même.

— M. Ramonot devait en effet avoir cette
place, dit le jeune Julien; mais l'affaire a
manqué et il ne l'a pas.

— Qu'est-ce que je disais!... un homme
qui a un habit si râpé!... je ne le saluerai
pas!... désormais c'est un parti pris, je veux
avoir l'air de ne point le connaître.

— Mais vous ne savez donc pas que sa
fille, qui est fort jolie, est courtisée par le
neveu d'un pair de France, qui a juré qu'il
l'épouserait peut-être!

— Le neveu d'un pair!... sapristi!... on
ne sait plus où on en est alors... mais décidément je le saluerai... oh! je le saluerai!
je vois bien que j'ai fait une faute, mais c'est
plus fort que moi... je ne peux pas souffrir
les gens mal vêtus... quand ils m'approchent, il me semble toujours qu'ils vont
m'emprunter de l'argent.

Cette conversation est interrompue par Fifine qui accourt en disant :

— Voilà M. Brouillard, il n'a pas encore sonné, mais il y a cinq minutes que je l'entends frotter ses pieds au paillasson du carré... J'ai vu par une fenêtre que c'était lui, il passe toujours un quart d'heure sur le paillasson ; je crois qu'avant d'entrer il écoute et tâche d'entendre ce qu'on dit chez les personnes qu'il vient voir.

— Il en est bien capable.

— Déjà le cousin Brouillard ! quelle scie !...

— Ah ! Angélique ! prends garde... ne laisse pas échapper de ces mots-là devant le monde, ou je suis capable de me cacher sous la table !...

— C'est bien, monsieur, c'est bien ! il me semble que je sais parler ; et ce n'est pas à vous à me reprendre, vous qui dites tonnelles pour *turnel,* en parlant de chemin de

fer, et qui l'autre jour avez dit en plein salon que les rues de Paris étaient *infectées*
de voleurs.

— Eh bien ! madame... est-ce que cela ne
se dit pas? les rues sont infectées de voleurs... une forêt est infectée par des brigands ; j'ai toujours entendu parler comme
cela.

— Non, monsieur, on doit dire *infestées,*
j'en suis sûre, j'ai consulté M. Marmodin.

— Et moi, j'ai entendu mon frère, l'homme
d'esprit, parler comme cela.

— S'il met de ces phrases-là dans ses
pièces, ce doit être du propre !... Mais vous
êtes si gonflé quand vous parlez de votre
frère !...

— Madame... je ne dis pas *quelle scie !*
moi... des mots de la halle...

— Taisez-vous, monsieur, vous me faites
mal au cœur.

La querelle allait s'échauffer, et le jeune

Julien semblait plutôt s'amuser d'entendre ses parents se disputer que de songer à les apaiser. Mais Fifine ramène le calme en disant :

— Ah ! si le cousin Brouillard entend qu'on se querelle, il sera bien content.

— Fifine a raison, dit madame Saint-Godibert en tendant sa joue à son mari... Je suis une mauvaise tête... embrassez-moi, petit...

— Avec plaisir, Angélique.

— Mais c'est votre cousin qui fait que je m'oublie... Il arrive toujours avant tout le monde... et souvent lorsque le couvert n'est pas encore mis. Tout cela, c'est pour examiner, voir ce qu'on fait... fourrer son nez partout... sous prétexte de vouloir aider, il va dans toutes les chambres... enfin, monsieur, dernièrement je l'ai surpris regardant dans une grande armoire où je mets mes robes ; il l'avait ouverte, et examinait,

22.

tâtait tout... Quand je lui ai demandé ce qu'il faisait là, n'a-t-il pas eu le front de me répondre: « Cousine, je cherchais vos lieux à l'anglaise... je croyais entrer dedans. »

En ce moment M. Brouillard montre son nez à l'entrée de la salle à manger; aussitôt Nicolas Gogo et sa femme vont à lui en s'écriant :

— Eh! c'est Brouillard, c'est ce cher cousin Brouillard!...

— Bonjour, cousin; salut, cousine.

— Que vous êtes gentil de venir de bonne heure!... il y a tant de gens qui se font attendre... mais vous jamais... c'est ce que nous disions tout à l'heure avec Saint-Godibert.

— Cousine, je suis toujours empressé de venir chez vous... c'est un si grand plaisir pour moi... et puis je me dis : Si on a besoin d'aide... pour faire quelque chose... moi je serai là.

— Oh! merci, cousin, mais nous avons nos gens... nos valets !... nous n'avons pas besoin de surplus.

— Voilà une olive à terre, dit M. Brouillard en se baissant pour ramasser l'olive. Il paraît que vos gens ne font pas bien attention à ce qu'ils portent. Voilà un couvert magnifique! vous avez beaucoup de monde, à ce que je vois.

— Nous serons vingt, répond M. Saint-Godibert en se tortillant le nez avec son mouchoir pour tâcher de le grossir.

— Vingt, en vous comptant?

— Comment! en nous comptant? s'écrie la grosse dame d'un air piqué, est-ce que nous ne devons pas compter pour quelque chose?... est-ce que nous sommes des zéros chez nous?

— Pardon, cousine... je n'ai pas voulu dire cela... je me serai mal exprimé... Quand je dis vingt en vous comptant, j'en-

tendais : Est-ce que vous avez invité vingt
personnes à dîner?... voilà tout... Votre
robe est charmante, cousine... ah! quelle
belle étoffe!...

— N'est-ce pas?... oh! c'est ce qu'il y a
de plus beau en satin.

— Mais votre jupon passe, cousine, est-
ce exprès?

— Ah! mon Dieu! mon jupon passe...
et je ne m'en étais pas aperçue... voilà ce
que c'est que d'être pressée, de s'habiller
si vite. Fifine, vous allez me relever cela.
Cousin Brouillard, passez donc dans le salon avec notre fils...

— Avec grand plaisir... ne vous gênez
pas pour moi, je vous en prie... quand on
a beaucoup de monde... on a tant de détails
à surveiller... je sais ce que c'est... je passe
au salon... A propos, vous allez donc avoir
un marchand de vin dans votre maison?

— Un marchand de vin... où cela?

— Ici en bas... la boutique où l'on emménage.

— Un marchand de vin !... il viendrait un marchand de vin ! ah ! quelle horreur ! si je savais cela, je déménagerais sur-le-champ !

— Mais non, ce n'est pas possible ! qui est-ce qui vous a dit cela, mon cousin ?

— Dame ! c'est un commissionnaire en bas ; j'ai vu qu'on emménageait dans la boutique, je lui ai dit : Qui est-ce qui s'établit là ? Il m'a répondu : Monsieur, je pense que c'est un marchand de vin.

— Fifine ! Fifine ! descendez vite vous informer au concierge qui est-ce qui va occuper la boutique en bas... si c'est un marchand de vin ou un charcutier, ajoutez que nous donnons congé ce soir par huissier.

— Mais, madame, en ce moment, j'ai tant à faire.

— Allez, Fifine, courez sur-le-champ...
je ne veux pas rester dans cette incertitude.

La femme de chambre descend en donnant au diable le monsieur au museau de
renard qui, à peine arrivé, a trouvé moyen
de porter le trouble chez ses maîtres.
M. Saint-Godibert est allé passer son habit,
madame s'est jetée sur une chaise, Julien
est entré au salon rajuster sa cravate, et le
cousin Brouillard regarde sous la table s'il
voit encore des olives, tout en disant :

— Ma foi! le fait est que je suis comme
vous... un marchand de vin me ferait dé-
serter une maison; cela vous expose à rencontrer sans cesse des ivrognes, des gens
qui se disputent... souvent même vous re-
cevez en rentrant chez vous quelques coups
de poing destinés à d'autres ; c'est infiniment
désagréable.

Enfin Fifine remonte tout essoufflée.

M. Saint-Godibert accourt avec son habit
pour savoir ce qu'elle va dire.

— Il n'a jamais été question d'un marchand de vin, s'écrie la jeune femme de
chambre en jetant un regard courroucé
sur M. Brouillard. C'est un marchand de
papiers peints qui va occuper la boutique...
ce sera très-bien décoré, trés-brillant... il
y aura des papiers à vingt francs le rouleau.

— Ah! je respire! dit madame Saint-
Godibert.

— Je savais bien que cela ne pouvait
pas être, et que tu avais tort de t'alarmer,
dit monsieur.

— Pourquoi M. Brouillard vient-il nous
annoncer des choses qui ne sont pas? On
devrait être sûr de ce qu'on dit avant de
parler...

— Pardon, cousine... je vous ai dit qu'un
commissionnaire m'avait répondu cela...
mais moi je n'en savais pas plus. Le com-

missionnaire se sera trompé, voilà tout...
ces gens-là aiment beaucoup les marchands
de vin, ils ne sont pas comme vous, et ils
pensent qu'il doit s'en établir partout...

— Passez donc au salon, cousin.

— J'y passe, cousine... Vous penserez à
remonter votre jupon... votre robe fait
aussi des plis dans le dos... c'est peut-être
exprès, mais ce n'est pas joli... Je passe
au salon... si vous avez besoin de moi, ne
vous gênez pas.

Enfin M. Brouillard est entré dans le salon.

— Quelle peste que cet homme! dit
madame Saint-Godibert, venir nous annoncer un marchand de vin au-dessous de
nous... pour mettre le désespoir dans mon
cœur!

— Aussi, madame, vous êtes bien bonne
d'ajouter foi à ce que dit votre cousin, qui
invente sans cesse des histoires pour mettre
le désordre partout.

— Fifine a raison, Angélique, tu ne devrais jamais le croire...

— Fifine, remontez mon jupon... la société va arriver : je ne veux pas avoir de plis dans le dos... Tout est prêt, j'espère?...

— Mais à propos ! s'écrie la femme de chambre après avoir arrangé la robe de sa maîtresse, il faut cependant quelqu'un pour servir à table avec moi. D'abord il est impossible que seule je puisse servir vingt personnes.

— C'est vrai !... c'est physiquement impossible, dit M. Godibert en admirant son habit, Fifine ne peut pas se mettre en vingt !

— Vous ne voulez plus voir François... cependant il faut quelqu'un... un domestique mâle, c'est trés comme il faut !...

— Sans doute... si tu demandais au concierge de monter ?

— Ah ! oui, le concierge ! une fois je

2.   23

l'avais prié de me donner un petit coup de main... je ne sais plus pourquoi ; il m'a répondu d'un ton impertinent : Pour qui me prenez-vous ? est-ce que vous croyez que je suis un domestique ? Tenez, monsieur, il faut pardonner à François... Après tout, s'il avait su ce que c'était que du vin de Champagne, il n'aurait pas touché à cette bouteille. C'est par ignorance qu'il a fait cela.

— Fifine a raison... il faut se servir encore de François... D'ailleurs nous ne trouverions pas quelqu'un sur-le-champ pour le remplacer.

— Mais au moins, Fifine, recommandez-lui de faire attention... de bien se rappeler tout ce qu'on lui a dit.

— Oh ! soyez tranquille, madame, je vais l'endoctriner.

En ce moment la sonnette se fait entendre. Aussitôt les époux Saint-Godibert entrent précipitamment dans le salon en s'écriant :

— Voilà la société... il ne faut pas qu'elle nous trouve dans la salle à manger... elle pourrait croire que nous sommes nos domestiques.

FIN DU TOME DEUXIÈME.

LES VRAIS MYSTÈRES DE PARIS, par *Vidocq*, tomes
et 2. In-18.

LES TROIS ROYAUMES, par *le vicomte d'Arlincour*
2 vol. in-18.

LES CHATEAUX EN AFRIQUE, par Mᵐᵉ *la comtesse Das*
2 vol. in-18.

ROSETTE, par *Marie de l'Épinay*. 2 vol. in-18.

TYLER LE COUVREUR. par *Ch. Paul de Kock*. Un v. in-1

LA FLORIDE, par *Méry*. 2 vol. in-18.

L'INDE ANGLAISE EN 1843, par *Éd. de Warren*. 3 vo
in-18.

UNE HISTOIRE INVRAISEMBLABLE, par *Alphonse Kar*
Un vol. in-18.

FERNANDE, par *Alexandre Dumas*. 2 vol. in-18.

AMAURY, par *Alex. Dumas*. 2 vol. in-18.

AU JOUR LE JOUR, par *Frédéric Soulié*. 2 vol. in-18.

LE CHATEAU DE MONTBRUN, par *Élie Berthet*. 2 v. in-1

LA SICILE, NAPLES ET GÊNES EN 1843, par *P. de Musse*
2 vol. in-18.

LA HAVANE, par Mᵐᵉ *la comtesse Merlin*. 3 vol. in-18.

LES MYSTÈRES DE LONDRES, par *Francis Trolopp*. tom
1 et 4, in-18.

UNE BONNE FORTUNE DE RACINE, HISTOIRE DU TEMPS
LOUIS XIV, par *le bibliophile Jacob*. Un vol. in-18.

LA PYTHIE DES HIGHLANDS, roman inédit, par *sir Walt
Scott*. 2 vol. in-18.

LA VIE D'UN MATELOT, par *Cooper*. 2 vol. in-18.

MICHEL-ANGE suivi de TITIEN VECELLI, par *Alex. Dum*
Un vol. in-18.

LE FILS DU NOTAIRE, par *P. L. Jacob*, bibliophile. U
vol. in-18.

Lightning Source UK Ltd.
Milton Keynes UK
UKHW02f2134170818
327365UK00013B/1237/P